発注いただきました！

RYO ASAI

Thank you
for ALL orders!

朝井リョウ

集英社

CONTENTS

―目次―

はじめに

ある日、某人気ミュージシャンが、「企業や番組とのタイアップのために書き下ろした楽曲のみが収録されているアルバムを発売した」というニュースを見つけた。そのとき、私の頭の中を、大変がめつい考えがぱらぱらと過《よぎ》った。

自分も、企業とのタイアップや他の作品とコラボして書いた文章を根こそぎ集めれば、一冊分になるのではないか……!?　それを実現するのは、デビュー十周年のタイミングしかないのではないか……!?

後ろ暗い思考を駆け抜けていったがめつい座流星群は、その後も輝きを失わず、私の頭の中でちかちか光り続けた。その結果完成したのが、この本でございます。

ただ、先述したように、作品をそのままずらりとコレクションしただけではあまりに詐欺めいているので、それぞれ、【①どんな発注を受けて書いた作品なのかを提示（テーマ、枚数など）】→【②作品】→【③発注にどう応えたのか、答え合わせ】という順番で掲載すれば、全体の構造として（主に私が）より楽しめるのではないか、と考えた。この一冊を読み終えたころには、皆さまにも、タイアップ作品二十本ノックをやり終えた感覚を味わっていただけることだろう。そもそも味わいたいかどうかは別にして。

出版点数を重ねれば重ねるほど内容に関する条件を突き付けられる機会が減り、「自由研究より、これについて調べろって言われたほうが楽かもぉ」なんて小学生の夏休みみたいなことを思うときがある。そうなると、複数の条件を提示されて「これで作品を書いてください」と言われると、ちょっと燃えてしまうのだ。特に、この本の中には、ウイスキー、たばこ、競馬、香水など、私の日々の暮らしに馴染《なじ》みのないアイテムがテーマになっている作品も多く収録されている。そうなると、自分から書き始めるような小説とは違い、これまで書いたことのないシーンや感情が生まれることも多く、単純に楽しい。私は、小説を書きながら、自分、自分、となりすぎてしまうきらいがあるので、フィクション度の高い作品に挑めるという意味で、タイアップやコラボというのは実はいいトレーニングになっていた実感がある。

また、自分から書き始めるような小説となると、私はなぜか「心地いい読後感」より「心ざわつくような違和感」みたいなものを目指して突っ走りたくなる衝動に駆られる。その点、タイアップやコラボをきっかけに書き始めた作品にはそういう気持ちが芽生えない。当然ながら、発注元も「心をざわつかせてほしい」なんて思っていない。そんな毛色の違いも楽しんでいただけたら幸いである。

ごちゃごちゃ書いたが、いろいろ書いたのにキャンペーン終了と共に葬られちゃうのはもったいない！　という私のがめつさが生んだ一冊であることは間違いない。それでは、お楽しみくださいませ。

発注いただきました！

CHECK 01

2015年3月〆

発注元

森永製菓

【お題】

キャラメルが登場する掌編
全三話

もりながせいか

CHECK
01

使用媒体

「森永ミルクキャラメル」
パッケージ

発注内容

●人間を主人公とした、キャラメルが登場する小説。
●「森永ミルクキャラメル」のイメージである「懐かしい」「親しみがある」「ほっと一息できる」「幸せな気分になる」といった世界観を主軸として、読後に「いいよね、キャラメル」と思えるような心温まるストーリー。
●文字数は、２４７文字×三話分。三箱揃《そろ》えれば一つの物語が楽しめるという仕組み。

【タイトル】

タイムリミット

START

1

あと五分、では味気ない。でも具体的な時間制限を設けなければいつまでも休んでしまう。そんなとき、一粒のキャラメルは甘くて曖昧《あいまい》なタイムリミットになってくれる。

「これ食べたら英語やるよ」

「マジかよお～」

席が隣というだけで太一《たいち》の勉強を見ることになったが、私も余裕があるわけではない。受験生にとって大事な夏休み、お互い気合を入れなければ。

「模試、明日かあ」

私の呟《つぶや》きは、太一の「食い終わってしまった！」という叫び声にかき消される。私はうんざりしながら、舌の上にある小さな欠片《かけら》を転がした。

2

「模試マジ疲れたー！」

ファミレスの席に着いた途端、太一はメニューを広げる。丸一日に亘《わた》る模試を終えた達成感から、いつもは行かないような少し高い店に入った。

「糖分補給。パフェ食うぞ」

やがて運ばれてきた二人分のパフェには、ホットキャラメルソース、というものが付いてきた。バニラアイスの上にソースを垂らすと、白い塊がゆっくりと溶け始める。さすが、奮発して入った店だ。

大人になったら、こういうところにも普通に来るようになるのかな。ほろ苦い液状のキャラメルを見ながら、私はふと、そう思った。

3

小さな塊だったキャラメルが、液体になるだけじゃない。大人になれば、色んなことが変わる。志望大学が違う私たちは、もう隣同士ではなくなる。教室以外で二人並んで座るには、理由が必要になる。

「はい」

あっという間にパフェを平らげたらしい太一が突然、私に向かって何かを差し出した。

「……これ食べ終わったら、ちょっと、俺の話聞いて」

掌《てのひら》には、一粒のキャラメル。

私は、小さなタイムリミットが置かれた掌が熱くなるのを感じた。こんなにも冷房が効いているのにおかしいなと、自分で自分にとぼけながら。

CHECK 01

[感想戦]

タイムリミット

――お疲れ様でした。

お疲れ様でした。こちらは何といっても文字数の少なさが肝となりました。主人公の年齢、性別、置かれている状況などを明確に説明しようとすると、それだけでかなりの分量を占めてしまいます。会話や描写の中で必要最低限の情報を伝えつつ、かつ三つのパートに全体を分けるということにかなり苦心した記憶があります。個人的には、キャラメルの形が変わることと大人になることを重ねたところ、やるじゃんと思っているので誰かに褒めてもらいたいですね。なんて偉そうに振り返っていますが、この企画に一緒に参加された角田《かくた》光代《みつよ》さんの掌編があまりに素晴らしかったことを思い出し、数年越しに今、赤面しています。

CHECK 02

2017年3月〆

アサヒビール

発注元

あさひびーる

【お題】

「ウイスキーっておもしろい」を伝えられる小説　全五話

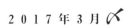

CHECK
02

使用媒体

特設サイト

発注内容

●ブラックニッカがスローガンとして掲げる「ウイスキーって、おもしろい」に込められた意味、「飲み方を選べる楽しさ」を伝えられる小説。「楽しく気軽に飲める」「カジュアルな店で誰かと飲む」「家でひとりで飲む」といったシチュエーションやストーリー全体で、ウイスキーを身近に感じてもらえるような作品にしてほしい。

●スローガン自体が作中に登場する必要はなし。ただし、「ウイスキーの飲用シーン」を一回は入れる。

●文字数は10000～12000文字、原稿用紙30枚程度。五編に分けて掲載されるので、一つの作品を五分割でも、連作短編でも可。

「タイトル」

蜜柑《みかん》ひとつぶん外れて

START

第1話

「あっ」

城野《しろの》さんの低い声が、私の指先に直接ぶつかった気がした。小皿に向けて傾けていた醬油《しょうゆ》さしが、さらに少し傾く。

「ど、どうかしました？」

私は思わず、醬油さしを握っている自分の右手を見つめる。大丈夫、調べたとおり、マニキュアを塗ったりはしていない。もちろん香水だってつけてきていない。この時点では、まだ何もミスしていないはずだ。

「いや、ちょっと醬油の量が多いかなって」

城野さんはそう言うと、私が醬油を注《つ》いでいた小皿に視線を落とした。底の色が見えなくなった小皿は、黒に近い色の水面を細かく震わせている。

「マナーとして、醬油は小皿に残さないほうがいいんだよ。食べ終わるころに丁度なくなってるくらいがベスト」

一応ね、と、城野さんは日本酒に口をつける。スーツの袖口から見える帯の太い時計と、そこに根を張っているような手の甲の血管。自分の知らない世界で生きている人の部品は、初めて見たときからずっと、なかなか目に馴染《なじ》まない。

「あ、でも……」

お醬油をしっかりつけるのが好きで、と言おうとした口を、私はぐっと閉じた。今は、何も言わないほうがいい。なんとなく、そう感じた。

「ごめんなさい、私、まわらないお寿司屋さんなんて初めてで」

何も知らなくて。そう付け加えると、口から外に出たはずの言葉なのに、自分の体内にじわじわとその言葉の意味が染み込んでいくような気がした。私は、何も知らない。昔から自認している事実なのに、改めて言葉にすることによって、まるで新しい服についた汚れのように私を形成する繊維の奥深くまで浸透していく感覚があった。

「当たり前だよ、二十代の女の子なんだから。少しずつ勉強していこうな」

タイやヒラメ、淡白な白身のあとは、コハダやアジなどお酢で締めたもの。城野さんがよどみなく注文していくお寿司の順番は、スマホで見たまとめサイトの内容と全く同じだった。画面がスクロールされていくように、新しいネタが寿司下駄の上に現れる。どれもこれも、本当においしい。こんなお店にひとりでは絶対に入れないし、これまで食事に行くような仲になった数少ない男の子も連れてきてくれなかった。

「俺も昔は全然分からなかったから。お茶も普通にお茶って頼んじゃったりしてさ」

笑われてたと思うなあのころは、と、城野さんが整えられた顎鬚《あごひげ》を愛猫のように撫でる。七歳年上の城野さんは、やっと三十代の後半に差し掛かることを喜んでいる。商談における説得力を増したいから、もっと年上に見られたいらしい。

あの人年下が好きだから。前付き合ってたのなんてお前より童顔の女子大生だったたし——城野さんを紹介してくれた同期の藪下《やぶした》は、昔と同じくクラスの問題児らしい笑みを浮かべながらそう言った。今フリーで、ウブっぽい子が好きみたいだからさ、お前ちょうどいいかなって。ミカン農家の末っ子って言っただけですげえ食いついてたし。

「そろそろ、締めてもらっていいですか」

巻物を食べ終えると、城野さんが着物姿のおかみさんに向かって声をかけた。「かしこまりました」おかみさんは、丁寧な動作で寿司下駄やお箸を下げてくれる。終わった。私は、背中の筋肉がほんの少し弛緩《しかん》するのを感じた。

おかみさんが、私の小皿に手をかけたときだった。

「すみません、醬油沢山残しちゃって」

城野さんは申し訳なさそうに言うと、男の人にしては長い指の先で、下げられていく小皿を指した。

「いいえ、お気になさらず」

笑顔を作るおかみさんに「すみません」と頭を下げると、私はもう一度、背中をまっすぐ伸ばした。まだ、終わっていなかった。

やがておかみさんが熱いお茶と一緒に運んできてくれたのは、電灯の光を弾《はじ》き返すように輝く、ミカンの果実が入ったゼリーだった。

「そういえば」

ぷすり、と、ゼリーに爪楊枝《つまようじ》を刺しながら、城野さんが呟《つぶや》く。

「前にもらったミカン、すごくおいしかったよ。五つももらっちゃって悪かったね」

「あ、おいしかったならよかったです。ちょっと固かったかもしれないですけど」

今度こそ、背中が少し丸くなる。実家から送られてくる大量のミカンは、どうしたってひとりでは食べきれない。就職の関係で上京した街にはそこまで友達も多くないので、いつも持て余してしまう。

「ミカンならいつでもおすそ分けできるんで、ほしいときは言ってください」

「はは、ありがとう」

笑うと、もともと近い位置にある目と眉がもっと近づく。季節を問わず日に焼けているので、まるで海外の俳優みたいだ。

確かに、カッコいい。服も持ち物もオシャレだし、何もかもがスマートだ。こんな人が彼氏になったら、ものすごく誇らしいだろう。

「御愛想《おあいそ》、お願いします」

城野さんが右手を上げると、おかみさんが笑顔で「はい」と頷《うなず》いた。

第2話

休憩室のドアから現れたのは、同期の藪下だった。

「……うわー、おふくろ思い出したわ今」

テーブルでひとりミカンの皮を剝いていた私は、うるさいな、とぼやきつつ藪下を睨《にら》む。「遅くね？　昼飯」「電話当番だったから」珍しく誰もおらず静かだった休憩室が、突如にぎやかになる。昼休みを過ぎたこの時間の休憩室は、自動販売機で何か買うついでに立ち話でもしていく人が多い。

「会社にミカン持ってくるとかオバサンかよ」

「だっていっぱい送られてきたんだもん、しょうがないじゃん」指と爪の間に挟まっていく繊維を感じながら、私はめりめりと皮を剝がしていく。「ランチのデザートに丁度いいし。ほら、何個かデスクに持って帰ってもいいんだよ？」

「さすが北中の〝いいオカンになりそうな人第一位〟。いりませ～ん」

「いつの話よそれ」

中学校の同級生の藪下とは、内定者の集まりで約十年ぶりに再会した。私はスーツを着てネクタイをしている藪下がテニス部副部長の藪下敏幸《としゆき》だってすぐに分かったけれど、向こうは私が吹奏楽部トランペットの堀江真央《ほりえまお》だとはなかなか分からなかったらしい。中学生のころの私は今よりも十キロ以上太っていて、卒業アルバムのランキングページでは将来いいお母さんになりそうな人とか、怒っているところを見たことがない人とか、そういうところにばっかり名前が載っているような生徒だった。

「あ、若手飲みの店ってもう予約取った？」

この会社には二十代の社員だけで集まる会、通称〝若手飲み〟というものがあり、次の会の幹事は私と藪下だった。

「あーまだだ、そろそろ探さなきゃヤバイね」

「めんどくせえよなあ幹事。あ、それよりそれより」ガチャコン、と、藪下が買ったものが落下する音がする。「城野さんとはどう？」

こちらを向いた藪下は、ニヤニヤしながら、生やし始めた髭の長さを何度も確かめるように触っている。中学校の同級生にも髭って生えるんだな、と、私は当たり前のことを思った。

「デートはしてるけど……」

「マジ？　良い感じじゃん。あの人どんなとこ行くの？」

藪下が腰を曲げ、買ったものを取り出す。城野さんがいつも飲んでいるものと同じ、アイスのブラックコーヒー。

「この前は、お寿司。……まわらないとこ」

さすがぁ、と、藪下は学生のように声を上げた。藪下は大学進学と同時に地元を出たらしく、なんとなく私よりも人生の先輩ぶるところがある。それがうっとうしいけれど、そのおかげで「どうせ彼氏いないんだろ」と、就活のＯＢ訪問で知り合って以来お世話になっているという城野さんを紹介してもらった。

藪下は、「マジかっこいい人だから」と、フェイスブックの写真を見せながら何度も何度も繰り返した。この業界のトップで働いてる人でマジ仕事できるし、イケメンだし金持ってるしいいとこ住んでるし、すげーオシャレな店とか沢山知ってるんだって。会ったら絶対惚れるから。

「え、もう家とか行った？　付き合ってはないの？」

デリカシーの欠片《かけら》もない元同級生に、私はため息を浴びせる。目を輝かせる藪下を見ていると、ただＯＢ訪問で会っただけのコイツを今でも傍《そば》に置いている城野さんの気持ちがなんとなく分かってしまうような気がして、私は目を逸《そ》らした。

「まだそういうんじゃないけど……なんか歌舞伎とかお寿司とか、そういう一人では行けないようなところに連れてってくれるよ」

「超いいじゃん。やっぱ城野さんかっけーな」

ちょっと疲れるんだけどね、と言いかけたとき、休憩室のドアが開いた。

「お、お疲れ様っす〜」

藪下がなんともいえない挨拶をする。とはいえ、私も「お疲れ様」としか言えない。稲村《いなむら》君が、聞こえないくらいの声で、「お疲れ様です」と呟く。藪下が一瞬、私を見た。言葉は交わさないけれど、なんとなく、言いたいことは分かる。

稲村君は、一年ほど前に別の会社から転職してきた。聞けば、年齢は私や藪下と同じということで、この代で仲良くしようと一時は盛り上がったけれど、飲み会の場でも仕事の場でも口数の少ない彼は、未《いま》だにどういう人なのかよく分からない。

「今日も猫背だぞ稲村……って、ゲ、シャツ被《かぶ》ってねえ？」

藪下が、自動販売機に向かう稲村君の正面に回り込む。「ううわマジで同じだ、恥ずっ」よく見ると、確かに、藪下と稲村君が着ているシャツは同じものみたいだ。

「うーわ俺これお気に入りなんだよーちょっと明日からそれ着てくるのやめてくれよ～」

「別にいいじゃんシャツが被るくらい」

何も言えなくなっている稲村君に、「ねえ」と声をかける。稲村君は、特に反応しない。

「ま、つーわけで稲村、そのシャツは今後着用NGでよろしく」残りあげるわ、と、藪下は、持っていた缶コーヒーを休憩室のテーブルに置いた。「堀江、もし城野さんと付き合うことになったら教えろよな」

言いたいことだけ言うと、藪下は休憩室から出て行ってしまった。稲村君と缶コーヒーだけが、その場に残される。

「……うるさいよね、あいつ」

一応話しかけてみたものの、自動販売機にお金さえ入れられていない稲村君は、はあ、と、首を傾《かし》げただけだった。二人きりの休憩室の場合、うるさいやつと鉢合わせしたほうがラクかも——何を買うか迷っている様子の稲村君を前に、私はミカンの皮剝きを再開する。あと少しでデスクに戻らなければならない。

「堀江さん」

急に名前を呼ばれ、顔を上げる。稲村君の声は、成人男性にしては少し高い。

「ミカンって、余ってたりする？」

稲村君は、私ではなく、私の手元を見つめていた。スーパーに並んでいるものよりも、サイズの大きな橙《だいだい》色の塊。

「あるけど……」

「ひとつ、もらっていい？」

高い声、細い体、薄い顔立ち。城野さんと真逆の姿を、私はしばらく見つめてしまった。

第3話

一軒目のバーに居続ければ、こんな怪我《けが》、しなかったかもしれない。私はそう思いながら、血のにじむ膝を濡れたタオルで押さえる。

「消毒液とかあったかな」

城野さんが部屋の中を歩き回っている。「全然大丈夫なんで、気にしないでください」明るい声でそう言ってみたけれど、道端で転ぶなんて何年ぶりかの出来事で、傷による肉体的な痛みよりも情けなさによる精神的なダメージが意外と大きい。

歌舞伎を観に行ったあとに寄った一軒目のバーで、城野さんはまず、ジンフィズを頼んだ。「ジンフィズを飲めば、バーテンダーの実力が分かるんだよ」城野さんは、声を潜《ひそ》めてこう続けた。ジンが多いとレモンの酸味が薄れるし、レモンが多いと酸っぱくなりすぎるし、砂糖が多いとジンもレモンも消えちゃうし、ソーダが多いと薄くなるし——私は、すごい、知らなかったです、すごい、と相槌《あいづち》を打ちながら、別のお酒を飲みたい気持ちを抑えた。城野さんが語る私の知らない世界のルールは、いつも正しくて、逆らうことができない。

出てきたジンフィズを一口飲むと、城野さんは、「うーん……お店、変えよっか」と席を立った。ここでいいですよ、と言ってみたけれど、城野さんは聞いてくれなかった。真央ちゃんにはもっとおいしいお酒を飲んでもらいたいから、と、よく焼けた肌の上で微笑《ほほえ》んだ。

慣れないハイヒールに司《つかさど》られるようにして私が転んだのは、ジンフィズをおいしく作ることができるバーを探している途中のことだった。

「すみませんタオル汚しちゃって。ていうか、ほんと、気にしないでください。もう血も止まってるので」

ヒールは折れ、私の膝からは血が出た。城野さんはすぐにタクシーを捕まえると、「すぐに消毒しないと」と、上手に歩けなくなった私を自分のマンションまで運んだ。

「ほんとに大丈夫?」

消毒液を探すことを諦めたらしい城野さんが、私の隣に腰かける。お酒と、男性用の香水と、ほんの少しの汗の匂い。

「全然大丈夫です、ほんとに」

急に近くなった距離をもう一度離すべく、私はお尻の位置を動かそうとした。

だけど、城野さんの両目が、そうさせてくれない。

「……大丈夫?」

私は、私の両目を見つめてくる城野さんの両目を見ながら、悟った。いま尋ねられているのは、怪我のことじゃない、きっと。

そのままキスをした。とても自然だった。そこにある亀裂にそっとセロハンテープでも貼るように、城野さんは私の口を塞いだ。

「俺、シャワー浴びてくる」

城野さんが立ち上がると、ソファのバランスが少し崩れた。「あ、はい」本当にほとんど痛みなんてなかったのに、リビングに独り残された途端、傷口がジンジンと痛み出したような気がした。

城野さんの背中が、私が入ったことのない部屋へと消えていく。

このまま、してしまうのだろうか。してしまったとして、私は、城野さんの彼女になれるのだろうか。そもそも、私は城野さんの彼女になりたいのだろうか。

ふと、ソファの横にある本棚に視線を移した。名作と言われている海外の映画のＤＶＤや、ビジネス系の自己啓発本などが所せましと並んでいる。一番下の段は大きなサイズの本が入るようになっており、そこには写真集や画集のようなものがある。

やっぱり、私の知らない世界にいる人だな――そう思っていると、見慣れた雰囲気の背表紙があることに気が付いた。

卒業アルバム。

私は思わず、一番下の段の隅にあるものを手に取った。厚手のケースに入っているそれは紛れもなく卒業アルバムで、中学、高校、どちらのものも揃《そろ》っている。勝手に見るべきではないと思いながらも、こんなところに置いてあるわけだし、城野さんにとっては〝こう見られたい自分〟

のうちの一部なのだろう。私は、これから聞こえてくるだろうシャワーの音の予感に耳をすませながら、ケースからアルバムを取り出した。

パッと開いたページには、写真が一枚も掲載されていなかった。賑やかに装飾された手書きの文字たちの中に、なんでもランキング、という言葉がある。

探していた文字が、すぐに見つかる。

城野数馬《かずま》——将来モテモテになりそうな人、第一位。

女の子が書いたのだろう、まるでプロの漫画家が描いたような緻密さで、城野さんの名前が一つの作品のように装飾されている。

〝将来モテモテになりそうな人、第一位〟の部屋にいる、〝将来いいお母さんになりそうな人、第一位〟。

私は、卒業アルバムを元の場所に戻した。

ぼんやりと部屋を見渡す。床には、埃《ほこり》一つ、髪の毛一本落ちていない。もしかしたら、今日こそ私を家に連れ込むつもりで、きれいに掃除をしたのかもしれない。

そう思うと、貸してもらった白いタオルに血を付けてしまったことが申し訳なく——いや、城野さんの美学に反することをしている自分がこの空間における異分子のように感じられた。せめて、タオルは洗っておこう。立ち上がり、シンクへ向かう。

自炊をしないのか、客人が来ることを見据えてなのか、キッチンもとてもきれいに片付いている。

食器棚のガラス戸の中に並んでいる食器、調味料が入っているボトル、アイテムの一つ一つにもこだわりが見える。ゴミ箱だって、足で踏むペダルで蓋を開けるタイプの、レトロなデザインのものだ。すごいな、この人。なんだかおもしろくなってきた私は、えい、と、そのペダルを踏んだ。

ゴミ箱の蓋が開く。

中には、大きなミカンが五個、入っていた。

——前にもらったミカン、すごくおいしかったよ。

私は、足をペダルから離した。ばたん、と乱暴な音がして、蓋が閉まった。生臭い香りの塊が、私の体にぶつかって、真っ二つに割れる。

カッコいいし年収高いし、藪下が紹介してくれた人だし、将来モテモテになりそうな人ランキング第一位だし、私の知らないところに沢山連れて行ってくれる人だし——だけど。

私は、荷物を持つと、物音を立てないように玄関へと移動した。ヒールの折れた靴を履き、そっとドアを開ける。全身の中でまず外の空気に触れたのはさっき怪我をした右膝で、そこから順番に酔いが醒《さ》めていくような気がした。

第4話

あのシャツだ。テーブルを挟んで真ん前に腰を下ろした藪下を見ながら、私は思った。

「幹事お疲れでした〜！」

藪下が、細長いグラスをこちらに差し出してくる。「三次会以降は知りませーん」と返しつつ、私も自分のグラスをぶつける。

今勤めている会社は、二か月に一度、二十代の社員だけが集まる〝若手飲み〟という飲み会が開催される。今回は私と藪下が幹事を任され、大人数が集まる一次会の店を藪下が、少人数でしっぽり飲める二次会の店を私が決めた。三次会以降は幹事が仕切る必要はなく、二次会で役目は終了だ。幹事は毎回持ち回りなのだが、会の盛り上がりや出席率がそのとき幹事を務めた代の印象に繋《つな》がることもあり、なかなかプレッシャーのかかる仕事だ。

「いいじゃんこの店。知らなかった、俺」

これから使おっ、と、藪下がグラスに口をつける。前から行ってみたかったこの店は、居酒屋とバーの中間のような雰囲気で、気取っていないわりに置いてあるお酒の種類が豊富らしい。二次会まで残ったメンバーの反応も上々で、そうなると、自分がすごいわけではないのになんとなく誇らしい気持ちになる。

「何飲んでんの？」

「ジンフィズ？　だったかな？」誰かが頼んだのに乗っかっただけだけど、と、藪下が笑う。

ジンフィズ。口の中で一度繰り返してから、訊いてみる。

「それ作った人の実力、分かる？」

「は？」藪下が眉間にしわを寄せる。「そんなの分かるわけなくね？　とりあえず今は酔えればなんでもいいわ～」

藪下はそう言うと、給水所に寄ったランナーのようにごくごくと液体を吸引していく。ジンとレモンと砂糖とソーダの割合なんて、体の中に入ってしまえば関係なくなる。

私は少し笑いそうになりながら、藪下の上半身を指した。

「そのシャツ、ほんとにお気に入りなんだね」

藪下は城野さんを見習ってジムに通い始めたらしく、贅肉《ぜいにく》が付き始めていた体は前よりも締まっているように見える。

「これオシャレじゃね？　俺はパンツも合わせて買ってるわけだからさ、稲村には悪いけど向こうに控えていただくしかないよね」

勝手だなーと相槌を打ちつつ、そういえば今日、稲村君はこの飲み会に来ているのだろうか、と思った。管理していた出席リストを思い出そうとするけれど、酔いが回っているからか、なかなか思い出せない。稲村君が転職してきてから数回、若手飲みが開催されているはずだけど、彼はこの飲み会に何度出席していただろうか。

「勝手って、このパンツにはこのシャツ合わせるのがルールなんで。雑誌にも載ってた組み合わせだし、俺は譲れないわ」

ルール。かつての同級生の口から出た言葉なのに、私の頭の中では城野さんの声で再生された。醤油を小皿に残してはいけない。バーに入ったらまずジンフィズを頼む。私の知らない世界のルール。

「私、城野さんとうまくいかなかった」

そう口にした途端、さっきまでおいしかったはずのお酒が突然苦く感じられた。

「えっなんで⁉　いい感じじゃなかったっけ？」

藪下の大声に、周りにいる先輩や後輩たちが一瞬、こちらを見る。城野さんは、藪下に何も話してないんだ。あれからもう一週間近く経つけれど、自分に憧れているらしい後輩に、失敗談を語ったりはしないんだ。

「そもそも合わなかったんだよ。私とは別の世界にいる人っていうか。いろんなところに連れて行ってもらっても、しきたり？　みたいなのがいっぱいあったりとかして……難しくて、楽しめないっていうか」

「それはお前が世間知らずなだけじゃね？」

藪下の声が、一段階、低くなった。

「せっかく城野さんが色々すごいところ連れて行ってくれてんのにさ、なんかその言い方はひどいと思うわ」

「それはそうかもしれないけど、だけど」

どうしてだろう、うまく説明ができない。考えていること、言いたいことは沢山あるのに、どんな言葉で表現すればいいのかわからない。

「ちょっとトイレ行ってくる」

藪下から逃げるように立ち上がると、少し離れたテーブルの片隅に、稲村君がひとりで座っているのが見えた。

第5話

「二次会にいるなんて珍しいね」

私は、テーブルを挟んで真向かいの席に腰を下ろした。稲村君が顔を上げる。

「今日、来てないかと思ってた」

「あ、まあ……」酔いが回っているのか、うっすら顔が赤くなっている稲村君が、私だけに聞こえるくらいの声量で話す。「ここ、好きな銘柄が沢山置いてある店だったから。一回来てみたくて」

稲村君の手元には、みんなが持っているような細長いグラスではなく、飲み口の大きな背丈の低いグラスがある。

「シャツ、あれからほんとに着てないね」

私は、離れたテーブルにいる藪下に一瞬、視線を飛ばす。ついさっきまで私と話していたことなどもう忘れたのか、同期の男子たちと何やら大声で騒いでいる。

「あいつもひどいよね、被ったからそっちが着るのやめろとか言って――あれ？」

私は、ぐいと上半身を前に傾けた。

「ん？　これ、同じ……？」

「ボタンだけ、替えたんだ」

稲村君は、もともと小さな声のボリュームをさらに落とした。

「プラスチックのボタンを、天然貝のやつに付け替えたんだ。シャツって、それだけで印象が全然変わるから」

「え、ほんとだ、なにこれ、すごい」

私は、さらに前のめりになる。ボタンの種類と色を変えただけなのに、藪下の着ているものとは全く別物に見える。さらに言えば、アレンジを加えている稲村君のシャツのほうが、断然かっこいい。

「びっくり。ボタンだけでこんなに変わるんだ」

私が近づいた分、稲村君が上体を反らせる。「もともとボタンを付け替えるつもりで買ったやつだから……なかなか時間が取れなくてしばらく買ったまま着てたけど……」照れているのか、ほんのり赤かった顔がますます紅潮していく。

「ボタン付け替えるなんて、そんなのやってる人はじめて見た」

服なんて、買ったものをそのまま着るものだと当たり前のように思っていた。それどころか、藪下みたいに、雑誌に載っている組み合わせをそのまま着ることだってある。提示されているルールに従ったほうが、楽だから。

「すみません」

ふいに、稲村君が右手を上げた。店員さんに、「同じものください、ロックで」とオーダーをする。

「それ、ウイスキー？」

私が訊くと、稲村君はこくりと頷いた。

「ウイスキーって……なんか、バーとかに置いてあるお酒、だよね？」

バー。言葉にしてみた途端、もう治ったはずなのに、膝の傷がちりっと痛んだ気がした。忘れたつもりの城野さんの横顔が蘇る。

バーではまずジンフィズから、カウンターの寿司屋では醤油を小皿に残さないように。このシャツにはこのパンツを合わせるべき——私たちが生きている世界には、ルールやしきたりが沢山ある。私なんかが跨《また》ごうとしたら足を引っ掛けて転んでしまうくらい、高い敷居が沢山ある。

コトン、とグラスの底がテーブルを打った。

「前、堀江さんから、ミカンもらったでしょう」

突然、稲村君が言った。

「え、うん」

「あれ、ウイスキーと合うからなんだ」

予想外の返答に、私は「は？　ミカンが？」と大きな声を出してしまう。藪下が一瞬、こちらを見た気がした。

「そんなの聞いたことないんだけど。ウイスキーってなんかもっと難しい感じじゃん？」

いやいや、と、稲村君の喋るスピードが少し上がる。

「漬け込み酒っていうのがあって、ミカンをウイスキーで漬け込むとすごくうまくて」

楽しそうに説明を始めた稲村君の背景に、城野さんの家のキッチンの風景が広がる。

「まず皮剝いて筋取って、半分に輪切りにして」稲村君の声を浴びながら、私は、頭の中であのやけにおしゃれなゴミ箱のペダルをもう一度踏んだ。渡したミカンがそのまま入っていたゴミ箱の中に、なみなみとウイスキーを注ぐ想像をする。「そしたら砂糖とレモンを入れて、三日間くらいかな、ほっとくだけ」不思議と、それだけで、気持ちが少し、すっきりした。

天然貝のボタンが、稲村君の持つグラスの光を反射している。

そうあるべきだと思われているルールから少し外れて、自分だけの楽しみ方を見つける。決められた道筋の通りに進むんじゃなくて、自分だけの歩き方を探し出す。私は、そういうふうに生きていきたいんだ。そういうことを、さっき、藪下に言いたかったんだ。

「私さ、お寿司にいっぱい醤油つけて食べるのが好きなんだけどさ、別にいいよね」

「え?」

稲村君が、ぽかんと私を見る。

「あとね、本当はかんぴょう巻が一番好きなの。だけどこういうところでは巻物は最後に食べるべきだから～とか言われてさ、でも満腹の状態で好物食べたっておいしくないじゃん? 好きなものはすぐ食べたいじゃん?」

突然べらべらと喋り始めた私に、「え、あ」稲村君が戸惑っている。

「バーテンダーの腕を確かめるよりもね、私は、好きなお酒を、好きなように飲みたかったの。もっと、あの人自身が何が好きなのかとか、何を考えているのかとか、そういうことを話したかったの。世間のルールを教えてもらうんじゃなくて」

きっと今は、私の顔のほうが赤いだろう。上がっていく体温を感じながら、私はそう思った。

そこまで仲良くもない人に、いきなり何を言っているんだろう。なんかごめん、と謝ろうとしたそのとき、店員さんが、さっき稲村君が頼んだお酒を持ってきた。

飲み口の広いグラスの中で揺れる、琥珀《こはく》色。

「……それ、一口もらっていい？」

思い切ってそう訊くと、稲村君は、「うん」と私にグラスを渡してくれた。私は、氷が溶けるよう、受け取ったグラスを少し揺らす。

「あ、そういえば」言いたいことを言い切ってしまえば、口の動きはどんどん軽やかになる。

「稲村君って、卒業アルバムによくある何でもランキングみたいなやつ、何か入ってた？」

「……いきなり何の話？」

「あるじゃん、将来モテそうな人第一位とかさあ」

「そういうのに俺が入ってるわけないでしょ」

俺、という一人称に、ドキッとする。稲村君が自分のことを俺というところを、今、はじめて聞いたかもしれない。

そろそろ飲めるかな、と、グラスを持ちあげたとき、稲村君が、「あ」と、声を漏らした。

「そういえば、いいお父さんになりそうな人ランキングってのだけ、一位になってたかな」

口元に運んだグラスからは、これまで私の嗅いだことのない、だけどすごくいい香りがした。

CHECK 02

[感想戦]

蜜柑ひとつぶん外れて

――お疲れ様でした。

お疲れ様でした。この案件に関しては、実在する〝稲村君〟の話をしないと始まらないでしょう。大学のゼミの同級生で、明るくてモテモテ、みたいな雰囲気からはほど遠く、趣味は卓球と読書、学生なのにすでに二児の父みたいな雰囲気を醸し出していた男、それが〝稲村君〟です。私は彼の、ファストファッションのシャツのボタンをこっそり付け替えてオリジナルのものにしていたり、帰り際に好きなお酒に合う甘味をひっそり購入していたり、そういう日常の中の幸福を楽しむ生き方を見上げていました。本作の登場人物の名前は全員ゼミのメンバーから拝借しています。小説が完成したときは、ゼミのLINEグループに原稿のデータを放り投げました。「シャツのボタン！　替えてたー！」と、みんな笑っていました。いい思い出だけ語って終わらせようかと思いましたが、この企画も角田光代《かくたみつよ》さんと共に参加させていただき、相変わらず角田さんの作品があまりに素晴らしかったことを思い出しました。数年越しに今、再び赤面しています。

CHECK 03

2016年2月〆

発注元

サッポロビール

さっぽろびーる

【お題】

「エーデルピルス」という商品の価値を広められるような文章

CHECK
03

使用媒体

商品のブランドブック

発注内容

●「エーデルピルス」というビール名が出てきて、高貴な香りがする、という特徴が入っていれば、エッセイでも小説でもどちらでもＯＫ。
●「エーデルピルス」の特徴は、スフレ泡、高貴な苦味、３度注《つ》ぎ。
●文字数は１６００〜２０００文字程度。

【タイトル】

あの日のダイアル

START

忙《せわ》しなく動く右手の中指はきっと、高田《たかだ》の心模様を表している。こいつも一緒にオフィスから連れ出してよかった、と、正樹《まさき》は心の中で安堵《あんど》した。入社六年目の高田と同じチームで働くようになってもうすぐ一年になるが、まだ二十代のこの男は少々落ち着きがない。

「落ち着け。俺たちがここで焦っても仕方ない」

「そうっすけど……あ、やっと来た」

高田が、奪い取るようにして店員からつまみを受け取る。面食らった様子の店員に、正樹は頭を下げる。

十九時十八分——受注が決定した場合、先方から連絡が来るデッドラインとして伝えられている時刻まで、あと十二分。正樹は、テーブルの真ん中に置いてある携帯電話を裏返すと、ふうと息を吐いた。

この一年の日々の結果が、もうすぐ出る。

後輩を宥《なだ》めつつも、正樹のグラスだっていつもより速いペースで中身を減らしている。もうすぐ三十五になる自分でさえ、こんなにも平常心ではいられないのだ。若い高田が焦るのも当然かもしれない。

勤めている会社が新興国への設備投資事業に乗り出すことを決断したとき、白羽《しらは》の矢が立ったのが正樹だった。すぐに、入社以来管理システム部一筋の正樹を中心に、若手をメインにしたチームが結成された。日本のインフラ設備は世界的にも評価が高いが、中でもオペレーションやメンテナンス等の運営までを含めた管理システムの精巧さは一目置かれている。

チームが発足して一年、いよいよこぎつけた最終プレゼンの結果が、もうすぐ出る。とある新興国の高速鉄道、その管理システムに採用されるかどうかが、今日、決まるのだ。

夕方ごろから、デスクにいてもどうにも仕事にならなかった。同じく落ち着きをなくしていた高田を連れ会社のすぐそばにある店に入ってから、もう一時間ほどになる。オフィスに残した同僚には、先方から連絡がきたらすぐに電話してくれと伝えてあるが、黒い画面を携えた四角い無機物は目を覚ます気配すらない。

時計を見る。十九時二十四分。

「ダメだ、じっとしてられない」

思わず立ち上がった高田を、正樹は座らせる。そのままグラスを手に取ると、残りを一気に飲み干した。動揺していたのだろうか、普段の好みよりも苦いビールを頼んでしまっている。グラスから漂う香りも、どこかいつもと違う気がする。

口の中に広がる苦味、いつもと違う独特の香り、そして――

「大丈夫だ、信じて待とう」

――大丈夫って信じて、待つ。

ふと、自分の声に、祖父の声が重なった気がした。

母方の祖父の家は、正樹の家のすぐそばにあった。祖母は早くに亡くなっていたため、祖父は瓦屋根の一軒家で一人暮らしをしていた。

祖父の家には、正樹の家にはないものがたくさんあった。コードがくるくるの黒電話、茶色く輝くハエ取り紙、子供には苦かった黒い飴玉。

中でも、祖父の趣味である将棋は、ゲーム好きの正樹も気に入った。正樹は、祖父の家独特の——線香か、湿布薬か、祖父の体そのものから発せられていたのかはわからないが——においの中で、ソフト盤を挟んでいる時間が好きだった。

幼かった正樹は、次の一手を考え込む祖父をよく急《せ》かした。今思えば、祖父は、勝つための一手というよりも孫と接戦になるような一手を考えていてくれたのかもしれないが、当時の正樹はそんな気遣いを推し量ることは当然できなかった。

待て、と呟《つぶや》く祖父の肩越しには、黒電話があった。祖父の一手を待つ間、正樹はいつも、暇つぶしにその見慣れない黒い塊を凝視していた。そんなときは大抵、正樹の口の中には、甘いというよりは苦い飴玉が収まっていた。

「おじいちゃんちの電話、変。うちのはもっとカッコいいよ」

変なの、と笑う正樹に向かって、あるとき、祖父は言った。

「正樹、救急車を呼ぶときの番号は知ってるか？」

１１９でしょ、と、正樹は小さな胸を張る。

「１１９の三文字目が９の理由は、知ってるか？」

わかんない、と、正樹が素直に首を振ると、祖父はくるりと後ろを振り返り、黒電話のダイアルにしわくちゃの指を掛けた。

「昔は、電話はこの形だったんだ。このダイアルで119を回すと……」
1、1、は、とても速くダイアルが回った。それに比べて、9、をダイアルし終わるまでには、とても長い時間がかかったように感じられた。
「……最後、すーごい待つね」

救急車って急いでるときに呼ぶのに、と不服そうに呟く正樹に、祖父が向き直る。

「9が元の場所に戻るまでの間に、人は、落ち着きを取り戻すんだそうだ」

祖父の目は、優しかった。

祖父の背後では、黒電話が蛍光灯の光を反射していた。

「現代の人間が失ってしまった一番の感情は、待つ、という心だよ」

「大丈夫って、信じて待つこと、将棋も人生も同じ。ゆっくり目を閉じて、次の一手を落ち着いて考えることが大事なんだ」

口の中で、飴玉が転がる。鼻腔《びこう》は、祖父の家独特の香りを感じ取っている。

「多くの人が失っていくものを、お前も一緒に失ってはいけないよ」

祖父からもらう飴玉はいつも苦いと感じていたけれど、その日は不思議と、その苦みをおいしく感じられた。

「もう待っててもダメっぽいっすね、これ」

苛立《いらだ》ちを隠せない様子で、高田がそう吐き捨てた。十九時二十七分。

「こんなのもう飲むしかないですわ」高田が後ろを振り返り、店員にオーダーする。「あの、さっきと同じやつ、二つください」

「エーデルピルスでございますね。かしこまりました」と頭を下げつつ、空になっていた二つのグラスを店員が運んでいく。高田は、メニューを脇に避《よ》けると、早速ボヤキ始めた。

「プレゼン、ダメならダメだったで早く連絡してきてほしいっすよね。次に取り掛かれないじゃないっすか、気持ち的にも」

高田の背後で、店員が、ビールサーバーの下にグラスを用意している。黒い注ぎ口が、電灯の光を勇ましく反射する。

向かい合っている人の背後で、光を反射する黒い物。あのサーバーが注ぐビールの苦味、いつもと違う独特の香り——。

正樹は、視界と記憶、それぞれの中にある二つの景色が重なった気がした。

「落ち着いて、待とう」

十九時二十八分。あと二分。

「大丈夫って信じて、待つんだよ」

サーバーを操る店員は、グラスの中に勢いよくビールを注いだかと思うと、じっと動きを止めた。

泡が半分ほどに減るまで、待っているのだ。

「俺たちは、待つっていうことが、一番できなくなってるんだ」

テーブルの上で開かれているドリンクメニューには、3度注ぎ、の文字がある。

「皆毎日が忙しくて、次から次へとやることがあって」

訝《いぶか》しげな表情をしている高田の背後で、真っ白い泡が、その嵩《かさ》を少しずつ減らしていく。その時間を待つ店員の横顔は、先ほど二つのグラスを下げたときの表情よりも、どこか豊かに見える。

「理不尽なルールや無茶な要求の中で失いがちになるものもたくさんあるけど」

最上の質の管理システムを最安値で開発しろ、最小限の人数で最上級に細やかな運営を担えるシステムを構築しろ——。

「社会が失っているものを、俺たちも一緒に失ってちゃ、意味がないんだ」

十九時二十九分。

「大丈夫って信じて待とう」

あと一分——。

お待たせしました、と運ばれてきたビールのすぐそばで、電話の画面が四角く光った。「あっ」声を漏らす部下を落ち着かせるように、正樹はゆっくりと、その光源に手を伸ばす。

CHECK 03 ［感想戦］

あの日のダイアル

――お疲れ様でした。

お疲れ様でした。この案件の山場は、高貴な香りがする、という、どう書いても浮いてしまうキーワードを思い切って〝独特な香り〟と言い換えたところでしょうか。かなり意味が変わってしまいますが、担当の方OKを出してくださったので思い切り甘えました。全体としては、ビールの本場、ドイツやチェコで受け継がれてきたという「3度注ぎ」という注ぎ方が、通常の注ぎ方よりもたっぷり時間がかかるということで、その特徴が人間の内面と呼応すれば小説として成り立つ予感がありました。ビールの独特な苦味とみんな大好き〝おじいちゃんちのなんか苦い飴玉〟をつなげた点、自分で自分をほめたいと思います。ええ、偉そうに話してますが、高貴な香りというキーワードから逃げたこと、そして各キーワードが結局めちゃくちゃ浮いていることによるマイナスは、埋められていませんよね。

CHECK 04

2017年7月〆

発注元

JT

じぇいてぃー

【お題】

たばこが作中に登場する、
「人生の相棒」をテーマにした小説
全四話

CHECK 04

使用媒体

会員制サイト

【タイトル】

胸元の魔法

発注内容

●人生のいかなる時にも寄り添い、その人を支える「人生の相棒となるモノ」をテーマにした小説。取り上げるアイテムは自由。悩んだり、迷ったり、壁にぶつかったりした時に、お守りのように力をくれたり、進むべき道を照らしてくれる存在を小説で伝えてほしい。

●主人公は男性。

●作中にはたばこを登場させる。吸っている描写でなくても、たばこが置いてある等《など》、作中に登場していればOK。

●文字数は、一話2000〜2500文字で四話分。合計で、原稿用紙25枚程度。

START

1

「トランジット結構あるんだよね、ここ」

腕時計を見ながら、志乃《しの》が呟《つぶや》く。パリへ行くために、アムステルダムのスキポール空港で乗り換え。旅行会社から予定表をもらったときから、ここで数時間待つことになるのはわかっていた。だけど、いざその待ち時間に挑むとなると、やっぱり少しうんざりする。

「まだ着いてもないのになんか疲れたな」

「うっそ、私超元気なんですけど」

何のアピールだか、志乃がぶんぶん腕を振り回す。志乃は車も電車も飛行機も関係なく長時間移動に強い。その元気を浴び続けることによってさらに疲れてしまうときがあるということは、志乃には言わないようにしている。

次の便の搭乗時刻までは、四時間。過ごし方の制限を与えられない時間は、きらきら輝いているようで、脈を打っていないただの塊のようにも感じられる。次の会議までにアレを、昼休みまでにコレを、なんて制限だらけの社会人生活を七年以上送っていると、その制限の多さにくさくさとしつつも、自ら主体的に、自由に物事を選び取っていい場面では、何によって行動の優先順位を決めればいいのかわからなくなってしまう。

俺は、ぐるりと空港を見渡した。

「ほんと広いな、ここ」

「ね。さっき普通にカート走ってたしね。ていうかカジノあったの見た？」

カジノカジノ、と、志乃は楽しそうにしている。スキポール空港はとても広いけれど、表示などは丁寧で、日本人にやさしい。出発前、いろんな雑誌やサイトをチェックしていた志乃は「ここでトランジットなら絶対あっという間だよー」なんてニコニコしていた。空港内にはオランダの土産物がたくさん売られているというが、俺はせっかくなら目的地のパリまで無駄な出費はしたくない。それに、こちらからすると、「土産物屋が充実している」という事実は決して、「時間を潰せる」こととイコールではない。

「とりあえずどっか座ろうぜ」

「はいはい」

空いているソファに腰を下ろした途端、志乃はハンドバッグの中身を確認し始めた。付き合い始めたころからそうだが、志乃は落ち着くたびに財布と携帯の所在を確認する。しっかりしていると言えばまあそうなのだけれど、海外旅行となるとパスポートや航空券のチェックまで加わるので、急いでいるときは少し苛立《いらだ》ってしまう。

結婚前に同棲か、最低でも海外旅行はしておいたほうが良い――そんなことは耳にタコができるほど聞いたことがある。この新婚旅行は、俺と志乃にとっては初めての海外旅行だ。まだ往《い》きの飛行機に乗っただけだけれど、確かに同棲はしておいてよかったかもしれない。すでに、イラッとくることがちょこちょこある。

志乃とは大学三年生からの付き合いだ。もう十年近く一緒にいる。大学を卒業してすぐ関西の支社に配属になった俺が、三年経《た》って東京に戻ってきてから、俺の勤め先の社宅で同棲を始めた。だから同期や先輩にも志乃の顔は知られており、そのおかげかパリへの新婚旅行は有休が取りやすかった。

「……やっぱ、何度見ても変な感じ」

「ん？」

思わせぶりに呟く志乃に、俺は顔を向けてやる。志乃は、パスポートの中にある、証明写真のページを見ていた。

「私、自分の名字好きだったのになあ」

真田《さなだ》志乃。まだ見慣れていない文字が、そこにある。

「なんかおばあさんみたいじゃん、真田志乃って。これまでは名字の珍しさで名前の古さカバーしてたのに」

「カバーできてたかあ？」

宮之原《みやのはら》、という志乃の旧姓は確かに珍しく、宮之原志乃、という字面は昭和の女優のようでもあった。志乃はその名字を気に入っていたらしいが、今更どうにかできることではない。

今更どうにかできることではないことを、志乃は時々蒸し返す。変わる名字、同棲している部屋の間取り、俺が一人っ子の長男であること。

ふう、と、俺は息を吐く。

目の前を、たくさんの人が通り過ぎていく。まだ結婚していないような若いカップルもいれば、もう何十年も連れ添っているような中年の男女もいる。手を繋いでいる二人も、一つの携帯の画面を覗き込んでいる二人も、疲れていることをお互いに隠さない二人もいる。

――志乃で、いいのだろうか。

結婚すると決めてから、ふと、そんな思いが頭をよぎることが増えた。勤務中、昼飯を食うために夫婦で経営している定食屋に入ったとき。会社帰りに寄ったコンビニで一人分の酒とつまみを買うサラリーマンを見たとき。休日、身軽な格好でマンションを出て行く同期の後ろ姿を見たとき。

志乃でいいのだろうか。それこそが今更どうにかできることではないとわかってはいるけれど、そんな疑問は、一粒目の雨のように、いつも突然降ってくる。

「煙草《たばこ》？」

志乃の声に、意識が引き戻される。ふと気づくと、自分の右手が、左胸のポケットに触れていた。

「吸いたくなったんですか？」

その動作を見逃さなかった志乃が、不機嫌な表情になるのがわかる。同棲する前から、志乃は俺に禁煙をさせたがっている。こっちの勤め先の社宅に住んでいるにも拘《かか》わらず、家にいるときはベランダでも煙草は禁止だ。

「吸えるとこ探してきていい？」

「新婚旅行中くらい我慢してよ」

志乃の不機嫌な表情が決定的なものになる。男女というものは基本的にそうなのかもしれないが、基本的にこの二人の関係性の主導権は女である志乃にある。大学三年生のころ、俺が志乃を熱烈に口説き落としたという事実も、今の二人の力関係に影響を及ぼしているかもしれない。

「ごめん、ちょっとだけ吸ってくる」

志乃の返事を聞かず、俺はひとり立ち上がる。いくら尻に敷かれているといっても、煙草だけはやめることはできない。

喫煙所で、またあいつに出会えるかもしれないから。

俺はもう一度、左胸のポケットの、ふくらみに触れる。

一条秀光《いちじょうひでみつ》のことを、思い出す。

2

一条秀光とは、大学のゼミが一緒だった。

三年から始まるゼミは、幸運なことに第一志望の教授の面接に受かった。志乃と出会ったのも、そのゼミがきっかけだ。はっきりとした目鼻立ちの志乃は、モノトーンの服ばかりの教室の中で、ひとりだけ太陽に照らされているように明るく見えた。

だけどもう一人、志乃以上に目立っている人がいた。

初めてのゼミということもあり、男女それぞれなんとなく言葉を交わしたりお互いを探り合ったりしている空気の中、その人——一条秀光はひとりで座っていた。一番後ろの列にいるのに、特に声を発しているわけでも分かりやすいポーズを取っているわけでもないのに、その姿はなぜかやけに堂々として見えた。独りでいることは恥ずかしいこと、孤独は悪とされる空気が蔓延《まんえん》しているキャンパスの中、独りでいることと自信に満ち溢《あふ》れて見えることを両立させている一条の存在は、異色だった。

とはいえ俺も、社交的なタイプではなかった。一年生のころなんとなく入ってしまったサークルとはノリが合わず、二年生になる前にやめた。バイト先も転々としていたからか、上京してからというもの、心を許せるような友人とはなかなか出会えていなかった。

結局俺は、初回のゼミで、一条から右に二つ離れた席に座った。堂々と独りでいる一条の姿を見ていると、ひとりで席に座ることが恥ずかしくなくなった。

三つ目のバイト先を辞めたころから、俺は煙草を吸うようになった。そうすれば、大学の授業と授業のあいだ、バイト先の休憩時間、これまでなんとなく持て余していただけのあらゆる時間を、喫煙所に行くことできれいに避けることができた。

やがて、服を買うときはTシャツでも襟付きシャツでも、胸ポケットがついているものを選ぶようになった。煙草そのものは、子どものころに約束を交わした誰かの小指のように細かったけれど、煙草の箱による胸ポケットのふくらみは、自分を喫煙所へ逃がしてくれる印籠《いんろう》のように感じられた。

ある日、教授の急病によりゼミが休講になった。事前連絡が届いていなかったため、ゼミ生はみんな、教授の登場を待つ教室で休講を知った。

超ラッキーじゃーん。えーじゃあ今日の夜バイト入れればよかった〜。つーかこのあとみんなで飲み行かね？ それいいね、行く人挙手挙手——いろんな言葉が飛び交う中、俺は魚の骨を取り出すようにするりと教室を出た。特に仲が良いわけではない人たちと大勢で飲むことは、今よりもずっと苦手だった。

胸ポケットから煙草を取り出しながら、そっとドアを開ける。音を立てないように、ほんの少ししか開けなかったドアは、俺が通り過ぎた後も、なかなか閉まらなかった。

後ろを見ると、そこには一条がいた。

喫煙所に着いても、一条は何も言わなかった。無言で、俺の隣に座った。カバンからライターを取り出しつつ、俺は、一条の胸ポケットのふくらみを見つめた。ほんの少し見える箱の蓋の部分を見て、知らない銘柄だな、と思った。

季節は五月、時刻は十九時過ぎ。校舎の窓には電気がついていて、外灯に照らされた喫煙所には誰もいなかった。

「火、貸そうか？」

沈黙に耐えかねた俺は、いつまで経ってもライターを取り出そうとしない一条に、話しかけた。

すると一条は、何も言わず、胸ポケットから馴染《なじ》みのあるサイズの箱を抜き出すと——その中から、トランプのカードを取り出した。

煙草じゃなくて、トランプ。

音もなく、煙草の先から灰が落ちる。俺は、新しいジーパンの上に散った灰を慌てて払った。

「騙《だま》されただろ」

一条はそう言うと、慣れた手つきでカードを切り始めた。騙されたといえば騙されたけれど、それを認めるのはなんだか癪《しゃく》だった。俺は、黙ったまま煙草を吸い続ける。

やっぱり、ちょっと変な奴だ。あのときの俺は、確かにそう思った。だけど、すぐにその場から立ち去らなかったということは、一条の一風変わった振る舞いに、ワクワクしていたんだと思う。

大学内で誰かと普通に会話をしたのは、久しぶりのことだった。

「なんかバイトとかしてる？」

脈絡もなく、一条が訊いてくる。

「今はしてない」

「だと思った。いっつもヒマそうだもんな、真田」

失礼な物言いだったけれど、失礼な奴だとは思わなかった。それよりも、名前を覚えられていることに驚いた。

「一枚引いて」

見ると、一条が裏返しにしたカードを扇子のように広げている。めんどくせえな、と思いつつも、自分だけが感じられる鼓動の高鳴りに、俺は従うことにした。

「じゃあ、これ」

向かって右のほうから一枚、カードを引き抜く。それを裏返すと、カードの表面には、一枚の名刺が貼られていた。

「そこ、俺のバイト先。働かねえ？」

マジックバー。名刺には、そんな文字があった。大学からは少し離れているが、通えない距離ではない飲み屋街にある、ビルの四階。

「……俺マジックなんてできねえけど」

「いやいや、やってもらおうとは思ってないから。フードとかドリンク出すだけ。あと掃除とか。どう？　と言いつつ、一条にカードを奪われる。こいつは、どうして俺がこのカードを引くと最近一人いきなり辞めちゃってさ、ちょっと大変なんだよね」

わかったのだろうか。って、それがマジックか。煙草の先端から落ちた灰が、もう一度、ジーパンの上で散る。

「マジック、すごいな」

俺は、素直にそう呟いた。自分にはこれといった特技がないため、心からの感嘆だった。

「自信があれば、騙せるもんだよ」

一条はそう言うと、トランプのケースを胸元のポケットにしまった。傍からはきっと、喫煙者にしか見えないだろう。「じゃ、いつからシフト入れる？　店長にバイトつかまえたって連絡していい？」背もたれに体を預けた一条を見ながら、俺は、もしかしたらこいつも、本当は少し寂しかったのかもしれないなと思った。教室の中で独り自信満々に見えていたのは、そんな自分を騙し続けるためだったのかもしれない、と。

3

友人、そしてバイト先。その二つを同時に手に入れてから、俺の日々は少しずつ変わっていった。両手いっぱい使っても抱えきれなかった暇な時間が徐々に溶けてゆき、友達とまではいかないが会えば言葉を交わす人間が増えた。大学で言葉にしがたい存在感を放っていた一条は、マジックバーでもすでに何組かの常連客をつかんでいた。一条を通して、俺も知り合いを増やしていった。

その中に、志乃もいた。

一条と仲良くなってからは、一緒にゼミの飲み会にも顔を出すようになった。話すネタに困ったときは、一条がテーブルの上にあるグラスや、やはり胸ポケットのトランプを使って簡単なマジックをして場を盛り上げてくれた。バーでは客に高いお金を払わせているのに飲み会では無料でやるんだな、とからかえば、え、一条くんバーで働いてるの、と、話題はますます広がっていった。

一条から広がっていく波に身を任せておけば、その場は楽しくなる。志乃も、他の学生たちと同じように、そのもともと明るい顔立ちをさらに輝かせていた。

飲み会を繰り返すうち、ゼミ生でラインのグループを作ろうということになった。ここでも一条は「分身マジックやりまーす」とか言いながら、名前やアイコン、自己紹介文を俺のものと全く同じように設定したりして、ゼミのメンバーを笑わせていた。現に一条宛のメッセージが俺に届いてしまうこともあり、それも話の種になった。

大学でもバイト先でも、俺はいつも、一条越しに誰かのことを見ていた。

タネのわからないマジックや、人とは少し違う考え方から生まれる発言に表情を変える人々の姿を、いつも一条を通して見ていた。そのうち、はじめは一条の繰り広げるマジックに向けられていた視線が、一条その人に向くようになる瞬間がわかるようになっていた。バーを訪れる客の中にもそういう女性はいたし、それはゼミの中でも同じことだった。

志乃は、一条に惹かれている。

いつしか俺は、そんなふうに思うようになった。周りの女子に比べて、志乃の表情はどことなく熱を持っているように感じられた。そして、そんなことを考える自分こそ志乃に惹かれているということは、なんとなくどころか、形のない水が固い氷になっていくように、はっきりと自覚していた。

その自覚を強めるごとに、一条はマジックの腕を着々と上げていった。つまりそれは、一条のマジックを見た人が一条にますます惹きつけられるということでもあった。

ある日、営業時間を終えたバーでクローズの作業をしているとき、一条と二人きりになった。

「一条って今、彼女いるの？」

グラスを白いフキンで拭きながら、俺はそう訊いてみた。

「何すか、修学旅行の夜ですか？」

「いや、いま思ったらお前とそんな話したことなかったし」なんとなく、と俺は答える。

「いねえよ。康司《こうじ》はいんだっけ？」

「……気になる人なら」

「ますます修学旅行の夜じゃねえか」一条が笑う。「大学生にもなって気になる人って。飲みにでも誘えばいいじゃん」

一条は、暑いなら上着脱げばいいじゃん、とでも言うように、簡単にそう助言をしてくる。

俺は、志乃の姿を思い出した。

「まあそりゃそうなんだけど」

——多分その子、お前のこと好きだし。

心の中で付け加えた部分は、声には出さなかった。

まっすぐに伸びた背筋とはっきりとした顔立ち。男女問わずざっくばらんに話ができる明るい性格。

「俺じゃ無理って感じの相手だから」

キャンパス内でも、飲み会の席でも、志乃はいつも、一条を見つけるとそばに近寄ってくる。

ぱっと、花を咲かせたような表情で、今日は何してんの、と、好奇心に満ちた瞳で近づいてくる。

コン、と、一条が拭いていたグラスをカウンターに置いた。

「康司ってちょっと自分に自信なさすぎなところあるよな」

一条が、新たにグラスを手に取る。

「今も勝手に、相手と自分じゃ釣り合わないとか思ってそうだけど」

きゅ、きゅ、と、音が鳴るまでグラスを磨く。

「自信があれば、騙せるもんだよ」

きゅ、きゅ。

「マジックと一緒」

一条はそう言うと、胸ポケットの膨らみをひとさし指でトン、と突いた。自信があれば、騙せるもんだよ——喫煙所でも聞いた言葉は、誰もいないバーだと、どこか違う響きを伴って聞こえた。

志乃と何度かデートを重ね、いよいよ告白したのは、大学三年生の夏休みが始まるころだった。オーケーをもらったときは、あまりに驚いて、その日のバイトの仕事をいくつもミスってしまった。

一条には、何があったのかすぐに気づかれた。それどころか、相手が志乃だってこともバレバレだったらしい。「おめでとう」そう言って笑う一条を、俺は直視できなかった。

だって、志乃は多分、一条を好きだった。そんな志乃を、俺は、自信満々に何度も誘うことによって、騙したのだ。一条に向いていたであろう恋心を、無理やり、俺に向けさせた。

志乃と付き合うようになり、俺はバイトのシフトを減らした。それまでの大学生活がバイト漬けだったのでそれなりに貯金はあったし、志乃と一緒に過ごす時間を増やしたかった。

表向きは、そう言っていた。だけど、今思えば、一条と顔を合わせづらかったことが、一番の理由だったと思う。

大学生の夏休みは長い。大学に通わなくてもよくなり、バイトに行く頻度も減ると、一条とは、あまり連絡を取らなくなっていた。

夏休みが終わり、久しぶりにシフトに入ると、一条はマジックバーを辞めていた。それどころか、大学に休学届を出し、本格的にマジックの勉強をするために、海外へ行ってしまっていた。俺はそれを、ゼミの教授から聞いた。

4

結局、空港内に、喫煙所はなかった。レストランには喫煙席があるらしいけれど、特に腹が減っていたわけでもなかったので、結局一本も吸わずに元いた場所まで戻る。

「あ」

こちらに気付いた志乃が、小さく手を振る。

俺と同じく、志乃にも、十年近い年月が流れている。

今でも志乃を好きな気持ちは変わらない。だけど、二十歳《はたち》のころに出会った人とそのまま結婚してしまっていいのか、というほの暗い気持ちは、あのバーで一条と磨いたグラスの汚れのようには、拭い取れない。

「ねーねー、見て」

志乃が、ビニール袋から小さな箱を取り出した。

煙草――かと、一瞬思った。

「これ、一条君が持ってたやつに似てない？」

それは、トランプだった。

空港内の土産物屋で買ったのだろう、ケースに描かれている名前のわからない柄は、確かに、一条が相棒のように持ち歩いていたトランプに雰囲気が似ていた。

「ちょっと似てるかもな」

「でしょでしょ。でね、えーっと、はい、ここから一枚引いてください」

志乃は裏返したトランプを扇子のように広げると、俺に向かって差し出してきた。

――同じだ。あのときと。

そう思いつつ、「じゃあ、これで」俺は、一枚のカードを引き抜く。

あのときと同じように、向かって右のほうから、一枚。

「それ、ハートの10だよ」

志乃がニヤリと笑う。無言でカードをひっくり返すと、そこには赤いハートマークが十個、敷き詰められていた。

「久しぶりにやったから緊張しちゃった」

「こんなことできたんだな」

俺がそう言うと、志乃は独り言のように呟いた。

「自信があれば、騙せるんだって」

——自信があれば、騙せるもんだよ。

「これ、一条君が言ってたの。大学生のとき」

志乃の声に、一瞬、一条の声が重なった。志乃は自分の持っているトランプを見つめると、小さな声で言った。

「……なんとなく、思い出して」

長いまつ毛が、志乃の頬《ほお》に影を作っている。

もしかして。

俺は、全身が、どこかへ急降下していくような感覚を抱いた。

志乃はまだ、一条のことを好きなのかもしれない。新婚旅行という時間の中で、ふと、自分の奥底に眠る、本当の気持ちに気付いてしまったのかもしれない。

今が、後戻りをする最後のチャンスだと、思ってしまったのかもしれない。

「康司、あのね、私、ほんとは」

「なあ、志乃——」

「康司に告白される前から、ずっと、康司のこと好きだったんだよ」

志乃が、持っていたトランプの束を、椅子の上に置いた。

「え？」

「だから、康司が告白してくれる前から、ずっと康司のこと好きだったの。私が渋々ＯＫして付き合い始めたみたいに思ってるかもしれないけど、それは違うって言っとこうかなって。結婚するわけだし、秘密ゼロにしとこうかなって」

混乱する俺を置いて、志乃は少し早口で話し続ける。

「ほら、康司と一条君って、一時期ラインのプロフィールとか写真とか全部同じにしてたでしょ？　私、あれにまんまと引っかかっちゃって、康司に連絡するつもりのこと一条君に送ってたりしてて」

「ちょ、ちょっと待って」

明らかになる情報に、脳の理解が追いつかない。「だから一条君には私が康司のこと好きなのバレちゃってて。相談に乗ってもらってたんだよね、実は」他人事《ひとごと》のように笑う志乃を前にして、俺は「ちょっとストップ」と繰り返すほかない。

だって、志乃はずっと一条を見ていた。キャンパス内で一条を見つけては、一条のそばに近寄ってきた。

「違うよ。にぶいなあ」

志乃がまた、笑う。

「康司が一条君の相棒みたいな存在だったから。一条君のそばに行けば、康司がいたから」

だからだよ。言わせないでよ。志乃はそう言うと、今度は照れくささを隠すためか、少し俯《うつむ》いた。

「私が康司のこと相談したら、一条君は夢の話をしてくれるようになってね。一条君、ずっと言ってたの。絶対に海外に行ってマジックの勉強するんだって。世界で活躍できるくらいのマジシャンになる、自分はなれるはずだって」

志乃の声が、少し小さくなる。だけど、空港に満ちている様々な音の中に、その声は不思議と紛れてしまわない。

「私は片思いくらいでこんなに悩んでるのに一条君は凄《すご》いねって、そう言ったら」

うん、と、俺は志乃の声を繋ぐ。

「自分は正しい自分は正しいって言い聞かせて、自信満々に自分を騙してるんだよって。一条君、そう言ってた。そうすれば、いつか本当に騙し通せるもんだって」

——自信があれば、騙せるもんだよ。

「一条君、騙し通したね」

どこかから、一条の声が聞こえた気がした。

「でも、人生ってそういうものだよね、きっと」

志乃の声が、さらに、小さくなる。

「自信もって、堂々としてないと、騙せるものも騙せないよね」

自分にだけ聞こえればいいくらい小さな声で「ね」と付け足した志乃は、きっともう、俺に話しかけてはいなかった。

俺は、さっき引いたカードを改めて見つめる。

ハートの10。トランプの中で、一番、ハートの数が多いカード。

志乃も、俺と同じように、不安なのかもしれない。

結婚すること。二十歳で出会った恋人と、一生を共にすると決めたこと。自分のことばっかりで、気づいていなかった。きっと、あらゆる場面で俺が感じていたようなことを、志乃だって同じように感じていたのだろう。そして、そんな不安はこれからもきっと、ふとした拍子に襲い来るに違いない。だけど、嘘でもいいから自信満々に張った胸で、それらを押しのけて進んでいくしかないのだ。

「楽しみだな、パリ」

俺は、カードを握りしめてそう呟いた。「うん」志乃が頷《うなず》く。

あと三時間二十五分後。俺たちは、アムステルダムからパリに発《た》つ。

新婚旅行の目的地は、パリにあるマジック博物館。その中にあるシアターでは、プロのマジシャンとなった一条が、ショーのステージに立っている。

CHECK 04

[感想戦]

胸元の魔法

――お疲れ様でした。

お疲れ様でした。今回のポイントは、（初の性別指定のあった）主人公にとっての「人生の相棒」をどう設定し、そこにどうたばこの存在を絡めるか、というところでしょう。先方はたばこに関して「吸っていなくても、置いてある等の描写があれば」とかなり優しい条件を提示してくださいましたが、勝手に気負って腕をブン回す人がいるんですよね。こんにちは。私です。この小説における相棒的な存在は友人なのかなというところから、最終的にはパートナーとの関係性に焦点を置く――結構がんばったんじゃない!?　ねえ!?　褒めてほしすぎてますね。

CHECK 05

2017年2月〆

発注元

小学館「Oggi」

しょうがくかん「おっじ」

［お題］

「女性と香り」にまつわるミニエッセイ、
もしくは小説

CHECK
05

使用媒体

女性誌「Ｏｇｇｉ」

発注内容

●ディオールの人気香水「ミス ディオール」とのタイアップ企画。
●「女性と香り」にまつわるミニエッセイ、もしくは小説。香水を紹介する全四ページのタイアップ記事を作るにあたり、「香水をつけよう」という気持ちになるような導入となる文章を希望。
●文字数は８００～１０００文字、もしくは２０００文字程度。

【タイトル】

タイトルなし
（企画名「働く女が香りを纏《まと》うとき…」）

START

「あれっ」

友梨佳《ゆりか》が声を漏らしたので、私は携帯電話から顔を上げた。

「今すれ違ったの、河西《かさい》課長じゃない？」

「え？」

振り返るとそこには、見慣れた色のコートを揺らしてまっすぐに前へ進む女性がいた。私たちと入れ替わりにビルに入っていくその姿はいかにも勇ましく、社内でも恐れられている河西課長その人だった。

「超早足。自動ドアもよく反応できるよねあのスピードに」

友梨佳は冗談ぽくそう言うと、課長に挨拶《あいさつ》できなかったことを悔やむでもなく「今日は匂わなかったなー」と笑った。

私は、まさに今読み直していた河西課長からのメールに視線を戻した。週明けに使うプレゼン用の資料を添付したメールに対する返信、これが届いたのが十分ちょっと前。ずらりと並ぶ細かい指摘は、河西課長の女性にしては低い声色で再生される。

「仕事終わりのご飯かな」

「新しい香水の仕入れかもよ」

そう言う友梨佳の口元が、まだ笑っている。その形を見たくなくて、私は「仕入れって、言い方」と適当に言葉を流した。

「あの人急にがっつり香水つけてきたりすんじゃん。たまにトイレとかですれ違うとローズ系がムワッときて結構びっくりってみんな言ってるし」

そう言う友梨佳からも、甘くやわらかい匂いが漂っている。友梨佳は、彼氏が替わるたび、匂いも替わる。

「あのサイボーグが直属の上司とか、菜奈《なな》ほんと尊敬するわ。さっきもメール来てたっしょ？細かそー。退勤したらもう解放してほしいよね。ていうか菜奈、異動してから全然彼氏できてなくない？」

「それと異動は関係ないと思うけど」

と言いつつ、私は新規事業開発部に異動してからの日々を思い返す。仕事一筋である河西課長のもと、業務量も増え、間違いなくプライベートな時間は減った。周りの友人からは、結婚や出産といった報告が飛び込んでくることも多い。

そして来週は、やっとイチから関わらせてもらえた新規事業のプレゼンがある。それがうまくいけば、ますます日々は忙しくなる。

「私、自分で買ったことないなー、香水」

甘い香りを漂わせながら、友梨佳が呟く。

「もらったことしかない、彼氏から」

友梨佳には最近、十歳上の彼氏ができた。友梨佳はその彼氏とのツーショットを見せながら、

「十歳上ってことはあのサイボーグと同い年だよ。彼、マジ三十九に見えなくない？」と笑った。サイボーグ。河西課長はそう呼ばれている。仕事一筋、ミスなんて絶対にない。だけど、人間的な部分を垣間見ることもできない、サイボーグ。

「菜奈も早く次の彼氏見つけなよ。じゃないとさ、河西課長みたいになっちゃうよ」

友梨佳は毎年、コートを買い替える。河西課長のコートは、もう何年替わっていないだろう。


プレゼンは、十三時半から始まる。

私は、会議室のプロジェクターがきちんと動くかどうかチェックしたあと、さっきわざわざコンビニまで行って買った本日二本目のペットボトルのキャップをひねった。

ずっと準備し続けていた企画が、今日、大きく前進するかもしれない。あたたかい液体を通す喉が、ごくりと音を鳴らす。

今日は、緊張感からか、午前中からずっとそわそわしている。【リラックス効果】で検索したら、ローズティーを飲むと気持ちが落ち着く、なんて解決法が出てきたのでそれに従ってみてはいるけれど、そのせいでトイレが近くなってしまった。

「お疲れ様」

トイレの個室から出ると、そこには河西課長がいた。

「資料、土日の間に直させて悪かったわね。でも、あの内容なら今日は大丈夫だと思う」

「ありがとうございます」

私は、課長の隣に立つ。プレゼンを控えた今も、課長はいつもと変わらない。いつものメイク、いつもの髪型、いつものスーツ。サイボーグと呼ばれるのもわかるくらい、心の中身が見えない完璧な姿。

だけど、私は一つだけ、いつもと違うところを見つけた。

手元にある、真新しい香水のボトル。

――ローズの香り。

「緊張してる？」

鏡越しに、課長と目が合う。その強い眼差しはいつもと変わらないけれど、私はまっすぐに伸びた背筋を見て、思った。

この人も、緊張しているんだ。

今思えば、河西課長から香水の匂いがするのは、この後のプレゼンのように、仕事が大きく動くかどうかが決まる日だったかもしれない。私は、朝から飲み続けていた液体が、自分の体内から香りを発し始めたような気がした。

ここぞというとき、自分にかける魔法。私たちが自分で選ぶ、香水。

昨日見た河西課長の後姿が、凛と自立するボトルに重なる。

「あの」

私は、鏡越しではなく、直接、河西課長を見た。

「その香水、私もつけていいですか？」

「え？」

課長の表情が揺れる。全然、サイボーグなんかじゃない。私は思う。

私には今、香水をプレゼントしてくれる人はいない。きっと、河西課長にも、いない。

だけど、香水をつけて臨みたくなるような瞬間がある人生が、とても、誇らしい。

「……どうぞ」

課長が手渡してくれた小さなボトルを握りしめる。それだけで、これからの私を助けてくれる魔法が詰まった香りの粒が、全身を包んでくれた気がした。

CHECK 05
［感想戦］

タイトルなし
（企画名「働く女が香りを纏うとき…」）

――お疲れ様でした。

お疲れ様でした。女性誌といえば着回しコーデのページにある〝今日はプレゼン！〟かなということで、とりあえず主人公にはプレゼンに臨んでもらいました。そこから決めたため、「ミス ディオール」の香りと同じ風味、かつ精神的に背中を押してもらえるような効能がある飲み物を探すところが大変だったのです。改めて読み返してみると、「ローズティーってコンビニに売ってんの？」と思いますね。みんな、都合の悪そうなところはせーので目を瞑《つむ》ろうね！

CHECK
06

2015年7月〆

発注元

アサヒビール

【お題】

ビールが登場する小説　全四話

あさひびーる

CHECK
06

使用媒体

専用アプリ、WEBサイト、
「週刊文春」誌上

発注内容

●「アサヒビールを一本コンビニで買うたびに、人気作家五名の短編書き下ろし小説が読める！」という企画のための小説。
●原稿用紙換算20〜80枚程度。Vol.1〜Vol.4に分割しての掲載。

【タイトル】

いよはもう、28なのに

START

「いよちゃん」

名前を呼ばれたので、顔を上げる。

「このへん下げてもらっていい？」

「あ、すみません」

俺は箱馬みたいな椅子から立ち上がると、テーブルに溜まっていた空のビール瓶を引っ摑《つか》んだ。酒を作るのに必死で、空になったビール瓶や使用済みの小皿を片付けることを忘れていた。

「ありがとー」

適当にお礼を言われたので、「こっちこそ気付かずすみません」と適当に頭を下げておく。店員さんが、自然な流れで俺からビール瓶を受け取ってくれる。

ついでに追加の蕎麦湯《そばゆ》を頼んでいると、沙織《さおり》さんの声がした。

「大変なところごめんね、これお願いしていい？」

テーブルの上を滑らすように、中身がほとんど入っていないグラスが俺のところにまで運ばれてくる。ライン工場を仕切るベテラン作業員のような手つきでそのグラスを受け取ると、俺は焼酎の入ったボトルの蓋に手をかけた。小路《しょうじ》部長は決まって、焼酎の蕎麦湯割りだ。

「蕎麦湯、いま追加頼んだんですぐ来ると思います」

慌ただしく厨房《ちゅうぼう》とフロアを行き来する店員さんたちを見ながら、俺は呟《つぶや》く。

「部長ちょっと酔ってるみたいだから、薄めにしてくれる？」

はい、と返事をしつつちらりと小路部長のほうを見ると、確かに広い額までもうすっかり真っ赤になってしまっている。今夜の部長はずいぶんご機嫌のようで、愛娘《まなむすめ》がはじめた習い事についての一人語りが絶好調だ。「ピアノの音がしたから一階におりてみたらさ、楽譜置いてないんだよ。つまり、もう、暗記？　してるわけ。いやあ子どもはすごいよねえ」四十を越えてから生まれた一人娘だからか、かわいくてかわいくてしかたないらしく、その溺愛ぶりは部を超えて有名だ。今夜はいつもより長くなるかもしれないぞ、と思いつつ、俺はなじみの店員が持ってきてくれた蕎麦湯を受け取った。

中身の少なくなったグラスに焼酎を追加し、蕎麦湯を入れ、マドラーでくるくるとかきまぜる。もう、目を瞑《つむ》っていたってできる作業だ。蕎麦湯割りを飲むのは小路部長だけなので、間違って氷を入れてしまわないよう気を付ける。

「ありがとう」

中身を取り戻したグラスを持って、沙織さんが席へと戻っていく。「すごおい、部長の娘さん天才なんじゃないですかあ？」おおげさなリアクションをする社員も多い中、沙織さんは、部長の話に静かにうなずいている。

版権事業室の飲み会はたいてい、このこぢんまりとした地下の店と決まっている。俺が配属されるずいぶん前から変わらないらしく、店員さんたちも、うちの室からの予約が入った段階で蕎麦湯をキープしておいてくれているみたいだ。

そして、飲み会となると、店だけでなく席順もなんとなく決まっている。俺は決まってテーブルの端、店員と最もコミュニケーションが取りやすい位置だ。ここ二年間、新人が配属されていないので、入社六年目になっても俺の定位置は変わらない。

テーブルの端には、空になったビール瓶、グラス、水、氷、蕎麦湯、焼酎、マドラーなど、版権事業室の酒好きたちをもてなすためのアイテムがばっちり揃《そろ》えられている。ここに異動になるとわかったとき、他の室や部の先輩から「じゃあまず、仕事内容より酒の作り方を覚えなきゃだな」とニヤニヤされたが、そのとき俺は初めて、父親をはじめとする親族や親戚たちに具体的に感謝した。

「ここのおつまみやっぱりおいしい、部長のおすすめの店って素敵なところが多いですよね」

「そりゃやっぱ普段からいいもん食ってるから」

すぐ隣の空間で飛び交う会話を聞き流しながら、俺はこっそり、空いているグラスに自分の分のビールを注《つ》ぐ。この国の、目上の人には手酌をさせてはいけない、という文化はいつ生まれたのだろう。ビールなんて自分で注げばいいし、焼酎だって、あとから薄かった濃かったと文句を言うのなら自分で作ってほしい。そんな文化があるせいで、様々な人のグラスに視線を飛ばさねばならず、会話に集中することすらできない。

といっても、と、俺はこっそりビールを一口、飲む。

いざ「酒を作る」という下っ端ならではの仕事をすべて取り上げられたところで、いま部長を囲んでいる人たちのように上手に飲み会の舵《かじ》を切れる自信もない。この席にいる限り、スムーズに酒を作ることさえできれば、気を遣って会話を盛り上げたりしなくてもいいのだ。それはそれでラッキーかもしれない。

部長をはじめ、酒好きな社員の多い版権事業室の飲み会は、まるで航海だ。二、三時間の船旅を乗り切るための座組みや役割が、それぞれはっきり定められている。

「部長、娘さんの新しい写真ないんですかあ？」

さっきから甲高い声で部長の気分を盛り上げているのは、版権事業室にいる貴重な女性二人のうちのひとり、田上桃子《たがみももこ》さんだ。

桃子さんはもう三十を過ぎているが、いつだって新人のようなふりをして飲み会を盛り上げることができる貴重な人材だ。「前の飲み会以来見せてもらってないから、もう二か月？　もマナミちゃんの写真見てないんですよお、見せてくださいよお」本当は誰も見たくもない娘の写真を見せてくれと部長にせがむその姿は、もはや職人の仕事風景にも見える。口先ひとつで部長を気持ちよくできる桃子さんの定位置は、部長の左隣だ。取り分ける必要がある料理が出てきたとしても、桃子さんがさっと動いてくれるため、俺はますます酒作りに専念するだけでよくなる。部長はこの船のハンドルを握っている気でいるが、アクセルを踏んだりブレーキをかけたりしているのは実は桃子さんだろう。

「桃ちゃんずっと言ってたんすよ、部長の娘さんがかわいいって。ほら、前の飲み会でピアノ習わせはじめたって言ってたから。似合い過ぎる〜って、なあ？」

桃子さんと同じく、ためらいなく口からでまかせを吐けるのが、部長の右隣に座っている三上《みかみ》隆史《たかし》さんだ。ゴルフ焼けで年中肌が黒い隆史さんは、俺に最も近い上司でもある。声がよく通る隆史さんは、飲み会においては主にツッコミの役割を果たしている。相手の内面に一歩踏み込むようなツッコミは時に言い過ぎではないかと思うこともあるのだが、隆史さんの明るい人柄がその失礼さをもみ消している。桃子さんがアクセルやブレーキを担当しているとするならば、隆史さんは右へ左へのハンドル操作を担当している。部長は、ハンドルを握っているだけでいいのだ。

八人掛けのテーブルだと、店員さんに最も近い端っこから俺、隆史さん、部長、桃子さん、と並ぶことが多い。版権事業室のメンバーはみな、この布陣を組めればとりあえず一次会は大丈夫だ、と思っている。これで、酒も会話も途切れることがない、と。この船はもう放っておいても対岸に着くだろう、と。

だけどもう一人、大切な役割を果たしてくれている人がいることを、俺は知っている。

「ねー、いよちゃーん」

「あ、はい」

桃子さんの声がして、俺は顔を上げる。八人掛けのテーブルに座っている俺以外の七人が、俺のほうを見ている。

部長が気持ちよくなるような会話のネタがなくなり、会話の矛先が俺に向いているのかもしれない。そう思うだけで、わっ、と、脇の下の毛穴が一斉に開くのが分かる。こういう場所で会話の中心になるなんて、できれば避けたい。

「ほら！」

立ち上がった桃子さんが、スマホの画面を俺の顔の横に持ってきた。

「目のあたりがちょっと似てませんか？　颯太《そうた》くんに。メガネ取ったらもっと似てると思うんだけどなあ。ねえいよちゃん、ちょっとメガネ取ってみてよ」

颯太くんというのは、清涼飲料水や制汗剤などのＣＭに立て続けに起用されている若手俳優のことだ。最近実写化が決定したうちのアニメ作品の主演にも、彼が抜擢《ばってき》されたらしい。俺の顔がその子に似ているという話をしていたのだとしたら、相当会話のネタに困っていることがうかがえる。

「えー、そうかあ？」

「似てますよお、目元と眉の感じとか、ほらぁ」

席に戻った桃子さんのスマホの画面を、部長が覗《のぞ》き込む。一応メガネを取ってみた俺のことなんて、もう誰も見ていない。

「しかもね」

桃子さんが、秘密兵器を披露するように、一息置いた。

「下の名前が同じなんですよ、二人とも！　漢字は違うんですけどぉ。でもすごくないですかっ？」

俺はさりげなく、メガネをかけ直す。

「……え、いよちゃんの下の名前ってソウタなの？」

メガネをかけ直す、という動作を自分に課すことで、うまく表情を作れないことをごまかそうとする。

「やだ部長、ひどおい！　いい加減覚えてくださいって〜！　って言っても、私もいよちゃんの下の名前さっき調べたんですけど〜」

「君も変わらないじゃないか！」

桃子さんと部長が楽しそうにじゃれあっている様子を見ながら、俺はできるだけこれ以上話を振られないよう、へらへらと微笑《ほほえ》み続けた。「お前もそんな名字してんだから、名前イジリにうまく返せるようになれよ！」まるで俺のことをお笑い芸人かなにかだと思っているのか、隆史さんが今日も司会者みたいな声量で言う。すみません、としか言わない俺から、皆の注目が散っていくのがわかる。

今日の飲み会はひとり欠席しているので、八人掛けのテーブルに版権事業室全員がぴったりと収まっている。その顔ぶれを見ながら、俺はこっそりため息をついた。

昔から、どちらかというと内気な子どもだったので、プラモデルやミニカーなど家の中で遊ぶおもちゃが好きだった。だから、就活が近づいてきたとき、自分が入社試験を受けたい業界として真っ先に玩具メーカーが思い浮かんだ。もちろん他の業界の企業も多く受けたが、不思議と選考が順調に進んだのは玩具メーカーばかりだった。おそらく、面接での表情や姿勢が、自然と前のめりの印象を与えていたのだろう。

結局、第二志望の大手玩具メーカーから内定をもらうことができた。入社後の面談でも、ボーイズトイ企画制作部に行きたいということを散々話してきたので、まさにその部ではないにしても、ボーイズトイに関連するどこかの部に配属されるような気がしていた。結果、はじめの二年間は経理部、その次の二年間は法務部、そしてこの会社では重要とされる三度目の異動でプロダクト事業部の版権事業室に配属となった。正直、落胆は大きかった。入社から数えて三つ目の配属先が大切だと言われている中、企画制作部とはフロアすら違う部署になってしまったのだ。

誰にも何も頼まれていないのに、俺は、酒を作っている振りをする。こうしていれば、誰とも会話をしていなくたって、不思議がられない。

この会社はもともと子ども向けアニメの制作を行っており、そのアニメに出てくるおもちゃを作る子会社のひとつだった。だが、どんどんクオリティとスピードが上がっていくアニメ業界についていけなくなり、最近はめっきり制作を行っていない。結果、アニメ制作関連の部署は再編されたが、かつて制作した作品の二次利用などの窓口は社内にある。それが俺のいる版権事業室だ。

視聴者はもう、何事も無料で享受することしか考えていない。月額制、または無料の動画配信サービス会社にアニメ作品を提供したとしても、会社に入ってくる著作権料は本当に微々たるものだ。そのお金をさらに、原作者や、もともと作品が放映されていたテレビ局に振り分けるため、振込手数料を考えると取り分がマイナスになっているんじゃないかと思うときがあるくらいだ。

数秒間の二次利用で、百円、二百円。そんな単位のお金のやりとりを続けていると、ふと、自分は給料以上の利益を生めているのかどうかと、谷底に落ちたような気分になる。

「あの」

「はいっ」

突然の呼びかけだったので、不自然に体が動いてしまった。向かいに座っている沙織さんは、そんな俺を笑うこともせず、そっと、こちらにグラスを差し出してくる。

「これ、三上さんの。全部水にしておいてもらえる？　部長に合わせてけっこう飲んでたみたいで」

よく見ると、部長と桃子さんは元気だが、隆史さんが大人しくなっている。隆史さんは体格もいいし声も大きいので酒に強いように思われがちだが、実はそこまで飲めない。

「……わかりました」

いよちゃんは酒を作るのがうまい——俺がテーブルの端にいることが多い一次会では、そう言ってもらえることがよくある。若いのに酒の作り方を知っているなどと褒められるたび、俺は、心の中で沙織さんにお礼を言っている。

鳥井《とりい》沙織さん。版権事業室のマドンナである桃子さんより、実は一つ年下の彼女は、名前の響きのとおり、手足が細くて背が高い。そして、女性らしい体つきの桃子さんとは対照的に、凹凸のないスタイルをしている。すっきりとした一重まぶたに、鎖骨のあたりまでまっすぐに伸びた黒髪。外見だけでなく中身も桃子さんとは対照的なので、社内でも特に目立つ存在というわけではない。

沙織さんは、特によく一次会で使われるこの店では、俺の向かい側に座っていることが多い（俺、部長、部長の両隣を固める二人で八人掛けテーブルの一辺は自動的に埋まってしまう）。皆いつも、部長の両隣にいる二人の飲み会力ぶりを褒めるが、その二人を含めて全体を見渡してくれているのは、実はいつだって沙織さんだ。配属されてすぐのころ、薄め、濃いめなど室員それぞれの酒の好みを教えてくれたのは沙織さんだし、テーブルの上で使用済みの小皿やビール瓶が渋滞しないのも、実は沙織さんがこっそりと動き回ってくれているからだ。

「どうぞ」

水と氷しか入っていないグラスを隆史さんに渡すと、俺は、テーブルの真ん中にあるビール瓶を手に取る。

「あの、飲まれます？」

空っぽになっていたわけではないが、そのまま自分の席まで運ぶ。

俺は立ち上がったまま、まだしっかりと冷たいビール瓶の口を、沙織さんのグラスへと向ける。沙織さんは、版権事業室のメンバーの酒の好みを、すべて教えてくれた。自分の好み以外を、すべて。

「あ、ありがとう」

沙織さんは、こちらに向かってグラスを傾けてくれる。泡と液体がちょうどいい分量になるよう気を付けるが、なかなかうまくいかない。

酒を作ってグラスを渡すだけだと、相手と近づく時間は、ほんの一秒にも満たない。だけど、ビールを注ぐとなると、四秒、五秒と、ビール瓶一本を隔てただけの距離にいられる。

「……あと一文字なんだよね」

無意識に回していた瓶を止めると、ふと、向かいから沙織さんの声が聞こえた。

「え、何がですか？」

「ほら、ラベルが」

沙織さんがそこまで言ったとき、「いよちゃん焼酎あとどれくらいあるー？」と、小路部長の声が飛んできた。一次会も終盤に差し掛かり、新しいボトルを開けたくないと思ったのかもしれない。俺は沙織さんにグラスを差し出しつつ、「あと五、六センチくらいですー！」と叫び返す。

焼酎や日本酒を飲まずに、ビールのお酌を受け続けてくれる沙織さんはきっと、ビール派のはずだ。俺は勝手にそう思っているが、それを口に出して聞いてみたことはない。


「いよちゃんカラオケ行くぞカラオケ」

店を出てすぐ、隆史さんが俺の肩に腕をまわした。終始ご機嫌だった部長は、いい気分のまま帰路に就いてくれたようだ。だが、部長が帰ったということはつまり、二次会の開催が決定づけられたということでもある。「反省会だ反省会」部長の両隣を担当していた二人は、特に話したいことが溜まっているらしい。二次会でカラオケとなると、今から大人数で入れる近場のカラオケ店を、俺が探さなければならない。

「すみません、私もここで」

沙織さんが、輪になったままなんとなくどの方向にも動き出さない俺たちに向かって、ぺこりと頭を下げる。沙織さんは大抵、一次会で帰る。

「六人でいいじゃん六人で、行こ行こ。入れるか聞いてきて」

桃子さんに押し出されるようにして輪から外れた俺は、結局、いつも使っているカラオケ店に駆け込んだ。トイレで他の部署の人間に会ってもおかしくないほど、社内の人間御用達《ごようたし》の店だ。

入口には、今子どもに大人気のアニメ作品の看板が置いてある。俺はそれを見ないようにして、受付へと進む。

夏に公開が決定している映画に合わせたキャンペーンを、このカラオケチェーンと組んで実施しているのだ。映画の主題歌を歌って九十点以上を出すことができればプレゼントが当たるという、よくある内容のキャンペーン。

見ないようにしていても、どうしたって、目に入ってくる。

幸い、待ち時間もなく個室に入ることができた。押し込まれるようにして入った個室で、男たちは皆、ネクタイを緩めはじめる。俺はいち早くタッチパネルを手に取り、ドリンクをまとめてオーダーする。一次会で散々飲んだからか、お茶や軽めのサワーを選ぶ人が多い。

「いやー今日はけっこう楽勝だったな」

隆史さんが桃子さんにニヤリと目配せをする。部長のいなくなった二次会は大抵、一次会で誰がどんな太鼓持ちテクニックを繰り出し、どの技が部長にどう効いたか、という話で始まる。

「とりあえず娘の話出しときゃいいからな。その点ほんと、桃子さんはうまいよな」

「うまいってなによー、私はホントにかわいいと思って言ってるんだからね～？」

「あんなに部長にそっくりなのに？」

一次会の終盤、桃子さんは部長の一人娘であるマナミちゃんが、今ＣＭにひっぱりだこの若手女優に似ているとまで言い出した。さすがにそれは言いすぎではと思ったが、そのおかげもあって部長があっさりと帰ってくれたのかもしれないのだから、感謝すべきなのだろう。

一次会の反省会で盛り上がる中、ドリンクが届く。ソフトドリンクやサワー系はもちろん、ビールもグラスに注がれた状態で届くため、楽だ。酒を作ることもお酌をすることもなく、グラスを手渡しするだけでいい。

「てかマジでそろそろ一次会の席順替えてほしいよな。俺ももっと気軽に飲み食いしたいし」

「ほんと、あたしたちの技もそろそろ尽きてくるっていうか」

困った困ったという発言とは裏腹に、隆史さんも桃子さんも満足そうな表情をしている。部長を立て続けなければならないとはいえ、自分たちがいないと成り立たない飲み会というものはやはり気持ちがいいのだろう。

カラオケは、酒を作らなくてもいいから楽だ。ただ、そうなると、会話が得意でない俺のような人間は突然、手持無沙汰になってしまう。お酌をしなくてもいいとなると、会話へ飛び込んでいくタイミングも、きっかけも、摑《つか》めない。

なんか暑いなー、とつぶやきつつ立ち上がった隆史さんが、空調の設定をいじりだす。誰かががちゃがちゃと音を立てながら、マイクを二本、マイクスタンドから取り出している。なんの役目もなくなってしまった自分自身をどう消化していいのかわからずにいると、

「いよちゃん、なんか歌ってよ～」

桃子さんが突然、歌本がわりのタッチパネルを俺に手渡してきた。

「そんな名前なんだし、確かに歌うべきだよな」

センチメンタルジャーニーとか、と、タッチパネルを勝手に操りだす隆史さんに対し、「やめてくださいよ」と俺は小さく抵抗する。もともと飲み会もカラオケも好きではないのに、一番はじめに歌えだなんて厳し過ぎる。

いよちゃん。

小中高大、そして社会人になってからも、あだ名はずっと変わらない。

「ちょっとトイレに行ってきます」

俺は、どさくさまぎれに個室を出る。磨《す》りガラス越しに見える空間は、まるではじめから自分なんていなかったかのように見える。

いよちゃん。

――……え、いよちゃんの下の名前ってソウタなの？

いよちゃん。

――私もいよちゃんの下の名前さっき調べたんですけど～。

尿意を催しているわけではないが、トイレに行ってくると言ってしまった手前、俺は自分の言葉に従ってトイレへ向かった。男子トイレはこのフロアにはないようなので、わざわざ階段で一つ下のフロアへと降りていく。

愛媛の旧伊予国《きゆういよのくに》ってところで生まれたらしいんですよね、この名字。今は熊本、福岡、大阪とかに散ってるみたいなんですけど。あ、俺は父方の実家が熊本なんですよ――会社に入って、何度そう説明をしたのかわからない。そして、説明をした次の瞬間から、俺のあだ名はいよちゃんになる。

　ソウタ、という、自分の名前の持つ涼やかな響き自体は好きだ。だが、漢字を思い浮かべると、申し訳なさや嫌悪感や、いろんな感情が湧き上がってきて心がぎゅっと絞られる。

　壮太《そうた》、という名前をつけてくれたのは、父だった。

　父は、熊本出身ということもあり、九州男児を絵に描いたような人だった。建築関係の仕事をしており、家によく仕事仲間を連れてきていた。夏は裸足《はだし》で家に上がってくることも多かった男たちは、とにかく足の裏が大きかった。子どものころから体つきが貧弱だった俺は、男たちの体全体の大きさよりも、足の裏や手のひらなど、パーツごとの大きさにおののいていた。肩などを少し押されれば、壁の向こうまで飛ばされてしまいそうな気がした。

　下のフロアに着く。男子トイレといっても、一つの個室しかないらしい。ドアが閉まっているところから見て、使用中なのだろう。俺は、中にいる人が出てくるまでその場で待つことにする。

　父とその仲間たちは、体だけでなく声も大きかった。夜になり、食卓に酒が並ぶと、もともと大きい声はさらに大きくなった。母がせっせと作るつまみはあっという間になくなり、一人息子の俺は、父から、社会勉強だ、お酌をしろとせっつかれた。まだ小学生の俺にとってはたぶんたぶんにビールが入っている瓶はそれだけで重く、知らない人のグラスにその中身を注ぐことは、とても怖いイベントだった。こぼしたら怒られるかもしれない。上手にできなかったらからかわれるかもしれない。男たちは皆、実はやさしかったのだが、俺はいつもびくびくしていた。縮み上がっている俺に、父は、瓶のラベルを上に向けろとか、泡と液は三対七にしろとか、とにかくうるさく注意をしてきた。周りの男たちは笑うばかりで、誰も父を止めてはくれなかった。今思えば、あの場では父が最も上の立場だったのだろうから、周りの男たちも笑うしかなかったのだろう。

個室からは、なかなか人が出てこない。俺は二度、ノックをしてみる。

名前の中にある「壮」という字は、壮介《そうすけ》という父の名前からとられた。小学生のころ、自分の名前の由来をしらべましょう、という宿題が出たとき、俺は初めてこの漢字を辞書で引いた。さかん。堂々として勇ましい。元気にあふれているようす。勇ましくりっぱなようす――多くの意味が記されていたが、俺には、あるたったひとつの意味を言い換えているように感じられた。

父にとっての、理想の息子。

父は、父の仕事にも仕事仲間にも全く興味を示さず、家の中でおもちゃをいじくりまわしている俺をどう思っていたのだろう。父が誘ってくれた野球やサッカー、あらゆるスポーツに挑戦することもせず、やがて仕事仲間へのお酌も、それ以外の会話をも拒否するようになった一人息子を、どう思っていたのだろう。

高校三年生のとき、父の仕事を継ぐ気はないと、はっきり伝えた。受験をして東京に行く、できればそのまま東京で就職するつもりだ――俺が目を合わさずにそう言ったとき、父は、手酌でビールを飲んでいた。

さかんどころか、堂々として勇ましいどころか、二十八歳になった今でも、俺は職場の人とのカラオケにすらうまく交ざれないでいる。壮という、たった一文字に込められたあらゆる願いをなにひとつ叶えられないまま、汚いトイレの前で突っ立っている。

——……あと一文字なんだよね。

頭の中で、なぜか、沙織さんの声が蘇《よみがえ》った。グラスにビールを注ぐほんの数秒のあいだに、沙織さんは確かにそう言った。あれはどういう意味だったのだろう。

一文字。父の名前と重なる、その一文字の響きは好きだ。意味を体現できなくても、ソウ、という風が吹き抜けるような音が好きだ。だけど、出会う人は皆、俺のことをいよちゃんと呼ぶ。お前は壮太という名前にふさわしくないのだというように、俺のことをいよちゃんと呼ぶ。

ノックの返事もないので、俺はドアノブを回してみる。回る。そして、ドアが開く。

そこには、洋式の便器だけがあった。中には誰も入っておらず、ただ、ドアが閉められていただけだったらしい。誰も見ていないというのに、だせえ、と声に出す勇気すら、今の俺にはない。


あと少しで残業を切り上げようか、というところで、ある有名なアニメで主役を務めていたベテラン声優の訃報《ふほう》が流れた。

「いよちゃん、中央テレビから」

「すみません、まわしてください」

けたたましい音とともに光る内線を取る。おそらく桃子さんにも用件を話していたのだろう、自業自得の二度手間にいらだっていることが伝わる早口で、相手がべらべらと話し始める。

訃報が流れると、各テレビ局は、ニュース番組などで亡くなった人の特集を組むために、その人が出演していた作品の映像を集める。つまり、今回のように、著作権の窓口がうちの会社となっている作品に出ていた声優が他界したときは、版権事業室の電話が鳴りっぱなしになるのだ。

「はい、それでは今から申請書のデータをお送りいたしますので、記入してＦＡＸいただけますでしょうか。はい、メールアドレスを口頭でうかがえますか？」

中央テレビからの電話に対応しているあいだに、また別の外線が鳴りだす。電話をとってくれた沙織さんが、「あいにく担当者が別の電話に出ておりまして……折り返しですね、少々お待ちください」とメモを準備している姿が見える。

外部への映像の貸出業務は、普段は隆史さんと二人で担当している。だが今日はあいにく、隆史さんが午後休をとっている。部長も出張で終日不在なので、残業をしている人もほとんどいない。こんなことなら定時で帰ってしまえばよかった、とため息をつきながら受話器を置くと、

「ごめん」

と声がした。顔を上げると、桃子さんが自分の顔の前で両手を合わせている。

「作業手伝いたいのはやまやまなんだけど、これから用事があってさ。ごめんね、出なきゃなんだ」

「そんなの、全然。桃子さんの仕事じゃないですし」

「ごめんね」

桃子さんは手刀を切りながら、そそくさとフロアから出ていく。いつのまにか、デスクに残っているのは俺と沙織さんだけだ。

「帝国テレビジョンさんが、折り返しほしいって」

沙織さんが、メモを片手に俺のデスクまでやってくる。「すみません」頭を下げつつ、俺は、きれいな筆跡で書かれた数字のとおりに電話のボタンを押していく。そして、もう何度言ったかわからない定型文を口から垂れ流しているうち、ふと思った。沙織さんのことだから、大変そうな俺を置いて帰りづらい、と思っているかもしれない。

「あの」

電話を終えると、受話器に手をかけたまま、俺は沙織さんに声をかけた。

「沙織さん、帰っていただいて全然大丈夫ですよ。電話、俺ひとりで受けられるんで」

版権事業室は、デスクが集められた島が二つある。俺と沙織さんは、それぞれの島の外側から向かい合うように座っている。

「珍しいよね、先輩のこと下の名前で呼ぶの」

「え？」

想定していなかった返事だったので、俺は思わず、変に高い声を出してしまう。

「桃子さんのことはみんな下の名前で呼ぶけど……三上さんのこと隆史さんって呼ぶし、私のことも沙織さんって呼ぶから」

「ああ……」

フロアにいるのが、二人だけ。そう思うと、なんだか、いつもならば言えないようなことが、口からするするとこぼれ出てしまう。

「自分が、下の名前全然覚えてもらえないんで」

思ったよりも、冷たい声が出てしまった気がした。「まあ別にいいんですけどね」取り繕うようにそう続けてみたけれど、先ほどの冷たさだけが不思議と、耳の中に残っている。

「最近、ちょっと疲れてる？」

沙織さんの声は、俺の声に反比例するように、やさしい。

「前の飲み会も、あんまり楽しくなさそうだったから」

沙織さんはそう言うと、椅子から立ち上がって体を伸ばした。周りに誰もいないと、この人でも気を抜くんだな――そう思うと、俺もなぜだか、もう少し、力を抜いていいような気がしてしまう。

誰もいないデスクの群れを見ていると、なぜだか、一次会でよく使う蕎麦屋の八人掛けテーブルが思い出された。ぎゅうぎゅうづめで座っているのに、誰もいないように見えるときがあるあのテーブル。

「疲れてるっていうか、なんか時々むなしくなるっていうか」

複合機が音を立てて、紙を一枚、吐き出す。中央テレビか帝国テレビジョンか、どちらかからの映像二次利用申請書だろう。

「今だっていくつか映像貸し出しましたけど、結局合わせて数百円くらいなのかなーとか思うと、なんか」

「うーん」

デジタル配信と、テレビ局などへの貸出。作品の二次利用による収益は大きくこの二つからのものに分かれるが、どちらも、最終的に会社に残る額は本当に少ない。数百円すら入ってこない日なんて、ざらにある。

「俺、おもちゃ作りたかったんです、もともと」

背もたれに体を預け、ぐっと、背中を伸ばす。縮こまっていた筋肉が伸びて気持ちいい。

「あそこのカラオケで、アニメとコラボしたキャンペーンやってるの知ってます？　あのアニメのおもちゃ、俺の同期が企画したんですよ」

こんなことを聞かされても、沙織さんは困るだろう。わかっている、わかってはいるけれど、なぜだか俺は、止まらなかった。

「そういうの見ると、なんか……俺はちまちま百円とか二百円とかの世界なんで……新しいものを生み出してるわけでもないし」

もう一枚、複合機が紙を吐き出す。さっき電話を取った二社からの申請書が、これで揃ったはずだ。

「ちょっと待ってて」

沙織さんはそう言うと、フロアから出て行ってしまった。トイレにでも行ったのかもしれない。俺は、はあ、とため息をつく。いきなりあんな愚痴を、しかも後輩から聞かされたら、そりゃあ同じ空間にいたくもなくなるだろう。

申請書を確認し、いくつかの電話を取ったところで、沙織さんがフロアに戻ってきた。「雨降ってた、外」右手には、コンビニの白い袋がある。

「はい」

俺の隣に腰かけると、沙織さんは、袋の中から二つの缶を取り出した。

「ビール？」

「そう」と、沙織さんは微笑む。

「業務中ですよ」

真面目ぶってそう言ってみたものの、もうこのフロアには俺たち二人以外誰もいない。思わず手を出してしまいそうになる。

沙織さんは、結露に包まれた缶ビールを二つ、俺のデスクに並べた。

「これ、一本、二百円ちょっと」

「……はあ」

「確かにたった数百円の利益かもしれないけど、こうやって形にしてみたら、ちょっとうれしくならない？」

そう言うと、沙織さんは、自分の分を一本、手に取った。結露で濡《ぬ》れた細い指が、オフィスの人工的なライトを浴びて、光る。

この人は、俺を、励まそうとしてくれているんだ。そう気づいたのと、オフィスでもこの前の飲み会でも、いつでも向かい側にいた沙織さんが隣にいることに緊張しはじめたのは、ほぼ同時だった。

「それに、壮太くん、いつも他の人のお酒を作ってばかりで飲めてないから」

「よくスッと下の名前出てきましたね」

自虐的に笑ってみたけれど、沙織さんは笑わなかった。

「律儀だなって思ってたんだよ、ずっと」

沙織さんはそう言うと、まるで俺の手元にグラスがあるかのように、自分の缶ビールを傾けた。

「先輩にお酌するとき、絶対にラベルを上に向けるでしょう」

沙織さんの手の中にある缶ビールのロゴも、上を向いている。

「ああ……」

Ａｓａｈｉ、という見慣れたロゴは、あの蕎麦屋で出てくる瓶ビールにも、必ず付いている。

「酒を注ぐときはラベルを上に、って、小さなころから父親にうるさく言われてたんで」

口に出すと、あのころの苦い気持ちが蘇ってしまう。

「子どものころ、いやっていうほどやらされてたんで、癖になっちゃったっていうか」

「へえ」

沙織さんは、一度、じっとロゴを見つめた。

「じゃあ、私が壮太くんの名前が好きになったのは、お父さんのおかげかも」

「え、何ですか？」

言葉の意味がよくわからず、俺は薄く笑ってしまう。沙織さんはもう一度、見えないグラスにお酌をする真似をした。

「壮太くんにお酌してもらいながらね、ずっと思ってたの。いよちゃんいよちゃんって呼ばれて本人は嫌かもしれないけど、ビール好きには良い名前だなって」

沙織さんは、缶ビールを持っていないほうの手で、真上を向いているロゴを指さした。

「ほら、見て」

お酌をしてもらうほうから見ると、Ａｓａｈｉというロゴは、さかさまになる。いつも俺と対面で座っていた沙織さんは特に、さかさまのロゴを見る機会が多かったのだろう。

「Ａｓａｈｉってロゴ、さかさまにすると、ｉｙｏｓｏ、とも読めるんだよ」

あ、と、小さく声が漏れる。

「い、よ、そ。伊予壮太まで、あと一文字」

あと一文字。

「……ちょっと、強引じゃないっすか？」

「そうかな」

冷やしとこ、と、沙織さんは俺の分の缶ビールもまとめてひょいと持ち上げた。「やっぱさすがに業務中は飲んじゃダメだよね」沙織さんは立ち上がると、冷蔵庫のあるほうへと歩いていく。

壮太、と呼ぶ、父の声がする。壮太、ラベルは上だぞ、と笑う父の声がする。

「電話応対手伝うよ。終わったら飲もう」

沙織さんが冷蔵庫のドアを閉めたとき、新たに外線が鳴った。

CHECK 06

[感想戦]

いよはもう、28なのに

――お疲れ様でした。

お疲れ様でした――ちょっと、石を投げるのはやめてください！　ええ、わかってますよ。このオチはさすがに無理がある、そう仰っているんですよね。私もそれは重々承知しております。購買者の読後の姿として、〝思わず、手元にある缶ビールをじっと見つめてしまう〟みたいな、いやCMかよみたいな、そんな幻想を求めすぎてしまったんです。当時のインタビューを読み返してみると「Ａｓａｈｉのビールだからこそ生まれた物語、という点を楽しんでいただければと思います」なんてほざいていましたが、今回の場合は〝生まれさせられた物語〟といったほうが正しいかもしれません。許してえ。

CHECK 07

2015年9月α

発注元

朝日新聞出版

あさひしんぶんしゅっぱん

［お題］

自身の18歳のころを描写するエッセイ

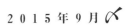

CHECK
07

使用媒体

写真集『18きっぷ』

発注内容

●中部地方在住の18歳たちを写した写真集『18きっぷ』の冒頭に掲載するエッセイ。

●分量は、原稿用紙8枚程度。

［タイトル］

十八歳の選択

START

十七歳が踏み出す一歩は、世界を跨《また》ぐほど大きい――これは、私が『桐島《きりしま》、部活やめるってよ』という作品を出版社の新人賞に投稿したときに書いた、作品のあらすじのうちの一文である。十七歳、つまり高校二年生とは、未来へと踏み出していくそのときのために、あらゆることを考える年齢だ。どうにか弾《はじ》けないように、表面張力のみで形を保っているような心で、あらゆることを感じ、吸収し、揺らぐ。そしていよいよ高校を卒業する十八歳になったとき、私たちは、一歩踏み出す勇気だけでなく、その踏み出した足の爪先を向ける方向を、選択しなければならなくなる。この写真集は、そんな彼ら、彼女らの爪先を直接写し出しているわけではないのに、その爪先が向く先を鮮やかに表現している。

そして、写真の中から真っ直《す》ぐにこちらを見つめてくる彼ら、彼女らの瞳の光。私自身の十八歳の選択が、その光に、懐かしく照らされる。

十八歳、高校三年生、つまり私は受験生だった。

私はいつしか、大学進学と同時に故郷を出ることを心に決めていた。小説家になりたい、という子供のころからの夢を叶えるためには、いつかこの町を出なければならないような気がしていたのだ。そのタイミングとして最も自然なのは大学への進学だろうということで、第一志望は、実家から遠く離れた場所にある、とある国立大学に決めた。

結果的に、私は、第一志望の国立大学に落ちた。つまり、浪人をするか、どうにか合格していた第二志望の私立大学へ進学するか、選ばなければならなくなった。

担任の先生、母、私。狭い部屋だった。第一志望を目指し、浪人。第二志望に、進学――。三人で面談をしていたとき、私の目の前にはそんな二つの選択肢があった。

両親や、当時の担任の先生は、浪人を現実的に考えてもいいのではないか、と言った。もう一年間努力をすれば届かないわけではないかもしれないし、単純に金銭的な問題もあった。私が浪人をしないということになれば、姉弟ふたり続けて私立大学への進学となる。さらに、姉は実家から大学に通っていたが、私の場合は上京しなければならない。金銭的負担は、より重くなる。そのあたりのことを考慮しても、一年間浪人をして、第一志望の大学をもう一度目指すことが正しい選択なのではないか、という話になった。

あのとき私は、キャスター付きの椅子に座っていた。だからだろうか、心の奥底で決めていた、いつか言おう、いつか言おうと考えていた言葉が、バランスを失ってずるりと口からこぼれ出てしまった。

「浪人はしたくありません」

なぜなら、と続けつつ、私は唾を飲み込んだ。

「書きたい話がたくさんあるからです。もう一年なんて我慢できません」

自分の声が自分の耳に入ってきたとき、私は、なんて寒くて、若くて、青くて痛々しくて、勘違いに満ちた発言だろうと思った。今思い出しても、恥ずかしくてたまらない。だけど、恥ずかしいということは、その分あのときの私は本気だったのだ。あとから恥ずかしくなるくらい本気の本気で、もうこれ以上、小説を書くことを我慢して受験勉強を続けることは無理だ、と思ったのだ。当時、私の頭の中には、とあるタイムリミットがあった。まだ誰にも見せたことのない砂時計は、少しずつ、だけど確実に、その中身を減らしていた。そんな状況の中ではやはり、もう一年も待つことはできなかった。

　静かで狭い部屋の中、母の顔をしっかりと見られなかったことを覚えている。母はきっと、こいつは何を言っているんだろうと思っていただろう。それでも私は、上京を選択した。故郷を出ることはさみしかったけれど、それ以上に、上京を選択した自分に少し、酔っていた。

　五月が誕生日である私は、大学生活が始まるとすぐ、十九歳になった。世の中の小説家の多くが住んでいる街、世の中にある本のほとんどを生み出している街――東京にいるだけで、私は、まるで自分が夢に近づいたような気がしていた。さらに、初めての一人暮らし、遊ぶ場所の多い学生街、新しい友人……私の両手はあっという間にいっぱいになってしまい、いつしか、あの日手に取った選択肢をどこかへ放ってしまっていた。

　もうあと数か月で二十歳になってしまうそのときまで、私は自分の中に眠るタイムリミットの存在を忘れていた。誰にも見せていなかった砂時計は、あと少しで、上の部分が空《から》っぽになってしまいそうだった。

　十九歳という、人知れず定めたタイムリミット。

　十九歳とは、綿矢《わたや》りささんが金原《かねはら》ひとみさんと芥川賞を同時受賞した年齢だ。彼女たちが受賞した当時十四歳だった私は、いわゆる〝大人〟には見えない二人があそこまで日本の文壇を、ひいては社会を揺り動かしたことに大変な衝撃を受けていた。そして、今考えるととてもおこがましいのだが、自分も彼女たちと同じ年齢になるまでに、文章を介して何か大きなことをしなければ、と武者震いをしていたのだ。浪人をせず、上京を選んだ自分は、十八歳、十九歳のうちにガンガン書いているはずだった。そして、二十歳を迎える前に、プロになるための何かしらを掴《つか》んでいるはずだった。

書かなければ。私はそう思った。もう、タイムリミットを守ることはできないだろう。だけど、書かなければもっとどうにもならない。

私は、当時熱中していた執筆以外のことすべてを絶つ選択をした。これが、人生二度目の選択だった。

授業とバイト以外は家にこもり、二十歳になる五月三十一日までに募集が締め切られる文学賞を探し、執筆を始めた。本当に、ただただ書いた。急に誰とも会わなくなった私のことを、友人たちは訝《いぶか》しんだ。友人は減った。どんどん減った。だけど、締め切りまでの日数のほうが、もっと速いスピードで減っていった。

そして、このときに書いた小説が、やがて、こんな私を「小説家」にしてくれることになる。

今思うと、十八歳のときにした選択が、十九歳のときにした選択の礎《いしずえ》になっていたのだろうと思う。あのとき思い切って上京していなければ、その一年後、新人賞に投稿することもできていなかったはずだ。

選択というものは、くだしたその瞬間、一瞬だけ光る。その選択をした自分のことを、ほめてあげたくなるし、もっと言うと、そんな選択をすることができた勇気ある自分に、陶酔したくなる。

だが、生きている限り、選択は続いていくのだ。十八歳の選択の次には、十九歳の選択が待っている。私たちは、選び、生き続けなければならない。

人は、高校を卒業する十八歳というタイミングで、おそらく誰でも、何かしらの選択をする。この写真集の中に写し出されている彼ら、彼女らも、まさにそうだった。だが、すべてのページにあふれているあまりにも尊い選択たちは、長く続いていく人生の、ほんのはじまりの一歩目に過ぎない。あなたが握りしめたそのとき、一瞬光ったように見えたその選択肢。それを輝かせ続けるためにも、あなたはまた、いつか必ず、新たな選択をすることになるだろう。

生きている限り、選択は続いていく。

生きている限り、あなたの選択は続いていく。

だけど大丈夫だ。二度目の選択をするあなたは、一度目の選択をすることができたあなたたなのだ。同じように、三度目の選択をするあなたは、一度目の、二度目の選択をすることができたあなたなのだ。あなたは、生きるたび、選ぶたび、強くなっている。それは、間違いない。きれいごとだと言われるかもしれないが、宝石だってなんだって、きれいなものは大抵硬いのだ。そんなに簡単に崩れはしない。

それでも、何かを選択して生きていくことを怖く感じたときには、ぜひ、この本をもう一度、開いてほしいと思う。この本の中には、初めての選択をくだした仲間が大勢いる。初めての選択をくだしたことによって、次なる選択に挑むことを許された仲間たちが大勢いる。彼ら、彼女らに宿る光に照らされた自分は、いつもより少し、強く感じられるはずだ。

CHECK 07

[感想戦]

十八歳の選択

――お疲れ様でした。

お疲れ様でした。急に空気感が変わり顔真っ赤、という感じなのですが、こんなことを書きたくなってしまうくらいとってもいい写真集なんですよ。いろんな立場の十八歳が写真と共にインタビューに答えていて、それだけでじゅうぶんバッチリ素晴らしい本なんです。そこにのこのこ甘党の個人事業主が現れて何を偉そうに……改めて読むとだいぶ自分のことを美化していてブッ飛ばしたくなりました。二つ目の選択小規模すぎるだろとツッコみつつ、当時の自分にとっては大きなことだったのかなと思いつつ。ちなみに〝爪先〟という単語が何度も出てきますが、私は今、スタイリストをしている友人が選んでくれた靴を無理して履き続けており、とある足の爪がその隣の足の指の側面に突き刺さって出血したりしています。

CHECK 08

2015年5月 α

【発注元】

朝日新聞出版

あさひしんぶんしゅっぱん

【お題】

〝20〟にまつわる短編

CHECK 08

使用媒体

「小説トリッパー」創刊20周年記念号

発注内容

●「小説トリッパー」創刊20周年記念号に掲載される、〝20〟にまつわる短編小説。
●「20」というテーマについては「20世紀」「二十歳」「二十年前」「二〇個」など、自由に解釈してOK。ちなみに、企画に参加する作家も20人。
●分量は、原稿用紙20枚程度。

【タイトル】

清水《しみず》課長の二重線

START

壁にポスターを貼りながら、あ、と思った。日付の数字は半角なのに、内線番号を示す数字が全角になっている。

「何貼ってんの？」

突然、右耳のあたりに息を吹きかけられる。「つめろ！」思わず身を捩《よじ》る俺を見てニヤニヤしているのは、やはり同期の川辺《かわべ》だ。

「早くね？　朝」

他部署の人間、特に同期には、こんな姿を見られたくなかった。だからわざわざいつもより三十分近く早く出社したのだ。それなのによりによってコイツに見られるなんて――俺は、脇の下に噴き出す汗により、自分が今どれだけ恥ずかしがっているかを悟る。

「木金は俺がＦＡＸ仕分けるから、部の」

ベージュのスーツに包まれた川辺の腕には、大量の紙が抱えられている。川辺が所属するデジタルコンテンツ事業部は、社内でも残業が多いことで有名な部署だ。毎朝届くらしい大量のＦＡＸを見ても、その業務量の多さが窺《うかが》える。

「岡本《おかもと》は何してんの」

俺の手元を見つめる川辺のニヤニヤが加速する。ちょっと前までは今の俺と似たような肩身の狭さを感じていたくせに、と、なんだか腹が立ってくる。

「それポスター？　『6月は整理作業月間です』？　何それ？」

「うるせえな、読むんじゃねえ」

「自分で貼ってるくせに読むなっておかしいだろ」

6月は整理作業月間です。デスクの資料を整理し、執務環境を快適に整えましょう。また、倉庫に預けている資料のうち、保管期限が過ぎたものは処分の手続きをお願い致します。問い合わせは総務部・岡本（内線2108）まで——セロハンテープを丸めたもので四隅を留めたそのポスターは、昨日の退勤直前に、去年のデータをそのまま流用する形で作成したものだ。今週中に、五階、六階、七階と、各フロアに二枚ずつ貼っておくように、と清水課長から言われている。

「整理作業月間ねえ。ソーム部の仕事も大変だねえ」川辺のニヤニヤが倍増する。

「バカにしてんだろ」

「被害妄想」

俺は、川辺の抱えているFAX用紙をちらりと見る。こちら側にぺろんと顔を見せている何枚かの紙には、就活のときに何度も検索をかけたような社名が書かれている。先方も急いでいたのだろう、書き損じの部分がぐしゃぐしゃと黒く塗りつぶされている。

「川辺っていま何担当してんの」

傷つくとわかっていながらも、思わずそう訊いてしまう。川辺は、サイドの髪の毛を刈りあげるようになってから、コンタクトレンズをしているくせに伊達メガネをかけ始めた。

「先月まで女子向け恋愛ゲーム担当でわりとうんざりだったんだけど、先々週？　から吉原《よしはら》さん産休入ったじゃん？」吉原さんの妊娠、というか結婚していたらしいことに驚かせてもらえない。川辺の口はさくさく動く。「その代わりでバトルＲＰＧの開発チームのサブリーダーやらせてもらえるようになってさ、今マジテンション上がってるとこ。残業続きで先週なんか会社泊まりだぜ？」

川辺の度が過ぎる早口は、一緒に行った合コンで何度も経験している。お目当ての女の子を見つけると、一息で、言いたいことをすべて言い尽くしてしまうのだ。こんなにもわかりやすく『マジテンション上がっ』ちゃうからお前はいつもお持ち帰り失敗するんだよ、と俺はこっそり思う。

「じゃ、これ仕分けなきゃだから。また」

同期は五人。女子が二人、男子が三人。その中でも特に、同じく九州出身者かつ喫煙者の川辺とばったり会う時間が勤務中における最大の癒しだった。だが最近では、こうして少し話しただけで脇に汗がじっとり滲《にじ》む。

俺は、右手に残されたＡ４の紙を見る。六枚用意していたポスターもあと一枚だ。これを、この階のどこかに貼らなければならない。

この会社では年に一度、無駄な紙資料を減らしオフィスをスッキリさせましょう、という目標を掲げた『整理作業月間』というものがやってくる。俺が所属する総務部が指揮を執る取り組みだ。ポスターには、たくさんの紙資料に埋もれているデスクの写真が挿し込まれており、その写真の上には大きな赤いバツ印が重ねられている。

総務部に配属される前――デジタルコンテンツ事業部にいたころ、俺はこのポスターを見るたびに若干の苛立《いらだ》ちを覚えていた。いくらデジタル化が進んでいるとはいえ、ゲーム開発業務における紙でのやりとりはとんでもなく多い。不必要な資料を処分して快適な執務スペースを、という提言はもちろん正しいが、それは、文章の意味が正しいというだけだ。スピードが勝負のゲーム開発業務において、資料の整理以前にやるべきことは山のようにあった。

そんな実態を知らない部署の誰かが、勝手なことを言っている。俺はそう思っていた。自分がこのポスターを貼る側になるなんて、当時は全く考えていなかったのだ。

俺は、クリーム色のじゅうたんの上を歩き出す。思いがけず、長い間ここに立ち尽くしていた。人が増える前に、残り一枚をどこかに貼ってしまおう。

――『6月は整理作業月間です』？　何それ？

このポスターの内容に苛立っていたころの俺は、まだマシだった。川辺は、整理作業月間の存在すら知らないのだ。

無駄な紙資料を減らしましょう。そう書かれているこのポスターこそが、多くの社員にとっての「無駄な紙資料」であることを、もう十年以上も総務部にいる清水課長は全く気付いていないように見える。

総務部のあるフロアに戻ると、誰かがパソコンのキーボードを叩《たた》く音がばしばしと響いていた。清水課長は、タイピングの音が大きい。四十代半ばにしては薄くなった髪の毛が、今日も何かの植物の根のようにうねっている。

「おはようございます」

「ポスター貼ってくれたんだね、ありがとう」

俺の挨拶に、清水課長が答える。清水課長は、どんな小さな仕事であっても、俺がそれを終えたときにはありがとうと言う。それはまるで理想の上司のような行動なのだが、俺のことを「そうでもしないとすぐに不機嫌になる幼稚な若手社員」だと思っているのかと感じるときもあり、勝手にこちらがむしゃくしゃしてしまうことがある。そして、こんなことにさえ毒づかないと気が済まなくなっている自分に、俺は心底うんざりもする。

「岡本君」

課長が俺に一枚の紙を渡してくる。いつのまにか、ポスターのデータを印刷していたらしい。

「ポスター、内容に特に問題はないんだけども、ここ、内線番号の数字が全角になってる。日付の数字は半角だから、どちらかに合わせたほうがいいんじゃないかな」

「はあ」

それ、どうでもよくね？

数字の全角半角どころかポスターの内容すら誰も見てなくね？

俺は、喉の奥でぼこぼこ湧き上がった言葉を、力を込めて飲み下す。

「あ、あとこれ」

清水課長が、俺のデスクにもう一枚、紙を置く。【経費として処理する領収書に関するお願い】――昨日、経理部の小出《こいで》課長から回ってきた、社内掲示板掲出用の書類だ。社内掲示板は総務部の所有物ということになっているので、他部署の人間が何か掲出したいときには、その書類を一度、総務部内で回覧することになっている。

「ここ、『領収書』って書いてあるけど、規程では『領収証』なんだよね」

清水課長は、引き出しから取り出した社内規程を開き、『領収証』と表記されている箇所を指す。こんなふうに、即座に社内規程を取り出せる人物を俺は他に知らない。

「規程とは違うけど『領収書』のまま掲出するか、『領収証』に合わせるか、どっちにするか経理の小出くんに確認しておいて。もしかしたら意味があって変えてあるのかもしれないし。訂正する場合は二重線と捺印《なついん》もらってね、それから回覧するから」

書類に貼られている黄色い付箋には、経理部の小出課長の文字で、「なるべく早く掲出お願いします」と書かれている。

「……はあ」

なるべく早くって言われているのに、そこ引っかかんの？

規程が「領収証」だったとしても「領収書」でわかるしこれでよくね？

全ての言葉を飲み込んで、スリープ状態になっていたパソコンを起動させる。メール画面にアクセスすると、早くもＯＢ訪問がしたいと電話連絡をよこしてきた大学生からのメールが届いていた。

メールの件名が「おはようございます」となっている。なんだそのタイトル、と思いつつ、その不慣れな文章に頬《ほお》が緩む。

就活は、大変だった。

俺が就活生だったころは、氷河期と呼ばれていた時代よりは回復傾向にあると言われていたものの、やはり何十社もの試験に落ちた。ゲーム業界をはじめとするエンターテインメント関係の会社に的を絞っていたことも、なかなか内定が出なかった原因の一つかもしれない。結局内定をもらえたのは、ゲームセンター向け景品やプリントシール機の開発をメイン事業に据えつつ、最近では家庭用ゲームやスマホ用ゲームの開発にも力を入れているこの会社だけだった。

入社してすぐ、川辺は経理部へ、俺はデジタルコンテンツ事業部へ配属された。そのころ、川辺はしきりに飲もう飲もうと俺を誘ってきた。想像していたものとはかけ離れた業務内容に対する愚痴を、気心の知れた同期に向けて垂れ流したかったのだと思う。ただ、社として特に力を入れているフィールドということもあり、デジタルコンテンツ事業部は忙しかった。スマホゲームを取り巻く環境は一日単位で変わっていく。俺は、川辺の誘いを断る回数が増えていった。

入社して二年が過ぎ、いよいよ自ら企画したゲームの開発に携われそうだというとき、辞令が出た。俺は総務部へ、川辺はデジタルコンテンツ事業部への異動だった。それから二年間、二人とも、異動はない。

チャイムが鳴る。九時、始業の合図だ。

「あ、あと」

清水課長がこちらを見る。

「整理作業月間の作業も、進めておいてね」

今年度も、総務部への新人の配属はなかった。隣にいる清水課長も、ずっと奥の席に座っている村西部長も、二度目の異動で総務部に流れ着き、そのまま十年以上、総務部から出ていないらしい。このままいくと、俺は本当に、ここから見える人たちと同じように席を移動していく会社員人生を送るのかもしれない。

就活生からのメールは、ゲーム業界で働くことへの夢と希望に満ち満ちている。ご丁寧に、OB訪問当日にしたい質問案まで貼り付けられている。俺はそれを見ながら、自分が就活生だったときにOB訪問をした相手は、【一日のスケジュールを教えてください】というあまりにもよくある質問に、本当に正直に答えていたのだろうかと思った。彼らの夢を、いや、就活生だったころの自分の夢を守るために、ウソをついてくれていたのではないだろうか。


「小出課長、いま少しよろしいですか」

電話を置いた小出課長に、俺は声をかける。

「この掲出書類のことなんですけど」

俺が言い終わらないうちに、小出課長は口を尖らせた。

「これ、俺が昨日渡したやつじゃん。まだ回覧してないの？」

なるべく早く、と書かれている付箋の黄色が、ライトに照らされてぴかりと輝く。

「いえ、回覧はしたんですけど差し戻しがありまして、こちらなんですが」俺は、「領収書」の箇所を指しながら続ける。「社内規程では、『領収証』表記なんですよ。ですが、いただいたものだと『領収書』になっているんです。こちら、意味があってわざと変えたのか、ただのタイプミスなのか確認できればと」

「え？」

小出課長より早く、その両側のデスクにいる人が噴き出した。「すげえ細かい」笑い声の中に、そんなつぶやきが交ざっている。

「大変だね、君も」

小出課長の目に、少し、同情の色が滲《にじ》んだ気がした。

「別に意味はないから、そちらの都合のいいように変えてもらっていいよ」

「では書面のデータはこちらで修正しておきますので、こちらに二重線と訂正印を……」

「はいはい」

小出課長は笑いながら、あっという間にボールペンで二重線を引いた。「あ」俺は思わず声を漏らす。訂正の二重線を引くときは必ず定規を使うよう、清水課長から再三言われているのだ。

小出課長は俺の声など全く気にも留めていないようで、二重線の上から訂正印を押した。

これでやっと、回覧できる。俺は小出課長に頭を下げ、速足でデスクへと戻る。

清水課長はよく、社内で笑われている。さっき、小出課長の両側の人たちがそうしていたように。

ふと、壁かけ時計を見る。まだ十時にもなっていない。異動してから、時間の流れの速度は明らかに変わった。このままじっと時計を見つめていれば、10という数字のマルの部分が、黒く塗りつぶされていくような気持ちになる。

デジタルコンテンツ事業部にいたころは、業務をこなすうえでとにかくスピードが大事だった。書類上、全角と半角が揃《そろ》っていない箇所があったとしても、それを直すことにより業務に遅れが生じるならば、資料に目を通す人間の理解力を信頼した。

朝、川辺が抱えていたFAX用紙。こちらにぺろんとその顔を見せていた、一枚の書類。書き損じの部分が、ぐしゃぐしゃと黒く塗りつぶされていた。いくら寝不足でも、会社に寝泊まりをすることになったとしても、あのころの煩雑さが今は愛《いと》しい。


昼食後、すぐに手帳を開くのは、To Doリストが溢《あふ》れ返っていたデジタルコンテンツ事業部時代からの癖だ。今は、手帳がなくとも諳《そら》んじることができるほどしか書き込みがない。

【整理作業月間　箱の洗い出し作業〆】

二十九日の欄に、そう走り書きされている。今日は二十四日だが、二十九日までに土日を挟むので、そろそろ手をつけておいたほうがいいだろう。

社内に保管しきれなくなった紙資料については、種類ごとに段ボール箱にまとめ、倉庫業者に保管作業を委託している。そして、箱を倉庫に入れる際は、箱一つにつき一枚、内容リストというものを総務部に提出してもらうことになっている。各部門から提出される内容リストには、それぞれの箱の中身や作成者の氏名、保管期限などの情報が記載されている。

紙資料の保管期限は、種類や重要度によって異なる。一年間保管したあと廃棄していいものもあれば、永久保管と設定されているものもある。ただ、最近はどんな重要な紙資料であっても、最初から永久保管と設定することは少ない。とりあえず十年保管に設定しておき、十年ごとに廃棄か延長かを確認することで、無駄な倉庫代を削減しようという動きがあるからだ。箱の数をもとに倉庫代が算定されるため、会社としては、倉庫に保管している箱は一つでも少ない方がいい。

俺は、落ちていく瞼《まぶた》をどうにかこじ開けながら、総務部が所有している内容リストの中から、保管期限が【2015年6月】となっているものを抽出していく。他の部に比べたら紙資料そのものの量は少ないが、内容の古さはトップクラスかもしれない。いくら職制変更があったとしても、総務部だけは必ず会社にありつづける。定期的に保管期限を延長しつつ残されている紙資料が、今でもたくさんあるのだ。

抽出した内容リストを見ると、作成者名の欄には、村西、という判が押されており、作成日の欄には今から二十年も前の日付が書かれている。二十年前の村西部長が作成した箱、ということだ。つまり、はじめに設定した十年という保管期限を一度、延長しているのだろう。案の定、【2015年6月】の下にある【2005年6月】という文字には二重線が引かれている。そして、二重線の上に押されている訂正印の名前を見て、俺は一瞬、眠気が覚めた気がした。

【清水】

俺はちらりと、隣の席を見る。トイレにでも行っているのか、そこにはからっぽの椅子があるだけだ。

十年前、清水課長は、おそらく俺が座っているこの席、総務部の下っ端が座るこの席で、同じような作業をしていたのだ。もっとも肉体的に無理が利くであろう若い男の体が、社内の誰も興味を示さない『整理作業月間』の業務を粛々とこなしていたのだ。

三十枚近くある内容リストを手に、俺は立ち上がる。

「部長、いま少しよろしいでしょうか」

デスクのすぐそばに立つ俺を見て、村西部長がペンを置く。

「倉庫に預けている資料の整理作業を行っているのですが、こちらが今月保管期限を迎える箱の内容リストになります。週明けまでに確認いただいて、期限延長か廃棄か判断いただければありがたいのですが」

村西部長が、内容リストを扇のように広げる。どの紙の保管期限記入欄にも、定規で引かれた二重線と、清水課長の訂正印が押されている。

一枚、一枚、すべてに、丁寧に。

「懐かしいな、これ」

村西部長が、ふ、と破顔した。

「かなり前のやつだろ、これ」

「……箱自体は二十年前に作成されたようですね。十年前に一度、保管期限を延長しているようなので」

俺がそう付け加えると、村西部長は「そうそう」とさらに表情を緩ませる。

「十年前、期限延長するって言ったら、もとの保管期限をぐしゃぐしゃって塗りつぶしたんだよ」あいつが、と、村西部長が清水課長のデスクを見やる。「それで俺が、どんな些末《さまつ》な修正でもきちんとしなきゃダメだって怒ったんだ」

え、と漏れそうになった声を、俺は飲み込む。

「そしたらあいつ、わざわざ一回修正液で全部消して、その上からもとの保管期限を書き直して、二重線引いて訂正印押して……ほら、ここだけ色がちょっと違うだろ」

言われてみれば確かに【２０１５年６月】と書かれているあたりは、他の部分と比べて白色がより鮮やかに見える。

「修正液なんてビジネス文書としてもっと不適切だってまた怒ってな。あのときは清水も総務に来たばかりだったから」

書き損じを塗りつぶす。修正液を使用する。今の清水課長の几帳面さからは、考えられない。

「今、社会人として基本的なことを教えてくれる人ってなかなかいないだろう。どの部署も即戦力即戦力って……基本があってこその即戦力だろうに」

まあそういう業界だから仕方ないかもしれんが、と、部長は一度、咳《せき》をする。

「その点、岡本はしっかりしてるな。考えてみたら、総務部に来てからそういう基本的なことで注意したことが一度もない」

それは、村西部長に書類が回覧される前に、清水課長がすべてチェックしてくれていたからだ。全角と半角のズレや、規程との表記の違いに至るまで。

「いい上司に恵まれたんだな、きっと」

部長のデスクの内線が鳴る。「あ、これ全部、また十年延長しておいて」電話の受話器を掴《つか》んだ部長に礼をして、俺は自分のデスクに戻ろうと振り返る。

清水課長が、戻ってきている。

腰が痛むのか、ぺちゃんこにつぶれた椅子の座面にクッションを敷いている。社内の誰かに笑われてしまうほどの几帳面さで、相変わらず社内規程を開いてうんうん唸っている。

俺は、二十年前に作られた内容リストをデスクに広げた。そして、十年前の清水課長もきっとそうしたように、ノックしたボールペンの先を、定規に沿ってすうと滑らせた。

CHECK 08 ［感想戦］

清水課長の二重線

――お疲れ様でした。

お疲れ様でした。こちらは名だたる人気作家の方々が多く参戦する試合ということもあり、「やったるでえ～！　誰も〝二重〟をキーワードには選ばんだろうハッハッハー！」と鼻の穴を膨らませていたのですが、その点に関しては特に誰からも言及されませんでした。意表をつけてもいなかったのでしょう。ただ、この作品はその後、世界十七言語に翻訳されＮＨＫ国際放送のラジオ番組で朗読されたのだから、かなりの出世頭といえます。自分発信ではないテーマで書いたものが化学反応を起こした良い例かもしれません。もちろん悪い例もあります★

CHECK 09

2014年4月〆

発注元

KADOKAWA

かどかわ

【お題】

aikoの楽曲を題材にした小説

CHECK
09

使用媒体

「別冊カドカワ」

発注内容

●「別冊カドカワ　総力特集　a・i・k・o」号に掲載する、a・i・k・oの楽曲を題材とした短編小説。
●先方（企画書内には、a・i・k・oさん本人から、の記載あり）からのリクエストは、「ちょっとエロくて変態要素のある、湿度を感じる作品」。
●分量は、原稿用紙10〜25枚程度。

「タイトル」

アスパラ

START

汗をかいた肌に冷たい風が触れるのが嫌だと言うあなたはいつも、電気よりも先に冷房のスイッチを切る。ファンがゆっくりと閉じていくそのときから、あなたに触れられることを覚悟して、あたしの産毛《うぶげ》はみんな揃《そろ》って少しかたくなる。誕生日プレゼントだと渡されたネックレスのその下で、あたしの産毛はかたくなる。

二十七度の風が、首筋のやわらかい産毛をそっと撫《な》でていく。

高校の職員室の冷房の温度は、二十七度と決められているらしい。四月に入ってきたばかりの若い先生が、体育のプールの見学中にこっそりそう教えてくれた。それでも薄着だとけっこう寒いんだよね、と、その先生は言っていたけれど、サウナのような教室で授業を受け続けているあたしたち生徒からしたら、じゅうぶん贅沢《ぜいたく》な悩みだ。

「先生、これ、今週の課題。集めてきたよ」

あたしはそう言うと、抱えていた十五冊ほどのノートをデスクの上にどさっと置いた。

「おお、ありがとう」古典を担当している男の先生は少し戸惑いながら、コーヒーの入ったカップを脇に避《よ》ける。古典読解の課題は、まず本文をノートに写すところから始めなければならないので、クラスのみんなが嫌がる課題のひとつだ。

「こっち、もう半分です」

椎名優香《しいなゆうか》はそう言うと、もう十五冊ほど、ノートの山をデスクに置いた。その衝撃で、カップの中のコーヒーが揺れる。

「先生、自分でノートくらい集めて下さいよ。日直もけっこう忙しいのー」

あたしはそう軽口をたたきながら、優香が置いたノートの山を見た。

一番上に置かれているノート、その表紙に書かれている名前。

「これが日直の仕事だろう」そう諭してくる先生をからかうついでに、「全員分ってなったら重いんですからねえ、かよわい女子にとっては」あたしはその名前の部分に少し触れる。

三年C組、町田寛《まちだかん》。

寛、という文字の最後の一画が、必要以上に大きくはねている。

優香は、職員室のドアを開けながら、腕をぷらぷらとさせる。

「はあ、腕くたくた」

「手伝ってくれてありがと、二往復しなきゃいけないところだった」

職員室を出てすぐ、あたしたちはスカートのウエストを折り直した。「ほんと涼しいのって職員室だけだよねえ」夏服の白いシャツをぱたぱたとさせている優香をかたどる輪郭線は、陸上部を引退してからも全くたるむことがない。校舎の大きな窓から差し込む光を独り占めするかのように、優香は長い脚を右、左、と交互に動かして歩く。

今日は、椎名優香と同じ出席番号の新藤明仁《しんどうあきひと》が休んだ。だから、クラスの友達が日直の仕事を手伝ってくれている。優香はきっと、そんなふうに思っているだろう。あたしのことを、やさしいとすら思っているかもしれない。

教室が近づいてくる。あたしはこっそり、歩くスピードを遅くした。

「戻ったら黒板消しとかなきゃじゃん。急がないと」

「ほんとだ、あと三分で始まる、次！」

駆け出す優香のスカートのひらめきを、あたしは目で追う。廊下を駆け出すと、夏服のシャツの中を風が遠慮がちに通っていった。

あたしは、教室のドアに手をかける優香の指先のまるい部分を、目で追う。

優香が教室のドアを開ける。

開かれたドアのその向こうの席に座っていた彼が、優香のことをちらりと見るその姿を、あたしはどうしても目で追ってしまう。

さっき、古典のノートは二人で集めた。町田寛は、優香のほうに、ノートを置いて行った。あたしは、そのことに落ち込むより早く、すぐそばにいた彼の姿を記憶しようとしていた。


あなたは、シャワーを浴びるより早く、あたしに触れたがる。

テレビも冷房も消された部屋は、人間と冷蔵庫が生きている音しか聞こえなくなる。あたしは、目よりも先に耳を閉じてしまいたいと思った。きっと、目に見えるよりも、耳が捉える音のほうが、いま感じている世界を思い知らせてくれる。

じっとりと、毛穴が開いていく。汗になる直前の蒸気が、体中を満たす。

あなたの心臓の音が聞こえる。あたしの心臓の音は聞こえない。

耳を閉じてしまいたい。


両耳が音で溢《あふ》れかえる。

イヤフォンで両耳の穴を塞いだ途端、毎日繰り返し歩いているだけの駅までの道が、好きなアーティストのミュージックビデオのように見えてくる。

教室を出なければならない午後六時半を過ぎても、七月のはじめの町はまだ明るい。受験生になってからは、学校が閉まるその時間まで、校内の自習室で過ごすようになった。家に帰ると、制服を脱いだ途端になぜだか眠くなってしまうし、自習室は職員室と同じように冷房が効いているから心地いい。

両耳から流れ込んでくる曲に合わせて足を動かす。さっきまで冷房の効いた自習室にいた反動か、一歩進むごとに、全身の毛穴からぷつりぷつりと汗が噴き出てくる。

自習室は静かだ。冷房も効いている。受験勉強に集中できる。

私は歩きながら、友達からもらったアイスの袋をぴりぴりと破った。

そして何より、優香がいる。するとつまり、そこには町田寛もいる。

自習室から出ようとしたとき、あたしの誕生日を覚えてくれていたクラスメイトたちが、あたしの好きなアイスを買って出迎えてくれた。その中には、人よりも色素の薄い髪をひとつにまとめた優香もいた。これ好きだったでしょ、と渡してくれた棒状のアイスは、本当はもう久しく食べていないものだったけれど、あたしは大きな声で喜んだ。

おめでとう〜、と笑う優香のずっと向こうで、町田寛はペンケースの中にシャープペンシルをしまっていた。優香は、さらにもう一回ウエストを折ったスカートの奥から、水風船みたいに美しく張った太ももを覗《のぞ》かせていた。

一歩歩くごとに、汗が滲《にじ》み出てくる。

「ばいばーい！」

自転車に乗ったクラスメイトが、あたしの横を通り過ぎていく。イヤフォンの向こう側からでも聞こえてきた大きな声を、「アイスありがとねー！」とさらに大きな声で打ち返す。クラスメイトは、こちらを振り向きながら手をぶんぶんと振った。

夜がすぐそこにきているというのに、じっとりと暑い。クラスメイトからもらったアイスが、夏の夕暮れに食べられていく。

イヤフォンの中で曲が変わる。明日になれば日直も変わる。あたしは忙しく舌を動かしながら、前を歩く優香の後ろ姿を見つめる。優香の膝の裏のくぼみを見つめる。

自然に、優香のそばにいる方法をまた考えなければならない。

「ばいばーい！」自転車に乗ったクラスメイトが、今度は優香の隣を過ぎ去っていく。優香も何か言葉を返したのだろうか、女子にしては大きなてのひらをひらひらと揺らしている。

優香のそばにいれば、町田寛の視界の中にいられると気付いたのはいつだっただろうか。そして、そのために優香のそばにいることになんの罪悪感も抱かなくなったのは、いつだっただろうか。

舌の上で転がるナッツを、前歯で噛《か》み砕いたときだった。あたしのほうに振り向くことなく、あたしを追い抜いていく人影があった。

口の中の甘い液体が、じゅん、と、全身の血管に染み込んでいった気がした。

夏服の袖を肘の上まで捲《まく》った町田寛が、宝石のように光るエナメルバッグを揺らして、前へ前へと歩いていく。さっきのクラスメイトのように、あたしのほうに振り向いて挨拶《あいさつ》をすることもない。

自分の心臓の音がとてもうるさい。あたしはMDプレーヤーの音量を上げる。

甘くて冷たいはずのアイスが、あたたかい舌と唾と混ざりあって、苦くてなまぬるい液体になる。早く舌を動かさなければいけないと思っても、やがて肩を並べるだろう二人の後ろ姿から目が離せない。

イヤフォンをしているのに、音量を上げたのに、二人の足音が聞こえる。二人の足音だけが聞こえる。

動かなくなった舌のすぐそばで、アイスが生きる力をなくしていく。甘く匂うバニラ色の汁は、細い木の棒に染み込みながら、つうつうと伝っていく。そして、ついには指のほうまで流れてしまって、もう誰も振り向いてくれない。

もう誰も、振り向いてくれない。

二人が肩を並べた。ひと肌ほどにぬるくなった液体が、少しかたくなった産毛を避けるように、手首から腕へと伝っていく。

腕を伝っていた舌が、ふ、と離れる。

早く、一度、きちんとシャワーを浴びたい。あたしはそう思いながらも、こうしたほうがいいのだろうと、あなたの首に腕を回した。あなたの唇が、あたしの唇に近づいてくる。さっき、同じテーブルを挟んで最後に何を食べたのか、あたしは冷静に思い出そうとする。


思い出した。

ペットボトルのお茶を飲み干してしまっていたから、昼休みの前に買いに行こうと思っていたんだった。あたしは、ぐっと息を止めてアスパラを嚙み砕く。苦手だと言っているのになぜかいつもお弁当に入っているアスパラのバター炒めは、お茶がないとなかなか飲み込めない。

「あれ、飲みもの、なくない？」

優香は、あたしがお弁当箱しか机の上に出していないことに気づいたのか「私の、飲む？」と自分のペットボトルを差し出してくれた。三分の一ほどしか中身が残っていないそれは、夏とは若さきらめく爽やかな季節なのだと言い張るように、うすい水色のラベルをまとっている。

「ううん、大丈夫」

太ももの触れ合っている部分が、汗でぺっとりとくっついている。ＣＭで見るような十五秒で完結する夏の恋は、この教室のどこにも転がっていない。

「昨日ありがとね、アイス」

あたしがそう言うと、いいのいいの、と軽く笑い、優香は四つに折ったハンドタオルで額の汗を拭いた。そんな姿を見ていると、余計に、優香が差し出してくれたペットボトルに手を伸ばすことができなくなる。

ここまでお腹が空《す》くのにあんなにも時間がかかったのに、昼休みの二十五分であっという間に満腹になってしまうから、人間は不思議だ。みんながお弁当を食べる昼休みは、整然と並べられた机の列が少し崩れる。それに倣うように脚を広げてしまいたくなるけれど、そうするわけにもいかないので、私は脚を組んだ。

右膝、その裏に溜まっていた汗が、左膝の頭に当たって弾《はじ》ける。

口の中のアスパラがなくならない。喉が渇いて仕方がない。

「それ、嫌いなの？」

あたしのお弁当箱の隅を指さすと、優香はそう言った。

「ていうか、優香、もう食べ終わったの？」

優香のお弁当箱は人よりも大きいのに、人よりも食べるのが早い。けれど、優香がそのことを微塵《みじん》も恥ずかしがっていないから、誰も、彼女の食欲を恥ずかしいとは思わない。

「箸使いが上手すぎてさ、早く食べ終わっちゃうんだよねー」

「絶対そんな理由じゃないでしょ」

笑うあたしに、優香は訊く。

「それ残すなら、私、食べていい？」

いいよ、と答えようとして、あたしは一瞬、口をつぐんだ。

優香の肩の向こう側に、見慣れた英単語帳の表紙が見える。その表紙の向こうに、赤ペンのインクを隠してくれる赤いシートが見える。そのシート越しに、町田寛の目が見える。

「優香」

嚙み砕いていたアスパラの繊維が、右の奥歯に引っかかった。優香の白い箸が、かつん、と、あたしの小さなお弁当箱の縁に当たった。

「昨日、町田くんと一緒に帰ってなかった？」

喉が渇いている。何か話していないと、喉が塞がってしまいそうなくらいに。

「え？」

優香が、バターで和《あ》えられたアスパラを一本、箸で挟む。

「……そうだったかな、よくわかんないけど」

ぬるん、と、身をよじるようにして、アスパラが箸から落ちた。

「ふうん」

バターのあぶら、光る箸の先、午後一時の廊下からこぼれてくる笑い声。大きな窓から差し込む光に照りつけられて、あたしは目を閉じた。そして、もう認めるしかないと、小さく笑った。

箸使いの上手さを自慢していた優香は、もう、アスパラをつまもうとはしない。

渇いた喉が痛い。右の奥歯に挟まってしまったアスパラの繊維が、さっきからずっと、取れない。

取れた。

あたしはこっそり、キスの最中に唾を飲み込む。あなたの舌が触れて、やっと取れたそれを、こっそり飲み込む。

二十代最後の誕生日だから、と、あなたが久しぶりに作ってくれた料理。残せないと思ったから、つけあわせのアスパラまできちんと食べた。大人になっても苦手なままのアスパラの繊維は、大人になってもやっぱり、右の奥歯に挟まった。

あの日みたいに。

体温が放たれていく部屋の中で、汗が腕を伝う。

あの帰り道のアイスみたいに。

誕生日が来ると、あたしはいつでもあの日の味を思い出す。汗に溶けたアイスの甘くてまずい味、少しかたくなっていた腕の産毛、あの子の白い箸のそばでバターのあぶらを光らせていたアスパラ。

思わず目を閉じた夏の日。

CHECK 09

［感想戦］

アスパラ

――お疲れ様でした。

お疲れ様でした。まずびっくりするのはMDプレーヤーという単語でしょうか。かなり昔に書いたものだとは分かっていましたがまさか完全に過去のものと化したアイテムが出てくるとは。これは〝aikoといえば一人称あたし！〟ということで世にも珍しく一人称から決まった小説です。『アスパラ』という曲の歌詞に出てくる言葉を沢山使っているので是非読み比べてみてくださいね。そして、MDプレーヤーの他にも印象深かった点があります。それは、企画書内に、aikoさん本人から、の記載があるだけで震えたというのに、リクエストの内容が予想外のものだったということ。ただ、『アスパラ』という曲を聴くたびに不思議なエロさを感じ取っていたこともあり、取り扱う曲はすぐに決まりました。そして今回はかなり分かりやすく、登場人物の名前で遊んでおります。aikoさんに関係する方々の御名前をたくさんちりばめておりますので、ぜひ気にして読んでみてください。しかし冷静に考えてみると、キスしてる相手の歯に挟まっているアスパラの繊維を取るっていうのは、エロいとかじゃなくて立派な特技の域ですね。

CHECK 10

2015年11月α

発注元

JRA

じぇいあーるえー

【お題】

競馬がより面白く見られるような掌編「馬のような人の物語」

CHECK 10

使用媒体

「週刊新潮」「読売新聞」

発注内容

●過去のレースから導かれたテーマを、人間ドラマに置き換えた物語の執筆。

●担当は、「世界との戦い」。モチーフは、世界最高峰のレースである凱《がい》旋《せん》門《もん》賞を制したモンジューにジャパンカップで勝利したスペシャルウィーク。

●モチーフは、バックストーリーやバックグラウンドに置くだけでOK。読んだ人にテーマのつながりを感じていただくというのが狙い。

●文字数は1000〜1200文字程度。

【タイトル】

その横顔

START

テレビの中の審判が笛を吹く。セットカウント2対1、ポイントは21対18。セットもポイントも、リードはポルトガル。

日本のレシーブがセッターに返る。「早く終わんないかなあ」娘の佳澄《かすみ》は、目を擦《こす》りながら新聞のラテ欄を睨《にら》んでいる。このセットで日本が負けてくれれば、楽しみにしているドラマがすぐに始まるのに。そう思っていることが丸わかりだ。

一七九センチ、セッターとはいえバレー選手の中では小柄な体格の倉橋《くらはし》が、センターコートの真ん中——四年前、江川《えがわ》自身がチームキャプテンとして立っていた場所で、トスをあげた。

「この人、パパと同じことしている。背、ちっさいのもパパと同じ」

佳澄がそう呟《つぶや》いたのと、日本のスパイクがポルトガルのブロックに阻まれたのはほぼ同時だった。また一点、差が広がる。

江川の現役時代からずっと、男子バレーは世界では勝てないと言われてきた。日本が体格的ハンデを背負うのはどの競技でもいえることだが、バレーボールはその中でも身長の差が勝敗に直結する。チームの平均身長は十センチ以上も違うのに、ネットの高さは絶対に変わらない。

相手のサーブミスで、22対19。エンドラインまで下がった倉橋が、サーブを打つためにボールを受け取った。

倉橋の横顔に、汗が伝う。江川は、ぎゅっと拳を握りしめる。

セッターは、自分で得点を決めることがほぼない。俺もお前も背が低いから、ブロックでの活躍も難しい。だからサーブを磨け。サーブで相手を崩すことができれば、必ずいつかチャンスが生まれる――四年前、江川は、自分の控えとして初めて全日本入りした倉橋に何度もそう言った。あのとき倉橋はまだ二十歳の大学生で、身体も薄く、顔立ちも青年というよりは少年に近かった。

こいつが全日本の中心選手になるころには、また、世界を舞台に戦えるような強いチームになっていてほしい。江川はそう願いながら、自身は世界大会においてメダルを獲得することのないまま、現役を退いた。

「あれっ」突然、佳澄がテレビの画面を指さす。「やっぱりこの人、パパと同じじゃないかも」

【倉橋、ジャンプサーブです！】

実況を務める男性アナウンサーの声が大きく弾《はじ》ける。

「えっ」

江川は思わずテレビ画面を凝視する。倉橋の放ったボールは幸運にもネットにかかり、相手セッターのすぐ隣に落ちた。

【セッターの倉橋がここでサーブポイントを決めてきました。サーブを強化しているとは聞いていましたが、セッター、しかもこの身長でジャンプサーブとは……珍しいケースですよね】

そうですね、と解説者が相槌《あいづち》を打つ中、もうすっかり青年のそれになった倉橋の横顔が、また画面いっぱいに映る。

「パパ、ドラマ、録画しといてえ」

テレビ画面を指したまま、佳澄がふぁあと欠伸《あくび》をする。

「この人、なんか勝つ気まんまんまんの顔してる。長引きそう1」

セットカウント、2対1。ポイントは、22対20。

いけ、いけ、いけ。ボールを掲げる倉橋に、江川は祈りを飛ばす。かつての自分が引き受けていた祈りを、その逞《たくま》しい横顔に向かって、何度も、何度も。

CHECK 10

[感想戦]

その横顔

――お疲れ様でした。

お疲れ様でした。これは分量のわりに頭を悩ませた案件だったと記憶しています。まず、私に競馬の経験も知識も全くないということが大きかったですし、何より企画書にあった「馬のような人の物語」という文字を初めて見たとき、「馬のような人……の、物語！？！？！」とひどく動揺してしまったんですね。馬顔猫背、という私の蔑称に基づいた依頼なのかと疑ったくらいです。結局、バレーボールという自分の好きなフィールドにお題を引きずり込めば、日本的な肉体のまま世界に挑むということを書けるかなということでこの形になりました。余談ですが、執筆後、初めて競馬場に連れて行ってもらったんです。そこで俳優の高橋克典《たかはしかつのり》一家を目撃し、名だたる競走馬たちよりも美しい高橋さんのオールバックの毛並みに感動した記憶があります。

CHECK 11

2016年1月α

発注元

早稲田文学

わせだぶんがく

【お題】

「若手作家ベスト11」特集への寄稿

CHECK
11

使用媒体

「GRANTA JAPAN
with 早稲田文学」

発注内容

●英「GRANTA」本誌の名物企画「若手ベスト作家」特集の日本版への参加。

●日本国内でもっとも魅力的な若手作家の小説を掲載し、まずは日本国内で刊行しつつ、ゆくゆくは海外にも発信したいという考えがある。

●メンバー選出理由は、「今の日本で暮らす人々の悩みや喜びを海外の読者に伝えよう」という、本プロジェクトの趣旨に合っていたから。

●分量は、原稿用紙20〜25枚程度。

【タイトル】

引金

START

俺、三月生まれだから。何かのきっかけでそう話したとき、大袈裟《おおげさ》にリアクションしたクラスメイトのうちのひとりが、天井に頭をぶつけかけた。まずい酒と味の濃い料理がひっきりなしに行き来するこの店は、客単価の低さを補うため出来るだけたくさんの客を収容できるよう中二階が設置されており、僕たち八人はそこに仕舞われている。

「てことはまだ十八歳？」

「そう」

僕が頷《うなず》くと、さらに座が沸いた。「俺なんて一浪してっからもう二十歳なんですけど。お前二個下かよぉ」「つーかユー君お酒飲んじゃダメじゃーんってあたしもまだ十九だけど」僕の前にあるジョッキを奪い取ろうとした女の子が、赤い頬《ほお》を盛り上げて破顔した。中二階の座敷は、あぐらをかいたとしても頭上すぐそばに天井があるし、顔の真横でエアコンが呼吸をしていたりする。靴も脱がなければならないので面倒だが、まるで秘密基地の中で隠れて会合をしているような気分にもなって、それはそれで楽しい。僕は秘密基地なんて作ったことはないけれど、きっと、秘密基地の天井は低いと思う。

「まだ十八とかいいな～。高三と同い年じゃん高三と」

「四月で二十一になる俺からしたら十九もまだまだ若いけどな」

二十歳の男が、赤い顔の女の子に向かってフウウと細い息を吹きかける。「さいあくーっ！」

煙草《たばこ》の煙を浴びた女の子が、毛玉のついたセーターの袖にほぼ隠された小さな拳を、男の肩の上で弾《はず》ませた。ほんの一、二歳違うだけでまだ十八歳の僕のことを笑う二人は、僕の若さを羨んでいると見せかけて、自分はもうそこから脱したということを知らしめているようでもあった。

「つーかみんな実家帰んの？」

「俺このまま夜行バスで帰る～」

「おっじゃあコイツ潰そうぜ今のうちに」

話題が変わり、僕は背中から力を抜く。そのまま、絶え間なく飛び交う言葉たちをキャッチすることも、言葉たちに激突されることもなく、次々と変わっていく会話のやりとりのフォーメーションの隙間に、するりするりと自分自身を流し込んでいく。そんなことができる自分がこの体の中にいたことを、飲み会という場所に参加するようになって、僕は初めて知った。

一年次のみ受講しなければならない基礎教養のクラスメイトたちは、語学クラスやサークルの集まりと違って在学校名以外の共通項がたったの一つもない。だから、同級生との関係性は高校生のクラスのそれに似ている。違うのは、一年限りの関係だと誰もが理解しながら付き合っているにも拘わらず、触れたてのアルコール類によって関係性の強さを錯覚できるところだ。今日だって、週に一度、たった九十分、誰もノートを取らないような講義を受けただけの関係なのに、忘年会と称してお疲れお疲れと労い合っている。

「煙草一本ちょうだい」

「あれお前禁煙するとか言ってなかったっけ」

「見てたら吸いたくなった。一本だけ」

僕の正面に座っている二十歳の男は、僕の右隣に座っている男に向かって、小さな白い箱をすうと滑らせた。それを受け取りながら、右隣の男が呟《つぶや》く。

「ライターなくね？」

僕は、間もなく数週間の禁煙を解こうとしている彼の隣で、ライターを捜すという動作に巻き込まれてみる。本当に見つけようという気持ちがあるわけではないけれど、場に自分を流し込んだ結果、体はそういう形になった。

「ライター……」

僕は一瞬、座敷の隅のほうに積まれている荷物の山に視線を飛ばす。僕のリュックの一番小さなポケットには、一度も使ったことのないライターが入っている。

「落ちてる、そこに落ちてる」テーブルの下を覗《のぞ》き込んでいた二十歳の男が、どこかを指さしながらそう言った。どうやらライターは、何かの弾みでテーブルの上から落下していたらしい。

「優仁《ゆうじん》も吸う？」

「あ、俺は大丈夫」

そう答える僕の目の前を、クラスメイトたちの興味や好奇心が素通りしていく。僕がまだ十八歳だと気づいただけで天井に頭をぶつけかけた人たちは、関心を冷ますのも早い。僕は、あと二か月と少し、十八歳のままだ。ということは、倉本《くらもと》はもう、あの部屋の中で十九歳になっている。

十八歳として過ごす日々の中で、僕は、新しい人にたくさん出会った。四月から今まで何度自己紹介をしたかわからないし、こんな風に飲み会という場所でだらだらとくだらない話に相槌《あいづち》を打ち続ける自分にだって初めて出会った。たまに疲れるときもあるけれど、初めて出会う人や自分の様々な側面を、僕は嫌いではない。その間、倉本はきっと誰にも何にも出会っていない。

これまでの人生で出会ったことのある人やものにしか、相対していない。

「フードとドリンク、ラストオーダーになりますが」

梯子《はしご》のような階段から、頭にタオルを巻いた店員が顔を出した。名札にはいろいろ書いてあるみたいだけれど、プラスチックのケースは電灯の光をぱきんと反射しているので、読めない。

「もうラストオーダーかー」

「ここ狭いし、早めに移動しね？」

「ひとりサンゴーね、はい二次会行く人～」

僕は、リュックを自分のほうに手繰り寄せる。財布を取り出す前に一度だけライターを握りしめると、俺も行く、と小さく手を挙げた。


倉本は、いまだに僕だけを部屋の中に入れてくれる。

「ちょっと太った？」

倉本は、パソコンデスクの前にある椅子に座ったまま、ベッドに腰かけている僕のことを見た。

「太ったかも。ちゃんと量ってないからわかんないけど」

カーテンの閉められた部屋は、電気のおかげで明るいは明るいけれど、どこか自然の摂理に逆らっているようなちぐはぐさがある。おそらく長い間、窓もカーテンも閉めっぱなしのこの部屋は、朝の光や夕陽の尾ひれによる侵食のままに色を変えたり、勢いよく飛び込んできた外気に空間をかき混ぜられたりしていない。臭いわけではないが、生きている人間の、少しの変化もなく生き続けることに成功してしまっている人間の匂いが強すぎて、それはそれで不自然だった。

「大学楽しい?」

こちらに向けた座面の上で三角座りをしている倉本は、膝と膝の隙間に器用に顎を仕舞っている。

「楽しいよ、思ったより」

「優仁もサークル活動とかやってるわけ?」

「そういうのはやってないけど。授業とかバイトとか」

倉本は、あのころよりも髪の毛が長くなっていて、肌の色が白くなっていた。体型は変わっていないようだけれど、それはまるで心の中身もあのころと全く変わっていないということを証しているようにも見える。

「倉本は元気だった?」

「元気っつうか、見てのとおり?」

倉本が両手を広げる。薄い上半身を覆っているスウェットの袖口が、右だけやけにほつれている。

僕と倉本が高校に通えなくなったのは、二年生の秋だった。ヘルニアになりバスケ部の活動に参加できなくなったことに苛立《いらだ》っていたらしいクラスのリーダー格に、なぜか僕が目をつけられたのだ。彼は、突然目の前に現れた放課後という名の膨大な時間を、僕の肉体と精神を痛めつけることに費やした。倉本をはじめ、僕を助けようと試みてくれたクラスメイトは複数いたけれど、主犯の生徒とその仲間たちは、自分たちを脅かす可能性のある芽を摘むことなんて容易《たやす》いようだった。

やがて、彼らの命令で繰り返していた万引きが学校にバレると、僕だけが停学になり（彼らは無関係を装った）、そのまま僕は自分の部屋から出られなくなった。そして、僕がいなくなった教室で、次のターゲットに選ばれたのが、一度でも僕を助けようとしてくれた倉本だった。

倉本は、女子更衣室の盗撮を命じられていた。それが発覚したところで、停学になったのは例によって倉本だけだった。

僕と倉本は、二人揃って、自分の部屋から出られなくなった。

たまに、ラインでメッセージのやりとりをしたり、電話で話したりもした。家族に聞こえないよう、小さな声で、同じような状況にあるお互いのことを報告し合った。そうしていると、実際は遠く離れた別々の家の部屋の中にいるのに、まるでお互いが潜む空間がすぐ隣にあるような気持ちになった。

安心した。

僕は、頭の中でライターを握りしめる。

ある日、僕は、部屋を出ることができた。やがて学年が変わり、バスケ部の奴らとクラスが分かれたことがわかると、学校にも通えるようになった。

僕がそのことを倉本に伝えられたのは、遅めの梅雨入りが発表されたころだった。僕はそれまで、自分だけが部屋を出られたこと、部屋を出た日を境に倉本からの連絡を無視し続けていたことを、申し訳なく思っていた。倉本を裏切ったような気がしていた。だけど、苦手な数学の中間テストを受けながらふと、裏切ったかどうかなんてどうでもいいから、ここに倉本を戻さなければならない、と、強烈に感じたのだ。

「今日はどしたの」

「いや、年末だし、なんか」

家族だってこの部屋の中には入れないのに、倉本は僕だけを招き入れる。そして僕は、倉本から招かれたら、訪問を断らない。倉本はきっと、この部屋に充満している自分の命の匂いを、僕に嗅がせたがっている。僕を助けてくれようとした倉本を置いて、教室からも狭い部屋からもこの町からも出た僕に。

「武田《たけだ》、二浪しそうだって。模試Dとかだったらしいよ」

「マジで」

「そうそう、吉原《よしはら》が免許取ってすぐ事故ったの知ってる？　左足折って入院してたんだよ」

「バカじゃん。つーか吉原と連絡とってんの？」

「フェイスブック」

数少ない共通の友人の名前を出しながら、一番大切なところには触れないまま会話を進める。

お前のせいだ、なんて倉本から言われたことは一度もないし、僕のせいでごめん、と、僕から謝ったこともない。お互い、そう思っているのかどうかも、自分が抱いているものがそうすれば少しでも融《と》ける感情なのかどうかも、もうよくわからない。

「とりあえず、元気そうでよかった」

僕がそう言うと、「それはどうも」と倉本は少し笑った。その背後で煌々《こうこう》と光るパソコンの画面には、とある全国紙の記事が読めるウェブサイトが映し出されている。

床に立てていた僕のリュックが、寝返りを打つ子どもみたいに、静かに倒れた。

「……そろそろ帰るわ」

「うん。よいお年を」

「あ、そっか、よいお年を」

倉本の家から出る際、玄関まで来てくれた倉本の母親に「お邪魔しました」と会釈をした。よいお年を、や、ご家族によろしくね、という、あってもなくてもいいような言葉以外は特に、交わさない。向こうも、僕とどんな話をすべきなのか、わかりかねているようだった。

外の空気が気持ちいい。足音が、空に当たって跳ね返ってくる。

新しくできたコンビニの光に照らされる夜道を歩いていると、宙にぼんやりと、倉本の部屋にあったパソコンの画面が浮かび上がった。よいお年を、と言いながら、倉本は、年末の新聞記事を背負っていた。十八歳選挙権がどう機能するかとか、国際秩序の安定をどう取り戻すかとか、そういう、今年から来年へごっそりそのまま持ち越される文字たちを背負っていた。

髪の毛は、自分で切っているらしい。トイレは自室の隣にあるので、誰もいないタイミングを見計らって行っているようだ。高二の秋から、それはずっと変わらないという。

ずっとあの部屋の中にいるならば、いっそ、ネットゲームやアニメに興じていてほしかった。僕は、自分が吐いた白い息を額で割りながら思う。倉本が、身も心も頭もあの部屋の中から出る気はないとわかれば、自分だってきっともっと楽になれるはずだ。リュックの中にあるライターを心の中で握りしめながら、僕はふと、右の袖口だけやけにほつれていたのはマウスを動かすほうだからか、と思った。

兄がリモコンを握り、テレビの音量を小さくした。

「優仁、入れようか」

「あ、ありがとう」

母が、僕の分の取り皿におでんをよそってくれる。家族が全員揃う年末年始の夕食は大抵鍋物で、実家に住んでいたころは飽き飽きしていたのだが、久しぶりに母の味付けで食べる鍋物は自分でもびっくりするほど五臓六腑《ごぞうろっぷ》に染み渡る感じがした。

「あんた今日、倉本くんち行ってきたの」

皿を寄越しながら、母が訊いてくる。

「うん」

兄と父が、少しだけ緊張したのがわかる。

「どうだった?」

「いつも通り。変わんない感じ」

僕はそう答えながら、兄の手から離れたリモコンを握る。

兄が設定する音量では、きちんと聞きとれないことが多い。

テレビ画面の中では、年末らしく、様々な世代の芸能人が日本の今年の重大ニュース、来年以降話題になるだろうキーワードなどを大きな声で紹介している。

「あんたこれ、住民票移しといたほうがいいんじゃないの」

忙しく動いていた母が、久しぶりに自分の箸を動かしながら、顎でテレビ画面を指した。十八歳選挙権について、今まさに十八歳だというアイドルが『私も来年から選挙行かなきゃってことですよね~? 選挙って国会とか行けば投票できるんでしたっけ?』と発言し、お笑い芸人に『こういう十八歳がいるから俺は反対なんや!』とスマッシュを決められるみたいにツッコまれている。

「あー……確かにね」

「その返事、絶対やらないな、お前」

チューブから辛子を必死に搾り出しながら、父が言う。

テレビの中では、冬なのに夏みたいな格好をしている女子アナが持っているフリップがアップになった。【若者の政治意識を高める。若い世代の意見が国政に反映される】という明るい色の文字の下には、暗い色で、【今の日本の若者は十分な判断力を持っているのか、時期尚早ではないのか】という不安点が記されている。先ほどのアイドルがニコニコ笑いながら『とりま選挙までに勉強しまーす』と発言し、再びお笑い芸人に『やっぱ二十歳になるまでアカンやろ！　特にお前は！』と大声でツッコまれている。

そんなやりとりを見ていると、忘年会で何度も天井に頭をぶつけかけていた二十歳の男のことが思い出された。たった二年の年齢差をこれみよがしに掲げていたあの男のことを。

「音でけえって」

兄がまた、テレビの音量を小さくする。僕が操作する前よりもずっと小さくなった音が、今度は恋愛しない若者についての討論を控えめに伝えてくれる。

「俺、食い終わったらお風呂入るから。お湯ためといて」

「はいはい」母が立ち上がる。

年齢が十以上離れている兄は、大学卒業後、地元の農協に就職した。母も父も、三十を越えて独身であること、実家暮らしであることをいろいろ言うが、兄はそんなことはどうでもいいという様子を気取っている。すぐ近くに一緒に飲みに行ける友人もおり、仕事において何の問題もない日々の中にいると、それ以上何かを手にしたいと思わなくなるらしく、その結果、風呂の湯を溜めることも自分でやらない男になった。テレビでは、『最近の若者は欲がないんですよね～恋愛はどうでもいいとか言って』と眉を顰《ひそ》める大御所俳優に対して、『どうでもいいっていうのもありますけど、そもそも他人と暮らすのが無理なんですよね、生活スタイルが固まっちゃってて』と若手タレントがやけに堂々と意見している。

僕は、手の届かない位置にあるリモコンを見つめた。兄の咀嚼《そしやく》の速度が上がる。

食後、兄はすぐに脱衣所に向かった。確かに、僕が実家に住んでいたころから、兄は夕食後すぐに風呂に入っていた。その習慣は今でも変わらないらしい。

変わらない。倉本が生きている場所も、兄の習慣も、僕が頭の中でライターを握りしめていたこの数か月間、何も変わっていない。変わっていくのは、選挙権とか、新しくできたコンビニとか、そういうもの、自分の輪郭の外にあるものばかりだ。

リビングのソファでうとうとしていると、母が、水に浸した食パンみたいにくたくたのスウェットを持ってきてくれた。

「寝るときはこれ着なさいね」母の声に頷きながら受け取ったそれは、高校生のころの僕が使っていた寝間着だった。あの部屋の中にいた僕が、一日中纏《まと》っていた布だ。

「一回洗濯しとくから、持って帰ってきた服とか。今日はうちにある下着着なさい」

アパートから持ってきたリュックを見る。そこに詰め込んできた衣類が、すべて抜き取られている。

僕は、リュックの底を覆う、自分の頭の形をした影を見下ろす。

影の中心には、ライターが一本、転がっている。リュックの中から服を抜き取ったとき、母はこのライターを見たはずだ。

変わらない。倉本が生きている場所も、兄の習慣も。そして僕も、目を瞑《つむ》っていても描けるような部屋の中で、自分の匂いの染みついた柔らかいスウェットに全身を包まれていたころは、そんな自分を変えることなんてできないと思っていた。

僕は、自分の頭の形をした暗闇の真ん中を見下ろす。

僕が部屋から出られたのは、家が火事になったからだった。

部屋に籠り始めて二か月ほど経ったある日の夜、ドアの下にある隙間から、白い煙のようなものが入り込んできた。ベッドで漫画を読んでいた僕が、あれ、と、上半身を浮かせたその瞬間、「火事、優仁、火事！」という母の絶叫がドアを突き破り、僕の鼓膜を直接叩いた。僕は息を止めながら、思わずドア近くに置いていたつっかい棒代わりの家具をどかした。

白い煙はドライアイスで、火事は嘘《うそ》だった。僕が家族の前でドアを開けた、ということだけが本当だった。

開いたドアの向こうには、母と、父と、兄がいた。母はその場で腰を抜かし、「今年中に出てこなかったら、本当に火を点けようと思った」と呟くと、開いた掌《てのひら》からひとつ、ライターを落とした。

プラスチックのライターは、廊下のフローリングの床に当たると、かつん、と音を立てた。僕はそのとき初めて、柔らかいカーペットがびっちりと敷いてある部屋から出たということを、五感のうちの一つを使って認識した。

僕が部屋を出たあの夜は、大みそかだった。僕はあのとき、なんとか、この部屋からも、いろいろなことがあったその年からも脱出できたような気がした。そして、部屋から出た数時間後に倉本から届いた『あけましておめでとう』というメッセージに、しばらく返事をすることができなかった。

「あけましておめでとう」

一度ひげを剃《そ》ったのか、年が明けたからそう見えるのか、倉本の表情は数日前よりもどこかすっきりして見えた。

「あ、おめでとう。そっちから来るなんて珍しいじゃん」

僕は、母が持たせた洗剤やレトルト食品などでパンパンに膨らんだリュックを床に下ろすと、いつものように倉本のベッドに腰かける。

「また当分こっち帰ってこないと思うから。戻る前に、ちょっと寄ってみた」

あっち戻る前に寄りたいんだけど——僕がそう連絡をすると、倉本はすぐに返事をしてくれた。新幹線が十六時なので、十四時に倉本の家に行くことになった。帰りも長距離バスを使うつもりだったけど、父が新幹線代を出してくれた。倉本は相変わらず、パソコンデスクの前の椅子に座っている。

「明日から授業？」

「ううん、バイト。大学は夏も冬も春も休みがマジ長い」

「ふうん」

マウスから手を離すと、倉本はぐるりと椅子を回転させた。

「大学楽しい？」

倉本が、少し伸びた前髪の間から、試すように僕のことを見ている。

大学にもクラスというものが存在すると知ったとき、僕は怯えた。大学は、自分の好きなタイミングで、好きな講義を受けられる場所だと思っていた。クラス、というものの中に放り込まれると、自分はまた高校二年生のときのようになってしまうかもしれない。そんなふうに考えただけで、心臓の真ん中がぎゅっと絞られるような気持ちになった。

でも、違った。

「楽しいよ」

現実はいつだって、頭の中で考え尽くしたことを、いとも簡単に乗り越えてくれる。

高校生のころは、この世界の人たちはみんな、今の自分たちと同じような濃度の人間関係の中で生きていると思っていた。これからもずっと、狭い空間の中で、どうにか淘汰《とうた》されないように生きていかなければならないのだと思っていた。自分の命の匂いを濃く薫らせることができる人間が勝ち続けるのだと思っていた。

そんなことはない、と、いくら他人から言われたところで、自分でその変化の中に飛び込んでいくまでは、どうしても信じられなかった。

「倉本」

僕は、コートのポケットに右手を突っ込む。

「ここ、出ないの？」

「は？」

一瞬、倉本の眼の奥が動いたのがわかった。

「出たい、よな。ほんとは」

僕は、倉本の背後で光るパソコンの画面を見つめる。今日も倉本は、この部屋の外の世界では何が起きているのかを、きちんと確認している。

「倉本」

「どうでもいいよ」

僕は、倉本の声を聞きながら、ポケットの中で掌を開く。

「別に、どうでもいい」

どうでもいい、とか、欲がない、とか、無理、とか、本当の気持ちを覆い隠す言葉は、いつだって極端だ。

僕は、ポケットの中で、ライターを握りしめた。

「兄ちゃん、22以下なんだよ、絶対」

すると、テレビの音量、テレビ画面の中で笑っていた、十八歳のアイドルの笑顔が、脳裏に蘇《よみがえ》った。

「風呂も、飯食ったらすぐ入る。絶対」

あの子は、こんなバカに選挙権なんか与えていいのか、と笑われていたけれど、『とりま勉強しまーす』とさらに明るく笑い返していた。

「今の生活、変えたくないんだって。だから他人と暮らすのは無理なんだって。色々どうでもいいんだって。そう言ってる人、僕らみたいな若い世代に多いんだって」

あの子は、もしかしたら、あの番組の収録が終わったあと、ほんの一秒でも、勉強、と呼べることをしたのかもしれない。してはいなくても、しようと思ったかもしれない。

「倉本」

他の人にとって、何が、僕にとってのライターになるかはわからない。

「ほんとは、どうでもいいわけじゃないよな」

僕たちは今、欲がないわけでも、恋愛や結婚をはじめとする人生のあらゆることをどうでもいいと思っているわけでも、自分が今いる場所でそのまま生き続けていいと思っているわけでも、多分、ない。

「自分を変えたくないだけ、だよな」

今いる場所から出なくても生きていけて、テレビの音量は22以下で、食後はすぐにお風呂に入れて、生まれたときから何不自由なく生きてこられた自分たちを存分に愛しすぎてしまっているだけだ。現状維持さえできればそれでじゅうぶん生きていけると感じられる国にいるから、わざわざ自分を変えようだなんて思えないだけだ。

「なに言ってんのか、よくわかんねえ」

倉本がパソコンのほうに向き直る。僕はその背中を見ながら、まだましだ、と思う。うまく伝わっていないかもしれないけれど、あけましておめでとうさえも言えなかったころの自分よりは、今のほうが遥《はる》かにましなはずだ。

僕はもう一度、ライターを強く握る。

僕は今、年齢が二つ上だというだけで威張る同級生に合わせて笑っている自分のことが、嫌じゃない。これまでは知らなかった自分の逞《たくま》しさに触れることができて、感動さえしている。本当は二次会なんて行きたくないかもしれないけれど、二次会に行っている自分も味わってみたくて、ライターを握りしめつつどうにかあらゆることに参加してはやっぱり疲弊している自分を、応援したい。何かが変わったら変わったで、そんな自分をもっと愛せるようになるかもしれない自分に、期待すらしている。

今いる場所から出られないのは、心では変わろうと思っても体が変わろうとしないのは、自分のことを愛しすぎてるからだ。

嘘の火事や、選挙権や、そういううまくいくかどうかもわからないような、無理やりで、強引なくらいのきっかけでないと、僕たちはもう自分を変えることなんてできない。

僕は、僕だけの引金を包み込んだ拳を、ポケットから出した。

「変わらないと、変われないよ」

親指を、その引金に添える。

「今のままで、僕らは幸せなんだから」

CHECK 11

[感 想 戦]

引金

——お疲れ様でした。

お疲れ様でした。これは、完成した号を手にしてから、事の重大さを把握した依頼でした。錚々《そうそう》たるメンバーが自身の新境地に挑んでいる感があり、とりわけ私の作品に関する感想は少なかった記憶があります。そりゃそうだよなあ。国際的っぽい特集、くらいの感覚で原稿に臨んでしまった私ですが、とりあえず現代日本の雰囲気を自分なりに書いてみようとしたんですよね。自己肯定感の低さではなく実は今の自分への愛が強いのではないか、というのがこの小説のミソなのですが（自分で言う）、他の参加作家さんたち、すごかったなあ。ですが、今読み返してみると、のちに書いた長編（『死にがいを求めて生きているの』）の種になるような感情が書かれているような気がします。ちなみにこのときオールナイトニッポン0というラジオ番組を担当していたのですが、「他の作家さんたちはプロフィールの文章がかっこいい」という小物感あふれるエピソードを披露してしまいました。

CHECK 12

2017年3月〆

発注元

集英社

しゅうえいしゃ

【お題】

集英社文庫40周年記念エッセイ

CHECK
12

使用媒体

「青春と読書」

発注内容

●PR誌「青春と読書」の増刊として刊行される「集英社文庫創刊40周年記念号」への寄稿。
●テーマは「私が好きな集英社文庫」。40周年を祝いつつ、文庫について書かれたエッセイを希望。
●分量は800文字程度。

【タイトル】

C、ふと思う

START

宝飾品の販売をしているA、ブライダル関係で働いているB、そして小説を書いて暮らしているC。久々に再会した三人が、食事をしながら話している。

「ルビーがさ、あんま売れないんだよね……」

嘆息するAに、Cが「誕生石、みたいなキャンペーンとかは？　宝石ってそういうのあるよね？」と提案する。こんなふうに雑談に対してアイディアで返してしまうのは、最早《もはや》職業病だ。

「ルビーは七月の誕生石なんだけど、夏って売上よくないんだよ。確かに、ただでさえ暑いのにさらに身に着けるもの買いたくないよね。ボーナス出たとしても貯金するしさ」

特にうちらの世代はね、と、Aがため息を重ねる。

「確かにルビーってちょっと古いイメージがあるよね～曇りガラス思い浮かべちゃうっていうかさ」

くだらない軽口を叩いてみたところでAにもBにも無視されたので、Cは慌てて小説家っぽい知識をひけらかすことにする。

「えっと、ルビー婚式ってなかったっけ？　金婚式みたいなやつ。それ向けのキャンペーンやるのとかどうよ」

Aが、「何それ」と、少し前のめりになる。よしよし、発言力を取り戻せたぞ――Cがそう思っていると、今度はBが嘆息した。

「ルビー婚式ってあれでしょ、結婚四十周年を祝うやつでしょ。それやってる夫婦、全然いないよ。ルビー婚式挙げるほどイイ雰囲気のまま四十年続いてる夫婦なんて少ないし、それどころか熟年離婚ブームで離婚式プランとかやり始めてるよ、ウチの式場」

　担当した夫婦の何組が別れたかなァと呟くBの顔は、結婚式場にいるときのそれとは全く違う。

「だよね……」と、Aの表情も相変わらず暗い。

　昔は三人集まるだけで楽しかったのに、今はジュエリーが放つような輝きも、チャペルから迸《ほとばし》るような華やかさも感じられない。静まり返る個室の中、Cはボンヤリと思った。

　夏。四十周年。

　夏にグッと盛り上がりを見せつつイイ雰囲気のまま四十年続いてる集英社文庫って、すごいんだなあ……。

CHECK 12

[感想戦]

C、ふと思う

――お疲れ様でした。

お疲れ様でした、と労ってもらってはいけない気がしています。みなさん覚えていますか、こちらの発注内容は「私が好きな集英社文庫」。文庫について書かれたエッセイを希望、という一文も、しっかり存在していました。「三人の会話の流れの中に、うまいことキーワード入れときましたんで！」ってドヤ顔してる場合じゃないんですよ。でもこれ、思いついたらもう書いてみたくて仕方がなくなって、やっちまったんです。そして、この原稿を受け入れてくださる集英社だからこそこんな本も出させてくださったんでしょうね。ＯＫ媚びれた、次！

CHECK 13

2016年6月〆

発注元

集英社《しゅうえいしゃ》

―お題―

『こちら葛飾区亀有公園前派出所』と『チア男子!!』のコラボ小説

CHECK
13

使用媒体

『VS.こち亀 こちら葛飾区亀有公園前派出所ノベライズアンソロジー』

発注内容

●『こちら葛飾区亀有公園前派出所』連載四十周年記念に合わせ、両津勘吉《りょうつかんきち》をはじめとした『こち亀』世界の登場人物と、『チア男子!!』に登場する代表的なキャラクターのコラボレーション小説の執筆。
●文字数は19000〜38000文字程度。原稿用紙50〜100枚程度。

【タイトル】

こちら命志院《めいしいん》大学男子チアリーディング部

START

「やっぱり、ここがちょうどいいんじゃない？」

トンが、熊のように太い指をにゅっと突き出す。まるくて広い爪の先には、狭すぎず、子どもたちで混雑もしていない、つまりチアの練習をするにはちょうどいいスペースの公園があった。練習場所を見つけるためこのあたりをぐるぐると回ってみたけれど、結局、はじめに見つけたここが一番よさそうだ。

「ほらな～、俺の言う通りはじめからここにしとけばよかったんや」と、イチロー。

「はじめにここがええんちゃうかって言ったのは俺やで？」間髪容《い》れずに弦《げん》が応戦する。

「俺や」

「俺や！」

「どっちでもいいんだが」

やいやいうるさい二人に、溝口《みぞぐち》が目つぶしをかます。「やめろやっ」「このっ」調子のいい関西人コンビは溝口に目つぶしをやり返そうと試みるが、きらりと光る溝口のメガネがその攻撃を許さない。

「はいはい、暴れない暴れない！」

「もー、近所迷惑になるから、静かに静かに」

パンパンと手を叩く一馬《かずま》の隣で、晴希《はるき》は苦笑いをする。その後ろで「ほんと、小学生みたいだよな……」翔《しょう》がぼそっと呟《つぶや》くけれど、そんな翔のファッションセンスは今日も小学生以下だ。

晴希たちBREAKERS――命志院大学男子チアリーディングチームにイベント出演のオファーがあったのは、約一か月前のことだ。亀有《かめあり》に新しくできる大きなショッピングモールからの依頼で、モールのオープニングセール期間に開催される予定のスペシャルステージでパフォーマンスをしてもらえないか、というものだった。そのショッピングモールは、いま人気の巨大グルメランキングサイトで上位を独占する店がずらりと入ることでも有名で、とにかく都内でも最大級の娯楽施設になるという。なんでも、そのモールの運営に関わっている偉い人が、偶然どこかの大会でBREAKERSの演技を見てくれていたらしい。あのときのような素晴らしいパフォーマンスでぜひオープニング期間を盛り上げてほしい――そんなことを言われたら、嬉《うれ》しくなってつい引き受けてしまう。

「ついに俺らにもこういうオファーが来るようになったかー！」

「パフォーマーとしてのオファーやからな！　パフォーマーとしての！」

「そう言うとJでSoulなBrothersの何代目か感が出るなあ！」

すっかり浮かれているイチローと弦を反面教師にしながらも、晴希は、自分もなんだかんだ少しは浮足立っている気がした。最近、こんなふうにイベントに呼ばれることも増えてきたのだ。チームの知名度が上がるのは、単純に、嬉しい。

そして、今回のイベント出演は、モールのオープニング期間の最終日を飾るパフォーマンスコンテストにも繋がっている。期間中にイベントに出場した団体が最終日に集結し、観客と審査員の投票によって一位を争うのだ。出場するチームはみんな、知名度を上げられるうえに優勝賞金までもらえるということで、色めき立っている。

「今日注目集めて、最終日のコンテストで一位んなって有名になって……いよいよモテ始めるんちゃうかあ、これ」

「男子だけのチアリーディングチーム、プライベートは男女混合ですかあ～？」

「ふざけてないでストレッチストレッチ」

全身の筋肉よりも鼻の下を伸ばしている関西人コンビを横目に、晴希は腕時計に視線を落とす。今は十三時。ステージは十五時からなので、十四時半にはモールの控室に戻るように言われている。

「みんな、ストレッチ終わったら動きの確認――」

「【期待はあらゆる苦悩のもと】……シェイクスピアの有名な言葉だ」

いよいよ練習を始めようとした翔を、溝口の低い声がぶった切る。

「モテ始めるかもしれない、なんて期待ばかりしていると、その期待に沿わない現実に泣くことになるぞ」

「わかったからメガネどれにするか早よ決めろ」

イチローが、あらゆる種類のメガネを試している溝口から手鏡を没収する。「お前なんかどのメガネかけたところでただの溝口やからな」溝口は無言で項垂《うなだ》れる。

今日は、ステージがそこまで広くないということもあって、十六人のメンバーのうち七人が出場することになった。大会にはもちろんチーム全員で出場するが、今日のような外部のイベントのオファー等《など》には、そのたびにチームの中で結成される「出張部」が応えることも多い。

いつも明るくて太陽みたいなキャプテンの一馬。沈着冷静な練習長の翔。関西人で運動神経バグッンのイチロー、弦。百キロを超える巨漢のトンと、偉人の名言が好きなメガネ男子の溝口。そこに晴希を加えた七人が、今回の出張部だ。大学一年生のころからBREAKERSを支える、いわゆる一期生でもある。

「今日って、どれくらいお客さん来るのかな」

太ももの筋を伸ばしながら、晴希が呟く。

「どうかなー、でけえモールだし、グルメサイトで上位独占の店が勢ぞろい～とかCMでバンバン宣伝してるし……お客さん、もしかしたら学祭のとき以上にいるんじゃね？」

一馬が意地悪な笑みを浮かべながら、晴希の緊張を増幅させるようなことを言う。小学生のころ、一緒に出場した柔道の大会でも、一馬はこんなふうに晴希のことをからかってきた。この関係性は昔から変わっていない。

だけど、と、晴希は思う。チアダンスとは違い、チアリーディングでは少しのミスが大きなケガに繋がることがある。本番前には、きちんと練習通りに力を発揮できるか、とか、そういうこととはまた別の、独特の緊張感が漂うのだ。

各自ストレッチを終えると、翔を中心に、今日の動きの確認が始まる。

「上手《かみ》入《て》りで、ポジションついたら俺が手上げるから。そしたら音楽が始まってスタート。それはいつも通りだな」

「ドヤ顔で手上げるやつやで」

「イケメン上げな」

イチローと弦がボソボソうるさい。

「……」翔が無表情で咳払《せきばら》いをする。「さっきの場当たりでわかったと思うけど、今日のステージは横幅がけっこう狭いから、タンブリングは助走があまりつけられないから注意して。あと、ステージは吹き抜けになってるから、二階、三階のお客さんへのアピールも忘れずに」

「了解」

翔からの指摘に頷《うなず》きつつ、晴希には、どうしても気になることがあった。

公園の隅にあるベンチ。そこに、ひとりの小さな女の子が座っている。

あの子、多分、俺たちが――

「ハル、聞いてる？」

翔に声をかけられてやっと、みんなの視線が自分に集まっていることに気づく。「どうかしたのかよ」一馬が心配そうな表情で、晴希の顔を覗《のぞ》き込む。

「あ、ごめん、たいしたことじゃないんだけど……」

とはいえ、晴希の視線はある一点から動かない。それにつられるように、やがて、ベンチに座っている小さな女の子にみんなの視線が集中した。

「幼女がいるな」

「幼女て！」

メガネを光らせた溝口の頭を、弦がパコンと叩く。

「言い方キモいねんただでさえキモいのに！」「せやけども！　幼い女子なのだから幼女だろう。俺は間違ったことを言っていないと思うんだが」「イライラするううう！」ゴチャゴチャと言い争いを始めた二人のことは無視して、晴希は続ける。

「あの子、確か、俺たちがはじめにこの公園に来たときも、一人であそこに座ってたんだよね……」

晴希たちは、適当な練習場所を探すため、このあたりを十分以上ウロウロと歩き回っていた。結局、はじめに見つけたこの公園に戻ってきたわけだが、晴希の記憶が正しければ、その間ずっとあの女の子は一人でベンチに座っていたのだ。

その小さな頭を下げて、先生に怒られたときみたいに項垂れて。

「ハルはよく見てるね」

「幼女をな」

不本意な言葉を繋げられたトンが、言葉の主である溝口にタックルをかます。「があっ！」散々悩んだ末に選んだメガネが、かしゃんと音をたてて地面に落ちた。

「でも、確かにちょっと気になるな。周りに誰もいないし」

「もしかしたら……迷子とか、そういうのなのかも。それか、具合悪くなっちゃって動けないとか」

話しながら、晴希と一馬は顔を見合わせる。現に、さっきからずっと、あの子は下を向いているのだ。

「声かけてみる？」

「お前はやめとけ！」

ずいと一歩前に出る翔を、慌てて全員で止める。今日の翔の服装は、上は厚手のセーターなのに下は丈がものすごく短いホットパンツだ。こんな意味のわからない格好で女の子に声をかけたら、変質者だと疑われてしまうかもしれない。

「僕、行ってみるよ。子どもには好かれる自信あるんだ〜」

トンが、たっぷりとした胸をどんと叩く。確かに、ゆるキャラみたいな体型のトンなら、あの子も怖がらないかもしれない。「よっしゃ任せた」「頼むで」仲間の声援をその広い背中で受けると、トンはてくてくと女の子へと近づいていった。その後ろ姿はまるで、もこもこの着ぐるみでも被っているかのようだ。

「きみ、どうしたの？　大丈夫？」

柔らかい声で、トンが女の子に声をかける。俯《うつむ》いていた小さな顔が上がり、二つに結った髪の毛がぴょこんと揺れた。

「具合が悪いのかな？　迷子になっちゃったのかな？　だったらお兄さんたちが——」

「おお、驚いた、おぬし、わしがこれまで会った人間の中で一番太っておるな」

子どもをあやすように左右に揺れていたトンの背中が、ぴたりと止まった。晴希たちも、ヒッと息をのむ。

「……なんか今、けっこうなこと言われてなかった？」

「開口一番トップオブデブの称号を与えられていたな」

溝口がやっと見つけたメガネをかけ直しながら言う。

「おぬし、それだけ太っているってことは、これまでたくさんおいしいものを食べてきたのだろう。わしはちょっといま自分の舌に自信が持てなくなっていてな、グルメなおぬしの意見を――」

少女はそこで言葉を切ると、ギロリと光る目を晴希たちに向けた。

「あそこにいるのはおぬしの仲間か。さっきからジロジロ見つめてきて、なんなんじゃ。失礼なやつらじゃのう」

「シブ!!」

「話し方シッブぅ！」

少女は、イチローと弦の渾身のツッコミにも全く動じない。その全身はまるで着せ替え人形のようにかわいらしいのに、表情だけがめちゃくちゃ不機嫌だ。

「わしは具合が悪いわけでも迷子になったわけでもない。子ども扱いするな」

少女にすごまれている間に、溝口がトンをずるずるとこちら側に引きずり戻す。愛らしい外見の少女に「これまで会った人間の中で一番太い」と宣告された衝撃はなかなか大きかったらしく、トンは、対子ども用の笑顔のまま固まっている。

「なんかすごい子だな……」

どう見ても、その見た目は幼稚園児くらいだ。だけど、目を閉じて声だけ聞いていると、その口調はまるでテレビで流れている時代劇のセリフのようだ。「なんじゃ」目が合ってしまい、いよいよ晴希もすごまれる。

　そのとき、晴希には、少女の手に何かが握られていることに気付いた。タッチパネル式の端末だ。今の幼稚園児はそんなものまで操作できるのだろうか——そう思ったとき、「あれ」精神的ショックから復活したらしいトンが、その端末の画面を覗き込んだ。

「君も、このサイト使ってるんだね！」

　少女が握る端末の画面には、色とりどりの楽しげなデザインのサイトが表示されている。その真ん中には『みんなで作るグルメランキング、グルラン！』という文字がある。

「つーか、ここあれやん、亀有のモールのイベントにどどんと協賛しとるとこやん」

　イチローが、どこからかコンテストのチラシを取り出した。審査員の欄には、『グルラン』の社長の名前と顔写真が掲載されている。ＣＭにも出演しているこの社長は、オールバックと髭《ひげ》がよく似合っており、いかにも「社長！」と呼びたくなるような顔つきをしている。

「僕もよく使うよ、このサイト。情報量が多くてグルメ界でも有名だよね」

　自分のことをグルメ界の一人だと認識していることが明らかになったトンが、ふふんと鼻の穴を膨らませる。『グルラン』は、店舗ごとにそれぞれページがあり、そこに一般客が感想や点数を書き込めるサイトだ。今では、行く前に目当ての店の評判を『グルラン』で検索することがスタンダードとなっている。

「『君も』ってことは、おぬしも登録しておるのか？」

少女が、上目づかいにトンを見つめる。「ん？　登録？」戸惑うトンに、少女は、ハアとため息を浴びせた。

「なんや、評判の悪いレビューばっかやなあ」

ぐいと画面を覗き込んだ弦が、ニヤニヤしながら言う。「ほんまや、星ひとつばっかり。マズイとかヒドイとかすごい言われようやなあ」続いて画面を覗き込んだイチローの頭を、少女がパコンと叩いた。

「これは、わしの家族がやっとる店の評判じゃ！」

少女が、端末をぎゅっと抱きしめる。その瞳には、悔しさと涙が滲《にじ》んでいる。

「わしの店が出しとる料理は、マズくもないし、ヒドくもない。だけど最近、こんなレビューばっかり書かれるんじゃ……」

「わ、ごめんごめん！」

「泣かないで！　ほら、べろべろばー！」

イチローと弦が慌てて少女をあやす。だけど、「子ども扱いするな！」その方法では逆効果だったらしい。

「わしは悲しいんじゃ。みんなでがんばって作った料理がこんなふうに言われるなんて……わしの舌がおかしくなったんかのう……」

俯く少女に、いよいよ誰も声をかけられなくなってしまう。そうか、この子の家はお店を経営しているのか。それで、最近続いている低評価に落ち込んでいたのか——事情がわかったところで、少女が元気になるような一言を見つけられない自分に、晴希はイライラする。

「なあなあ、みんな」

一馬が突然、似つかわしくないほど明るい声で言った。

「演技のリハ、この子に見てもらわないっ？」

「えーっ、この激シブ子ちゃんの前で!?」

「すでにこんな空気なのに!?」

わあわあと大きな声で騒ぎ出すメンバーを、一馬がひとさし指を立てて静かにさせる。

「今日みたいなイベントって、俺たちを観に来てるわけじゃない人の足を止めなきゃいけないだろ。その予行練習って考えたら、この子の前で一回演技をやってみるのはいいことだと思うんだけど。それに何より」

一馬が、声のボリュームをぐっと下げる。

「チアは、落ち込んでる人を笑顔にするって効用もあるから」

晴希たちがひそひそ話していることが気に入らないのか、「何を話しとる、わしに聞こえんようにして」少女の表情はもっと不機嫌になる。

一馬に向かって一度頷くと、翔が、その整った顔で少女に向かってにこっと笑いかけた。

「ねえ、ちょっと頼みがあるんだけど」

「わしの名前は、ねえ、じゃない」

「ごめんごめん、お名前は？」

腰をかがめた翔が、少女と目を合わせる。

「わしは、檸檬《れもん》じゃ」

「酸っぱ!!」

「名前酸っぱぁ！」

思わずツッコんでしまったイチローと弦が、また、少女——もとい、檸檬にギロリと睨《にら》まれる。

「檸檬ちゃん、かわいい名前だね」翔がまた、笑顔を作る。心なしか、檸檬の表情も少し和らいだような気がする。「今から僕たち、チアリーディングっていうのをやるんだけど、見ててくれないかな？」

「なんじゃ、それは」

「チアリーディングっていうのは、観ている人を笑顔にするスポーツのことだよ。だから、君にも笑顔になってもらえたらいいなって」

翔の言葉を、一馬が繋げる。檸檬は「よくわからんが、わしはここに座ってればいいんじゃな」と呟くと、ふんと鼻息を吐いて腕を組んだ。すでに、どの大会の審査員より厳しい目つきになっている。

「よし、じゃあカウントでやってみよう」

「この子を笑顔にできたら、俺たちも捨てたもんやないな！」

「わしはこの子じゃなくて檸檬じゃ」

七人はそれぞれ、自分のポジションにつく。今日行う演技はまず、トス隊に飛ばされたトップが空中で後方回転をする、バックフリップという大技から始まる。演技の冒頭で、その場所を通りかかった人たち全員の注目を集める作戦だ。

トップを飛ばすトス隊は、トン、溝口、イチロー、弦。一馬と翔は、トス隊に飛ばされる晴希と同じタイミングで、その両側でバク宙をする。

「ワン、ツー、スリー、フォー」

カウントが始まる。その瞬間、全身の筋肉、細胞のひとつひとつが、チアリーディングをする人間特有のそれに生まれ変わるような気がするから、不思議だ。

「ファイブ、シックス、セブン、エイ！」

放たれた矢のように、思い切り飛び上がる。「おお」檸檬が漏らしたらしき小さな声が、あっという間に遠ざかる。

大丈夫、高さも勢いも十分だ。視界がぐるんときれいに回転するころには、体中にへばり付いていた緊張は、ごっそりふるい落とされている。

回転したあとは空中で足を伸ばし、トス隊のキャッチに身を任せる。オッケー、うまくいった。この感覚、今日は調子がいいかもしれない。手ごたえを感じたまま次の動きに移ろうとした、その瞬間だった。

「檸檬、ここにいたのかあああー！」

晴希たちの後ろから、まるで拡声器でも使ったかのような大きな声がした。

「あ、カンキチ」

檸檬が、公園の入口を見る。

「纏《まとい》、夏春都《げばると》、こっちだこっち！　檸檬がいたぞ！」

公園の入口に現れた男のシルエットが、ぐんぐんとこちらに近づいてくる。「な、なになに」

その勢いに、晴希たちは思わず体の動きを止めてしまう。

「捜したんだぞ、せっかくみんなでモールの中を回ってたのにいつのまに外に出てたんだお前は！」

その男はあっという間にベンチの前に立ちはだかると、その野蛮な見た目からは想像できないほどやさしい手つきで、檸檬の小さな頭を撫《な》でた。晴希はそのとき、檸檬が、手に持っていた端末をさっと裏返したのがわかった。

男は小柄だが、体つきはとてもがっしりしている。檸檬の父親というには、その見た目はあまりにも野性味がある。色々とちぐはぐだが、何より、

「眉毛、濃《こ》！」

もうガマンならないといった様子で、イチローと弦が大声を張り上げた。ずっとツッコみたくてたまらなかったらしい。

「ガッツリ繋がっとるなあ」

「眉毛に顔がくっついとるみたいやなあ」

「何だ何だ、男にじろじろ見られるのは気味が悪いな」

イチローと弦が眉毛男に追い払われている間に、ついさっきマトイ、ゲパルト、と呼ばれていた女性二人が公園の入口からこちらまでやってきた。一人は背が高くて若い女性、もう一人は何歳くらいだろう、かなり高齢に見えるが、腰は曲がっておらず、元気そうなおばあちゃんだ。

「檸檬、ここにいたのか。よかったよ見つかって」

若い女性がほっと胸をなでおろしている。こちらは外見は檸檬と似ているが、母親というには若すぎる。

「心配かけてすまんな」

檸檬はそう言うと、裏返していた端末を、大人たちには見えないように完全に隠してしまった。

「ちょっと一人になりたい気分だったんじゃ」そう言いながら、晴希たちをものすごい形相で睨んでいる。さっき言っていた店、というのは、この人たちが経営しているのかもしれない。おぬしら余計なことを言うなよ——その眼力には、そんなメッセージが込められている気がした。

時代劇みたいな話し方の幼稚園児に、繋がった眉がやたらと濃い、下駄を履いた男。そして年齢がかなり離れた女性二人——この四人の関係性が、全くわからない。

「それで、お前ら」

下駄男が、くるりと晴希たちのほうを振り返る。

「さっきのはなんだ、人間がぴょーんと飛んでただろう、なにをしてたんだ?」

「あー、あれは……」

前のめりに質問してくる男に、晴希は少し胸を張る。すごいと思っていることが伝わってくるのは、やはり嬉しい。

「チアリーディングっていって、なんていうんですかね、一種の」

「と、いうよりも」

晴希の早口の説明が、男にぶった切られる。

「お前ら、誰だ？」

イチローが放った渾身《こんしん》のツッコミ、「こっちのセリフやあああ！」が、よく晴れた大空に広々とこだました。


急きょ始まった自己紹介タイムのトリを務めたのは、眉の繋がった下駄男だった。

「わしは両津勘吉、両さんと呼んでくれ！」

職業は、亀有公園前派出所の巡査長、らしい。正直、彼が警察官だとはとても思えなかったので、それだけでも驚きだったが、両津はあっけらかんと「今はこのばあさんがやっとる『超神《ちょうかん》田寿司《だずし》』でも働いてるけどな！」と胸を張った。晴希は一瞬、警察官ってバイトとかできるんだっけ……と不安になったが、「ここの寿司はうまいぞー！」ガハハと豪快に笑う両津を見ていると、そんな小さな疑問はどうでもよくなってしまった。

「え？　『超神田寿司』ってあの『超神田寿司』？」

「ってことは……」

トンと溝口が、おそるおそる、といった様子で続ける。

「もしかして、夏春都さんも纏さんも檸檬ちゃんも」

「皆さん、擬宝珠《ぎぼし》家の人たちですか？」

両津以外の三人が、こくりと頷く。「ぎゃあ！」「ぎゃあ！」トンも溝口も、全く同じように背中をのけぞらせている。

「有名なの？」

「有名なんてもんじゃ！」

晴希の質問に、トンが鼻息を荒くする。

「『超神田寿司』といえば、このあたりの食通ならみんな知ってる有名なお店だよ！　まさかそこを経営している擬宝珠家の人たちに会えるなんて……！」

話している間に気持ちが高ぶってきたのか、トンは、夏春都、という耳慣れない名前のおばあさんに向かって両手を合わせて拝み始めた。溝口もそれに倣うが、「やめい！」二人とも、当の夏春都に小突かれる。本人曰くもう百歳を越えているらしいが、そのきびきびした動きも含め、まるでそんなふうには見えない。

「ばあちゃん、初対面の人にそんなことしないでよ、みんな勘吉みたいに体が強いわけじゃないんだから」

そう言って笑う若い女性は、纏と名乗った。ゲパルトに、マトイに、レモン。そして、名字がギボシ。ここの一家は一風変わった名前の人ばかりだ。

纏と檸檬は歳の離れた姉妹で、揃って夏春都の孫。そんな夏春都が仕切っている有名店『超神田寿司』でバイトをしつつ警察官としても働いているのが、両津勘吉――きちんと素性を説明されたところで、結局よくわからない四人組だ。

「あれ、ってことは」晴希は、頭に浮かんだ疑問を、思わず口にする。「てことは、その『超神田寿司』の最近のレビューが――」

「ゴホンッ！」

わざとらしすぎる咳払いをした檸檬が、ギロリと晴希を睨む。『グルラン』での低評価の話は、店を経営する大人たちの前では禁句のようだ。

「で、さっきお前らがやってたのは何なんだ？　シルク・ド・ソレイユだったっけ？」

「チアリーディングです！」

翔がピシッと間違いを正す。

「ちありーでぃんぐ？」

正しく単語を思い浮かべられていないだろう発音で、両津が繰り返す。

「ごめんごめん、勘吉は常識知らずだからさ！」

わけしり顔の纏が補足をする。

「チアってのはあれだよ、野球の応援とか、海外のアメフトの試合のハーフタイムとかで、女の子がミニスカートで踊るやつ。あれっ、でもそれだったらこの子たちがやるのはちょっとおかしいか……」

チアリーディングとチアダンスは違います！　――そんなふうに、翔がすぐに否定するかと思っていた。現に、翔もそのつもりで、ぱっくりと口を開いてはいた。

「纏、お前が言っているのはチアダンスじゃ」

だが、誰よりも早く話し出したのは、自称百歳を越えているという夏春都だった。

「チアリーディングとチアダンスは全然別物だ。チアリーディングは、チアリーダーが行う応援形態から派生したスポーツ競技。ダンスだけじゃなくて、人が人を持ち上げたり、さっきみたいに人を飛ばしたり、そういうアクロバットのような動きも多い。演技時間は二分三十秒、そのうち一分三十秒以内なら音楽を使用してもいいことになっとる。近年はこのチアリーディングの技術を競い合うスポーツ競技としての大会が盛んで、年々競技志向が強まってきとる。とにかく、纏や勘吉が想像しとるモンとは、全くの別物だ」

「く、詳しい……！」

「もしかして……経験者の方ですか!?」

一馬と翔が目を輝かせるけれど、「うんにゃ」当の夏春都はあっさりと首を横に振る。

「うちのばあちゃん、何でも知ってんだ。博識だろ？」

確かにそのよどみない説明に驚いているのは晴希たちBREAKERSの面々だけで、両津も檸檬も「そうなのか～」と素直に納得している。この人たちにとっての日常茶飯事は一般的にはそうではない、という方程式を、晴希は自分の脳に無理やりインプットした。

「つは～、じゃあ、さっきのヤツもれっきとした技なんだな。すげえなあお前ら！」

「確かにすごかった。入口から見ても迫力あったもんね」

そんなふうに真正面から褒められると、悪い気分はしない。「まあ～すごいかすごくないかで言ったら、すごい方ですかねえ」「すごくないと言えば……うそになりますかねえ」早速、イチローと弦が図に乗り始めている。

「チアリーディングがどんなものなのかはわかったけど、でもなんでそれをうちの檸檬に向かってやってたの？」

纏が、ベンチに座っている檸檬の頭を撫でながら言う。

「あ、それは檸檬ちゃんが――」晴希が口を開くと、檸檬がまたギロリと睨んでくる。檸檬ちゃんが落ち込んでいたから元気づけたかったんです、なんて説明したら、店への不評のことまで説明しなくてはいけなくなる。

「……チアリーディングは、世界で唯一、観ている人を笑顔にすることができるスポーツなので」

誰かが代わりに説明してくれていると思ったら、それは自分の声だった。こんな小さな女の子が、インターネット上の匿名の声に傷つけられているなんて、やっぱりおかしい。早く、この子に笑顔を取り戻してほしい。

「あと、正直なことを言うとですね」ちゃっかり者の一馬が、晴希の言葉を受け取ってくれる。「俺たち、あの新しくできたモールのイベントに出るんです。正直、そのリハーサルも兼ねてって感じで……確かに小さな子の前でいきなりやっても驚かせるだけですよね、すみません」

「モールのイベント？」

両津の目が、爛々《らんらん》と光る。

「それってあれか？　すぐそこの、新しくオープンしたモールでやるやつか？　今チラシいっぱい配ってるやつか？」

両津が一歩、一馬に近寄る。

「そ、そうです」

一馬が一歩、後ずさりする。

「最終日に投票で一位になったところには、賞金が出るってやつか？　なんとかってサイトが関わってるやつか？」

両津が二歩、一馬に近寄る。

「そうです、けど……」

一馬が三歩、後ずさりする。

「よし、わしにもそのチアリーダーってやつを教えてくれ！　わしもお前らと一緒にそのイベントに出るぞ！」

突然、両津が小学生のようにびしっと手を挙げた。「チアリーディング、だ」夏春都がピシャリと訂正する。

「それって、もしかして賞金目当てですか……？」

翔がいぶかし気な顔をすると、両津はぶんぶんと音が出るくらいに首を横に振った。

「そんなバカなことあるか！　わしもやってみたくなっただけだ！」晴希たちがじっとりとした疑いの目を向けても、両津はひるまない。「とにかくわしも一緒に出るぞ！　それに、観ている人を笑顔にできるスポーツなんて、すごく都合がいい！　わしが部長に説教されたとして、チアリーダーをやれば部長もニコニコになるってことだもんな！」

「そんな都合よくいくかな……」

結局、両津の勢いに圧《お》し負けた翔も後ずさりをすることになる。戸惑う晴希たちをよそに「な、わしにも教えてくれ！」両津はどんどん勝手に盛り上がっていくが、キャプテンである一馬も練習長である翔も、なかなか簡単には頷かない。そりゃそうだ、世間的には体力がありあまっているとされる男子大学生でさえなかなかキツイ競技、おそらく二十代ではないこの男が練習したところで習得できるとは思えない。

そのとき、

「……カンキチ、さっきの、やるのか？」

ベンチに座った檸檬が、上目遣いでそう呟いた。

「何、檸檬、見てみたいのか？　勘吉がチアやってるところ」

纏の問いかけに、檸檬がコクリと頷く。

「うん、見てみたい。あのモールにもう一回行って、確かめたいこともあるし……」

「ほれ、檸檬もこう言ってるんだ！　わしが出れば最終日での優勝、間違いなしだぞ！　なんなら今日のイベントも出るぞ！」

ぐいぐい両津が近づいてくるたび、「それはさすがに……」「練習時間もないですし……」一馬も翔もずりずり後ずさりをする。そんなやりとりに一石を投じるように、イチローと弦がずいと両津の前に立ちはだかった。

「そんなカンタンに教えてくれって言われましてもねえ〜。なあ、弦？」

イチローは、そこにはない前髪をさらりとかきあげる仕草をする。弦は、吸ってもいない煙草をくゆらせる仕草をしながら言う。

「お兄さん、バク転とかロンダートとか、できませんやろ？　こればっかりはすぐ教えられるもんでもないっていいますかねえ〜。なあ、イチロー？」

教えてくれ教えてくれと両津に頼まれた結果、関西人コンビはあっという間に先輩ぶった態度になっている。自分たちのほうが上の立場だと認識した途端、わかりやすいくらいに横柄な態度を取るなんて檸檬よりも子どもっぽい。

「バク転？　バク転ができればコンテストに出してくれるのか？」

しかし、そんな挑発にすぐ乗るあたり、両津は二人よりももっと子どもっぽいかもしれない。

すでに、下駄を履《は》いた状態で、バク転のために体を構えている。

「いきなりバク転なんかしたら危ないです！」

できるわけないんだから、と翔が止めようとしたのと、両津が「おりゃあああ!!」と大声を上げたのは、ほぼ同時だった。

檸檬以外の全員の顔が、上を向く。

「それ、バク転じゃなくてバク宙……」

「しかも、三回転……」

空高く舞う両津を見上げながら、翔と一馬が小さく声を漏らした。

「いい感じになってきたな！　これなら優勝間違いないんじゃねえか!?」

ガハハと笑う両津は、椅子が壊れてしまうんじゃないかという勢いで背もたれに体を預けている。「そ、そうっすね……」一方、晴希たちは、乱れる息を整え、軽く相槌《あいづち》を打つだけで精いっぱいだ。

今日の両津は警察官の格好をしているので、ヒマワリ食堂の中でもずいぶんと目立つ。擬宝珠家が営む寿司屋で働いたり、擬宝珠家とモールに遊びに行ったり大学生とチアの練習をしたり、一体いつ警察官としての職務を全うしているのか全くわからない。だが、両津と一緒にいると、そんな些末《さまつ》なことはどんどん気にならなくなっていくから不思議だ。

「いよいよ本番は明日だな、飯食ったら最後の仕上げだ！」

「は、はい……」

一馬が、店長が出してくれた水を一気飲みする。他のメンバーも、続々と水をおかわりしている。両津のペースに合わせて練習をしていると、晴希たちの体力なんてあっという間に底をついてしまうのだ。

「店長、わし、巨大カツカレーな！」

ダウンしている晴希たちを横目に、両津は、壁に貼られている『二十分で完食できたらタダ！巨大カツカレー！』のポスターを指した。こっちは今あんなものを食べたら吐いてしまいそうだというのに、この男はどこまでも無敵らしい。

「巨大カツカレー一丁……」

心なしか、晴希たちだけでなく、店長まで元気がないように見える。「俺、チャーハン……」

「僕、オムライス……」力なく続く注文を、店長が「チャーハン……オムライス……」さらに力なく繰り返していく。

明日に迫ったコンテストに向けて、両津のありあまる運動能力を活かすべく、BREAKERS出張部は演技構成をかなり大きく変更した。両津は、個人の運動神経はすごいが、他人と協力して成功させる技がとことん苦手だ。タイミングを無視して飛び上がったり、トス隊のいる場所に着地しなかったりする。ダンスでも、力がありあまりすぎているのか、まるで同じ振り付けを踊っているように見えない。だが、プレイヤーとしての能力はバツグンであり、それを活かさない手はない。ただ、演技の構成を両津に合わせて作り変えるという時点で、練習長の翔はもう疲れ切っていた。

「こんな人間見たことないよ……トップもベースもスポットもポジション関係なくやっちゃうし、ジャンプ力も筋力も何もかもがおかしい……」

BREAKERSにはいろんなメンバーがいるが、ここまでこれまでのセオリーが通用しない相手はいなかった。技を教えるも何も、両津は一度見ただけでほとんどの技を習得してしまう。なのに、細かな修正にはどうしても対応できない。「ちまちました動きが苦手なんだからしょうがねえだろ！」両津に胸を張ってそう言われると、どうしようもなくなる。

「なんだみんな元気ないな、本番は明日だぞ！」

両津が晴希の背中をバシンと叩く。痛いが、その反動で、丸くなっていた背中が少し伸びたような気もする。確かに、うじうじどうしようかと考えていても仕方がないかもしれない。

両津は一度、夏春都、纏、檸檬を練習に連れてきたことがあった。「これまでの練習の成果を見てもらおう！」連れてきた本人はガハハと笑っていたけれど、そのときも檸檬の表情は暗いままだった。そして、晴希たちが演技を見せている間もずっと、大人の目を盗んで端末をコソコソといじっていた。

「へい、お待ち……」

「おー、きたきた！　うまそうだな！」

両津の前に、くすだまを半分に割ったみたいな大きな皿が届く。鍋で作ったカレーのすべてが注ぎ込まれているようなボリュームだ。

「では、二十分、タイマーセットします……はい、よーい、スタート……」

店長はタイマーのボタンを押すと、幽霊のようにとぼとぼとキッチンへ戻っていく。いつもなら天井のライトをピカッと反射するつるつる頭も、今日は心なしか輝きを失っている気がする。

「俺らが疲れとるのはしゃーないにしても……」

「店長はなんであんなしょんぼりしとるんや？」

イチローと弦が揃って首を傾《かし》げている。確かに、あんなに元気のない店長は見たことがない。

「髪の毛、最後の一本がついに抜けたとか？」「眉毛とかまで抜け始めたんちゃうか？」ひそひそと噂をしていると、巨大カツカレー以外の品をトレーに載せた店長がキッチンから出てきた。

「店長、なんか暗くない？　どうしたの？」

「ん……？」

両津がガツガツとカレーを平らげる咀嚼《そしゃく》音がうるさいが、その隙間からかろうじて店長の声が聞こえてくる。

「みんな、これ、知ってる……？」

店長が、携帯の画面を力なくこちらに見せてきた。

「あれ、これって」

晴希たちの顔が、ぎゅっと、差し出された画面の周辺に集まる。

「檸檬ちゃんが言ってたサイトだ」

『みんなで作るグルメランキング、グルラン！』――画面の真ん中でぴかぴか光る文字の隣には、社長の笑顔の写真が掲載されている。

「檸檬ちゃん？」首を傾げる店長に、

「ああ、こっちの話」一馬が誤魔化し笑いをする。

「檸檬がなんか言ってたのか？」首を傾げる両津に、

「ああ、こっちの話」晴希が誤魔化し笑いをする。

「溝口君のところも、このサイト、登録してる……？」

幽霊のように青ざめた顔の店長が、溝口に視線を移す。

溝口の実家は老舗《しにせ》の料亭だ。かつて、ヒマワリ食堂に初めて入ったとき、「安い店では飯を食うなと言われている」とほざき、店長と険悪な仲になったこともある。

「うちはこういうところに登録するような店とは一線引く主義だったんですが、最近ついに両親も折れたみたいですね。登録しています」

いちいち一言多い溝口にいつもは突っかかる店長も、「そうか……」今日は不思議と大人しい。

「そのサイトがどうかしたんですか？」

「うん、それが、少し前くらいから書き込みの様子がおかしくてさ……」

「えっ」

晴希たちは思わず顔を見合わせる。これじゃ、檸檬の言っていたことと本当に丸ごと同じだ。

「おかしいって、ど、どんなふうに？」

晴希はその書き込みの内容を確認しようとするけれど、店長の携帯は、いつのまにか両津の手の中にあった。

「ふーん、最終日のコンテストは、ここの社長が審査するのか！」

いつもの五倍くらいに膨らんでいる頬《ほお》をもぐもぐと動かしながら、両津はさくさくと画面を操っている。『グルラン』のサイト内に、亀有のモールで行われるイベントの詳細を記すコーナーが新設されたようだ。グルメサイトで上位独占の店が勢ぞろい～、という、ＣＭで聴き慣れたメロディがサイトから流れている。

「せやで、観客と審査員の合同投票らしいな」

「コンテストの賞金出してくれとる太っ腹なＩＴ企業サマ、ありがたや～」

「太っ腹なＩＴ企業サマ、ねえ……はっは～ん、なるほどなるほど」

カツカレーをつまみ食いしようとするイチローと弦を巧みにかわしながら、両津がそう呟く。

そんな両津の様子をこれまであまり見たことがなかったので、晴希は少し驚いた。

「こりゃー当日が楽しみだな！」

だが、両津が神妙な表情になったのはほんの一瞬で、「優勝優勝！」と突き上げるその手に乗っている皿は、すでにからっぽだった。


あと十分でコンテストが始まるのに、溝口と両津がいない――本番直前のＢＲＥＡＫＥＲＳは、舞台袖に集まっている出場チームの中で、最も慌ただしい状況にあった。

「あ、来た！　溝口、こっちこっち！」

遅れて現れた溝口を、晴希は手招きをする。決して走ろうとはせず、競歩のようなシルエットでこちらに近づいてくる姿が気持ち悪い。

「はあ、はあ、申し訳ない」

溝口のメガネが白く曇っている。一応、急いではいたみたいだ。「もー、ぎりぎりだよぎりぎり！」

コンテスト開始十分前の舞台袖は、あらゆる団体がぎゅうぎゅうづめになっている。高ぶる気持ちを抑えて早く冷静になりたいのに、まだ両津が来ていない。

「あとは両さんだけか……どこで何してんだろ」

翔がもどかしそうに周囲を見渡す。そういえば、誰も両津の連絡先を知らない。せっかく演技構成も考え直したというのに、このまま両津が来なかったらこれまでの練習が無駄になる。

「【人間は神ではない。誤りをするところに人間味がある】……山本《やまもと》五十六《いそろく》の言葉だ、俺だって両さんだって、たまには遅刻くらいする」

大真面目にそう答える溝口に、「いや、別に誰も溝口のこと神だなんて思ってないから……」翔が呆れたような声でツッコんでいる。

「ちょっと朝から家がバタバタしていてな……すまなかった」

ユニフォームに着替えながら、溝口がぼそりと呟く。家、というのは、溝口の実家が経営している料亭のことだろう。

「なんかあったの？」

小刻みにジャンプをすることで筋肉をほぐしながら、晴希は訊く。こうすると、全身にこびりついている過度な緊張感が、少しずつ振り落とされるような気がする。

「ちょっと、予約のキャンセルが相次いだみたいで……ネットの書き込みを見てキャンセルしたいって人が、朝から何組も」

今までそんなことなかったんだが、と呟く溝口の表情が、昨日の店長のそれと重なる。さらに、溝口と店長の落ち込んだ表情が、檸檬のそれとも重なった。

「ネットの書き込みって、まさか、『グルラン』？」

晴希が溝口にそう声をかけたとき、

「いやー、すまんすまん！」

両津がバタバタと舞台袖に駆け込んできた。昨日貸した予備のユニフォームがそのがっしりとした体格になかなか似合っている。とはいえ本番七分前、時間はギリギリだ。

「両さん、遅いーー！」

「もー、どこ行ってたんですか?!」

あたたかく迎えようとするメンバーを避《よ》け、両津はそのままぐんぐんとステージへ進んでいく。

「え、両さん、ステージ出たらだめですよ！」

「そうか、あそこが審査員席かあ！　なるほどなるほど！　オッケー、大丈夫そうだ！」トンの必死の制止もむなしく、両津はあっという間に本番前のステージに降り立ってしまった。トンの怪力にさえ全く動じない両津の肉体は、一体どうなっているのだろうか。

「みんな、手伝ってぇ！」トンからの救助要請もあり、結局、メンバー総出でなんとか両津を舞台袖にまで引きずり戻すことに成功した。そんな様子を見て笑っている観客たちの中に、夏春都、纏、そして、今日も髪の毛を二つに結んだ檸檬の姿がある。

やっぱり――両津を引っ張りながら、晴希は思う。檸檬の表情は、今日も暗い。店長や溝口も含め、自分の信じているものが否定されてしまった三人の表情は、やっぱり、見ていて悲しくなる。

笑顔になってもらいたい。晴希は、伏し目がちな小さな女の子を見ながら、強く拳を握りしめる。

この感情には、覚えがあった。男子だけでチアリーディングを始めたとき、初ステージの学園祭、そして初めて出た公式戦。すべての場所で、まずは、冷たい視線を浴びた。男子だけのチアなんて変、気持ち悪い、と、自分が信じてやってきたものを否定された。あのときの悔しさは、いま思い出してもじりじりと心臓が焦げるほどだ。

書き込まれてしまった内容は、サイトからも記憶からも消すことはできない。だけど、一時でも忘れることはできるはずだ。たとえば、ＢＲＥＡＫＥＲＳのパフォーマンスによって。

「両さん！」

両津を引きずり戻した舞台袖で、翔が声を張り上げる。

「勝手なことしないでくださいよっ！　遅刻したり勝手にステージに出たり……反則になったらどうするんですかっ」

「まあまあカリカリすんな！　よっしゃー本番本番、審査員あっと驚かすぞー！」

ぷりぷり怒る翔を、両津が適当に往《い》なす。まるで真面目な学校の先生と悪ガキみたいだ。

晴希はそっと、舞台袖から審査員席を確認する。長机に、モールの社長、このイベントの責任者、そして相変わらずオールバックと髭がよく似合う『グルラン』の社長が座っている。観客の投票にプラスされる審査員票というものが、コンテストの順位に大きく影響するらしい。『グルラン』の社長は、この待ち時間さえも無駄にしたくないのか、手元のノートパソコンをカチャカチャと操作している。

「みなさんお待たせいたしました！　それではこれから、スーパーモール亀有オープニング記念、スペシャルパフォーマンスコンテストを行います！」

舞台から、司会者の明るい声が聞こえてくる。集まった観客の拍手が、大きな一つの音となって舞台袖にまで転がってくる。

「よし、いよいよ本番だ！　集合！」

一馬が声をかけると、「おう！」と威勢のいい返事が揃った。みんな、やる気は十分だ。いつもの七人に両津を加えた八人で、円陣を組む。

「優勝ももちろん大事だけど、まずは檸檬ちゃんを、そして集まってくださった人たちを笑顔にすることを考えよう！　落ち着いて、練習通りで。両さんっていう超強力な味方も加わったわけだし、思いっきり行くぞ！」

オー！　と、円陣が揺れる。本番前の、この、全身を巡る血液が炭酸水になったような高揚感。何度体験しても、すぐにもう一度欲しくなるくらい刺激的だ。

「舞台袖から頼もしい声が聞こえてきましたね！　それではいよいよトップバッターの紹介です！　オープニングイベントのステージでも大人気でした、命志院大学男子チアリーディングチーム、ＢＲＥＡＫＥＲＳの皆さんです！」

「うおりゃー！！！」

全員で一緒に飛び出していこうと決めていたのに、ロケットスタートを切った両津に追いつけるメンバーは一人もいなかった。「皆さんこんにちはー！」両津の挨拶に、こんにちはー、と観客から声が返ってくる。舞台上からは、夏春都が険しい表情で腕を組み、纏がけらけら笑っている姿がよく見える。両津の勢いのおかげか、ツカミはいつもより良いかもしれない。

だからこそ、表情の暗い檸檬が、目立つ。

大丈夫。絶対、笑顔にする。晴希は、ふう、と息を吐く。

「ポジション！」

翔の掛け声を合図に、全員がスタートポジションに就く。晴希もいつも通り、バックフリップの準備に取り掛かる。驚異の身体能力の両津は、トス隊なしで晴希と同じ高さまでバックフリップをすることになっている。

「はい！」

翔が手を上げる。二階、三階まで続く吹き抜けの空間を、大音量の音楽が駆け上っていく。何度も聴き慣れた、演技用の音楽。晴希は、体の内側の筋肉をきゅっと絞るような気持ちで、全身に力を込める。

「ワン、ツー、スリー、フォー……ん？」

みんなのカウントに、ハテナマークがつく。トス隊が整えてくれていたバランスが、でたらめに波打ったのがわかった。

「何やこいつら?!」

イチローの喚《わめ》き声から逃げるように、晴希はトス隊から降りる。全く知らない男たちが、舞台上で自由に動き回っている。

海パン一丁なのにネクタイをぶら下げているマッチョな男、セーラー服を着ているこれまたマッチョな男、バレリーナの格好をしているまたまたマッチョな男など、どこからどう見ても胸を張って変態と呼べる男たちが、両津のことをわっしょいわっしょいと持ち上げ始めた。

「両さん！　この人たちなんなんですか?!」

大音量の音楽の中、一馬が叫ぶ。観客は、これもパフォーマンスのひとつだと思っているのか、意外や意外、ものすごく盛り上がっている。

「特殊刑事課オールスターズだ！　こいつら、こう見えて本庁のエリート刑事集団なんだぞ、すごいだろ！」

「エリート集団はこんな格好で人前に出ないと思うんですけど?!」

一馬の渾身のツッコミが木霊《こだま》するが、それもまた音楽にかき消されてしまう。観客たちは突如現れた刑事たちの姿が面白いのか、手を叩いて笑っている。

「驚かせて済まない。これも捜査のうちなんだ。これをプレゼントするから大人しく協力してくれないか」

「うおおおお海パンから出したバナナ差し出されたああああああ！」

中でも目立つ海パン姿の刑事が、自らの海パンの中から取り出したバナナを弦の口に押し込もうとしている。「どうした。なぜ食べないのだ。バナナはパワーが出るぞ」「やめろおおおおお」

「特殊刑事とか捜査のうちとか、両さん、これ一体どういうことなんですか?!」

「まあ見てろって！　わしが何もかも解決してやるから！」

同じ舞台の上にいるのに、晴希たちはあっという間に両津とその仲間たちの観客に成り果ててしまった。何なんだこれは——晴希は目の前で繰り広げられている出来事に困惑しつつ、たった今両津が言った言葉を思い出す。

まあ見てろって！　わしが何もかも解決してやるから！

解決？

「さあ皆さん！　よってらっしゃい見てらっしゃい！　BREAKERS、両さんスペシャルバージョンの始まり始まり〜！」

両津は陽気にそう宣言すると、お得意の三回転バク宙で宙を舞った。わっ、と、観客を包んでいた空気がどかんと弾《はじ》ける。

それと同時に、海パンを穿《は》いた刑事が一番下、セーラー服を着た刑事が真ん中、バレリーナ姿の刑事が一番上になるように、三人が肩車タワーを作った。そして、そのタワーの一番上に、バク宙を終えた両津が着地する。会場全体が、拍手で波打つ海に生まれ変わる。

「何なんだよ、この人たち……」

口の中にバナナを押し込まれて倒れている弦を介抱しながら、晴希は観客席の最前列にいる檸檬を見る。やっぱり、その表情はどこか、暗いままだ。

両さんダメだよ、そんなふうに無理やり盛り上げたところで檸檬ちゃんは笑顔にならない——

晴希がそう伝えようとしたとき、バレリーナ姿の刑事が、ぶん、と、まるでブーメランでも飛ばすように両津を投げた。

「えっ!?」

「危ないっ！」

思わず目を瞑《つむ》ったが、両津はそんなことお構いなしといった感じで、「おりゃあああ！」雄叫《おたけ》びを上げながら審査員席を目がけて飛んでいく。そのまま審査員たちが座るテーブルを撫でるように飛行しながら、両津はテーブルの上の何かを奪い取っていった。

晴希は目を凝らす。今、両津の手の中にあるのは——『グルラン』の社長がカチャカチャといじっていた、ノートパソコンだ。

「ハイテクロボット刑事、クララ！」

飛行中の両津が誰かの名前を呼ぶ。もはや晴希たちには何を言っているのかよくわからない。

「これを頼む！」

そう叫んだ両津が、たった今『グルラン』の社長から奪い取ったノートパソコンを審査員席とは真逆の方向へとぶん投げた。その後、両津はそれこそブーメランのように、マッチョタワーの頂点に舞い降りる。

「クララ、『グルラン』のサイト管理システムに入り込んでくれ！」

「リョウカイ！」

ぶん投げられたパソコンを受け取ったのは、カウボーイハットをかぶったスタイル抜群の美女だった。晴希と一緒に弦を介抱していたイチローが、完全に弦を放り出しゴクリと生唾を飲み込んだのがわかった。

「クララ、『グルラン』の上位を占める店の書き込み、そして最近上位から引きずりおろされた店の書き込みが本物のユーザーによるものなのか、解析してくれ！」

クララ、と呼ばれた美女が、「ラジャー！」目にも留まらぬ速さでパソコンを操る。この人も本庁のエリート軍団の一員だというのだろうか。それにしてはかなり露出度の高い格好をしている。

「解析完了！」

ターン、と弾き飛ばさんばかりの勢いでエンターキーを押すと、クララが高らかに言った。

「両サン見込ミドオリ、『超神田寿司』ニ関スル書キ込ミノホトンドガ、虚偽ノユーザーニヨルモノデス！」

「え？」

「何って？」

ざわざわと不穏な反応を見せ始めた会場の中で、檸檬と溝口だけが、全く同じリアクションをしている。ぽかんと口を開け、『グルラン』の社長でもなく、クララと呼ばれた美女でもなく、両津のことを見つめている。

「がはは！　やっぱりな！」

審査員席に座っている『グルラン』の社長は、状況を飲み込めていないのか、もう手元にパソコンなどないのに、カチャカチャとキーボードをいじる手つきを続けている。

「檸檬、安心しろ！」

突然、両津が観客席に向かって叫んだ。

「『超神田寿司』のページにひどい書き込みが続いたのは、決して店の評判が悪いからじゃない！　決して、檸檬の舌がおかしくなったからじゃない！　『グルラン』のやつらが、このモールに入っている店の順位を上げるために、サクラを雇っただけだ！」

やっと、これがパフォーマンスではないと気付いたのだろう、観客たちがざわざわと動揺し始める。だが、そんな些末なことを、この両津という男が気にするわけがない。

「だから、本来の『超神田寿司』の味とは全く関係ないデタラメな評価はもう気にすんな！　暗い顔すんな！　ゴー、ファイ、ウィーン！」

舞台上でマッチョ男たちとチアのポーズを決める両津を見て、檸檬がやっと、笑った。

「両さん、どうしてわかったんですか？　『グルラン』の書き込みが偽物だらけだって……」

口の中でとろける寿司たちを味わいながら、晴希はカウンター越しに両津に迫った。みんな、あまりの寿司のうまさに我を忘れかけているが、いい加減そろそろ起きたことの真実を説明してもらいたいところだ。

晴希たちBREAKERS、両津、夏春都に纏に檸檬、そして特殊刑事課の面々——この賑やかなメンバーで、今日の『超神田寿司』は貸切状態となっている。檸檬に笑顔が戻った記念ということで、両津がみんなに寿司を振る舞ってくれているのだ。

「ここの寿司、最高だろ？　さっすが檸檬がいる店だよなっ。で、なんだ？　なんか言ったか？」

カウンターの内側では、両津がものすごいスピードで寿司をこしらえてくれている。チアのユニフォームも似合っていたけれど、板前の格好はまさに板についている。

「だから、何で『グルラン』の不正に気付いたのかって話ですよ！　てっきり両さんは賞金目当てだと思ってたのに……」

晴希はそう食い下がりつつも、次のネタに手を伸ばす。握り、軍艦、巻き、何もかもが、これまで食べてきた寿司は寿司ではなかったのかもしれないと思うほど、うまい。

「私なんて、檸檬とずーっと一緒にいるのにぜーんぜん気づかなかったよ。あの子、私たちにはあのサイト絶対見せないようにしてたみたい。だから一人で公園で隠れて……低評価の書き込み見たら、私たちが傷つくと思ったんだろうね」

ああ見えてやさしいところあるから、と、纏がカウンターに肘をついた。大きな胸がカウンターに乗っていて、晴希は思わずどきっとしてしまう。

檸檬と溝口は、カウンターの隅の席に隣り合って座り、手元にある端末の画面をニヤニヤニヤニヤ眺め続けている。もう何時間も飽きもせず、お互いの店の本当の評価を何度も何度も確認しているのだ。

子どもらしく笑う檸檬の表情を見ていると、ふっと、全身から力が抜ける。笑顔が戻って、本当によかった。

晴希たちと出会ったあの日、両津たちとモールに遊びに来ていた檸檬は、そのモールの中にある店が『グルラン』というサイトで人気ランキングの上位を占めていることを知った。これまではどのサイトでも『超神田寿司』が第一位だったのにおかしい――そう思い、檸檬は『グルラン』内の『超神田寿司』のページにアクセスしたのだ。

檸檬は、ひどい言葉たちを、夏春都にも纏にも、もちろん両津にも見せたくなかった。だから、はぐれたふりをして、公園に移動したのだ。あの日ベンチに座っていた檸檬は、一人で『グルラン』を見ていた。自分の家族が経営している店に、ひどい言葉が浴びせられているようすを、一人でじっと見つめていた。

「でもホント、両さんは何で檸檬ちゃんが『グルラン』の書き込みで悩んでるってことがわかったんですか？　檸檬ちゃん、両さんたちの前では徹底してあのサイトの画面隠してたのに」

隣の席の一馬がイクラの軍艦巻きをぱくつきながら訊く。

「わしの視力はもともと2・0、カネがかかわると8・0、それよりもっと大切なことがかかわると10・0になるからな！　あれぐらいなら、檸檬が画面を隠す前にバッチリ見える！」

ガハハ、と笑う両津が次々に握った寿司を提供してくれる。この人は刑事としてもチアリーダーとしても寿司職人としても、とりあえず何かがずば抜けている。

「でも、それだけでよくサイト側が仕込んだ不正な書き込みだってわかりましたね」晴希は、声のボリュームをグッと下げる。「あの、その、もしかしたら、ホントにおいしくないと思った客が書いたのかもしれないじゃないですか……？」

両津と同じくカウンターの内側にいる夏春都が、ギロリとこちらを睨んでいる。こんなに小声で話したのに、聞こえたのだろうか。晴希は静かに目を逸《そ》らす。

「お前らの行きつけの店の店長も、同じようにこのサイト見て暗《く》れぇ顔してただろ？　案の定、『グルラン』ではあんなうまいカツカレー出すのに不自然な低評価が多かった。そこにグルメサイトで上位独占の店が勢ぞろい～ってなCMが流れたら、不正を疑うのがトーゼンだろ！」

どうしても本庁のエリート刑事集団に見えないマッチョ男たちは、イチローや弦と大トロを取り合って大乱闘を繰り広げている。「おまっ、海パンに突っ込んだ手で寿司食うなや！」「うるさい。またバナナを食わせてやろうか」だが、いくら争ったところで、トンには誰も勝てていない。スタイル抜群のクララは翔を気に入ったらしく、やたらと体を翔にすり寄せては逃げられている。

「特殊刑事たちもあのサイトの不正疑惑には目を付けてたらしくてな、コンテストの日、早く来てうろうろしてたらバッタリ会ったんだよ。それで、ステージで色々協力してもらったってわけさ。あのあといろ～んな店との癒着がジャンジャン出てきたみたいだぞ～、ざまあみろだ！」

結局、すべては両津の言う通りだった。モールと『グルラン』のトップ同士がグルとなり、モール内に入っている店舗の評価を高く設定していたのだ。人気ランキングトップ10の店が揃い踏み、という宣伝をどうしても実現したかったらしい。そのために、それまでランキング上位に君臨していた店の評価を虚偽の書き込みで不当に下げていたのである。つまり、『超神田寿司』や溝口の実家の料亭は、本当はネット上でもとても人気の高い店だったのだ。

「グルとはいえ、味とは関係なくマズイとかヒドイとか書き散らす輩《やから》がいたことに檸檬は傷ついたみたいだが……こうしてうまいうまいって食ってくれるお前らの顔を見せられて、今日はよかったよ！」

両津や特殊刑事課の面々が大暴れした結果、コンテストは続行不可能となってしまった。慌てて場を執成《とりな》す司会者の姿を見ながら、晴希は、賞金なんかよりずっと価値のあるものを得たような気がしていた。

「いや、ほんっとうにおいしいです。ここに低評価つけるなんて、『グルラン』は詰めが甘かったよな、な、ハル」

「あ、うん」

「だろ！　ここの寿司は最高なんだ！」

晴希と一馬の前でガハハと大口を開けて笑う両津が、その隣で笑っている纏が、カウンターの内側で職人たちを取り仕切っている夏春都が、溝口の隣で嬉しそうに端末を覗いている檸檬が、好き勝手暴れている特殊刑事課の面々が、みんなでひとつのチームに見える。この人たちはこれからもこうやってお互いの笑顔を守っていくのかと思うと、羨ましいような、ＢＲＥＡＫＥＲＳも負けていられないような、そんな気持ちになる。

「すげーよ、今サイト見ると、『超神田寿司』星五つだよ。全員満点つけてる。そんな店初めて見たぜ」

一馬が携帯の画面をずいと差し出してくる。

「溝口んとこ、不正な書き込み差し引いたら四・九点だったんだって。すげえ悔しがってる」

いつのまにかライバル同士としていがみ合い始めた檸檬と溝口を横目に、両津が言う。

「クララが不正な書き込みは全部消してくれたからな！　もう全部の店舗が正常な評価に戻ってるはずだぞ」

「あ、てことは、ヒマワリ食堂も？」

晴希はふと、店長の暗い顔を思い出した。店長にも、『グルラン』の不正について早く教えてあげたい。

指についた飯粒を舐め取ると、「どれどれ」一馬が、グルラン、ヒマワリ食堂、という二つの単語を検索フォームに入力する。ボタンを押すと、すぐに画面が切り替わる。

「……あれ？」

画面を覗く一馬が、ごしごしと目をこすっている。「どしたの？」晴希も一緒に覗き込む。そこには、今日書き込まれている最新の三件のコメントが表示されていた。

【従業員？　の男の方が、とにかく暗かった】

【おいしいと評判なので楽しみにしていたのですが、店長をはじめ、店内の雰囲気がどんよりとしていて、そこが残念でした……】

【巨大カツカレーに挑もうとしたのですが、壁に貼ってある最高記録が十分を切っていて、やる気をなくしてしまいました。最高記録保持者の両津という人は、フードファイターか何かなのでしょうか？】

「…………」

「…………」

「おしっ、特製チラシ寿司の完成だ！」

両津が勢いよく差し出してきた大きな寿司桶いっぱいのチラシ寿司が、低評価が続いているヒマワリ食堂のページを覆い隠した。

CHECK 13 ［感想戦］

こちら命志院大学
男子チアリーディング部

――お疲れ様でした。

お疲れ様でした。これはものすごく楽しい仕事だったんですよ。『こち亀』の担当編集さんとキャラクター設定資料を読み込みながら「このキャラ連れて来ればこんなことができますね」「この人がいればあんなこともできます」とアレコレ打ち合わせをして……とにかく、さすが国民的漫画、何が起きても『こち亀』の世界の誰かがどうにかしてくれるシステムが確立されているんですね。私はこの作品の執筆時に初めて、「キャラクターが勝手に動く」ということを体感しました。ありがとう両さん。『こち亀』の世界の中なら人間がブーメランのように飛び回ってもOK！　そんなシーンこれまで書いたことがなかったので、あー楽しい～最高～てな具合にノリノリで書いたら、校閲の方から「人間はブーメランのようには飛びませんが、ママ？」と赤が入りました。え!?

CHECK 14

2014年12月α

発注元

朝日新聞名古屋報道センター《あさひしんぶんなごやほうどうせんたー》

【お題】

〝ふるさと〟をテーマにしたコラム

CHECK
14

使用媒体

朝日新聞名古屋版「asahi＋C」

発注内容

●ふるさとである岐阜を離れて東京で生活することになった思いを踏まえた内容の寄稿。
●読者は東海三県。物語の舞台は東京でもOKだが、匿名のふるさとではなく、岐阜を離れての今について描写してほしい。紙面には内容に合わせた写真も掲載される。
●文字数は2800〜3600文字程度。

［タイトル］

手放したものはなんなのだろう

START

会社からの帰り道、地下鉄を乗り換えるために階段を上ったり下りたりしているとき、ふと、思い出す光景がある。

それはもう、十年ほど前の記憶だ。緊張感とともに、くっきりと蘇《よみがえ》る記憶。

大須《おおす》には服屋や古着屋がたくさんあるから、修学旅行に着ていく服を買いに行こう。そう言い出したのは、当時同じ部活に所属していた背の高い男子生徒だった。彼は、これまで何度も、名古屋、そして大須まで服を買いに行ったことがあると話し、実は名古屋なんて行ったことがなかった私は、そうなんや、ふうん、と、できるだけ平静を装うことに腐心していた。

名古屋駅までは、ＪＲ一本で行ける。問題はそこからだった。名古屋市営地下鉄東山線に乗り、伏見《ふしみ》へ。そこで名古屋市営地下鉄鶴舞《つるまい》線に乗り換え、大須観音へ。たったこれだけの道のりに、あのころの私はとても緊張していた。私の住んでいた岐阜県には、地下鉄が通っていない。だから私は、高校生になって初めて、地下鉄というものに乗ったのである。

あいつの背が高くてよかった。十年ほど前の私はそう思いながら、この旅を発案した友人の姿を見失わないように、必死で地下鉄に乗り換えた。券売機で買った小さな切符は、手汗ですぐに折れ曲がってしまった。

大きな音がする。

大手町駅のホームに、東西線がすべり込んできた。通勤のために毎日必ず立つホームには、ただ案内板を持って立っているだけの警備員が何人もいる。この人たちの時給はいくらなのだろうとぼんやり考えながら、私は、お決まりの車両に乗り込んだ。どの車両に乗れば乗り換えがスムーズに行えるか、東京に住み始めて七年になる私はもう、完全に把握している。

通勤用の定期は、汗ばんだてのひらでいくら握りしめたって、あのときの切符みたいに折れ曲がったりはしない。大手町のホームではもう、背の高いあいつを探さなくたっていい。

手に入れたもの、手放したもの。

歩けば出合うファミレスやラーメン屋の誘惑を断ち切り、今日はまっすぐにアパートに帰る。冷凍庫のドアを開けると、記憶のとおり、ラップに包まれた最後の豚バラ肉がごろんと寝ころんでいる。レンジに入れて解凍しながら、今度はタマネギをざくざくと包丁で切る。これで、冷凍庫に残っていた食材はきれいになくなった。

熱したフライパンに薄くあぶらを落とし、まず豚肉を投入する。じゅうじゅうという音とともに、よだれも蒸発してしまいそうだ。続いて、タマネギをフライパンへ加える。菜箸を動かしているうちに、飴色《あめいろ》になっていくタマネギたちは、猫の背中みたいにしんなりと丸まってくる。

案内板を見ずに乗れる地下鉄も、任される仕事の数も増えてきているのに、自炊のレパートリーだけは一向に増えない。こんなもの、母親ならば、あっという間に作ってしまっていたのだろう。

私は、左手に置いておいたボトルを手に取り、全体にからめるようにその中身をフライパンに落としていく。豚キムチでもない、生姜焼きでもない。味付けは、実家の冷蔵庫には必ずあった、甘辛い液状味噌だ。

豚肉に、タマネギに、液状味噌。七年前、上京して初めてフライパンを使ったときに作った料理。

私は菜箸を動かしながら、冷蔵庫をちらりと見た。中にはほとんど何も入っていないのに、ぶん、ぶん、と、息を殺して小さく振動している。明日から、久しぶりに故郷に帰る。

ポケットの中で、携帯が震えた。

スーツケースに続いて、お土産の入った紙袋も荷物棚に上げる。こちら比較的日持ちいたしますよ、と笑顔で対応してくれたあの店員さんはいつ故郷に帰れるのだろうか、と、ふと思う。

新幹線に乗り込み、窓側の席に座ると、私はポケットから携帯を取り出した。さっきの振動は、同じくこのタイミングで帰省するらしい友人からのメールによるものだった。

——初詣、行くやろ？

短いメールに、「行く」と短く返す。簡易テーブルに裏返した携帯を置くと、ことん、と、どこかの扉をノックするような音がした。

毎年、初詣の方法は変わらない。夜、実家まで迎えに来てくれる友人の運転する車で、町で一番大きな神社に向かうのだ。冷たい冷たいと言いながら手水舎《ちょうずや》で手を清め、お参りをしたあとは百円のおみくじを引き、たき火で体をあたためる。そして、神社のすぐ近くにある小さな店で、トン汁や串カツを食べながらだらだらと朝を待つのだ。

私は携帯をどかし、簡易テーブルにゲラを広げた。年明けに文庫化する作品の校正を、この移動のあいだにできるだけ終わらせてしまいたい。

集中しなければ。そう思えば思うほど、頭の中が別のことで埋め尽くされていく。

初詣。町で一番大きな神社。

上京して一年目、大学一年生のときも、やはり友人の車で初詣に出かけた。渋滞を抜け、なんとか駐車場に辿《たど》り着いたとき、こちらです、と白い息を吐きながら車を誘導してくれたのは、高校の後輩だった。

彼は私たちに気づくと、「中であいつが巫女《みこ》のバイトしてますよ」と、別の後輩の名前を出してにかっと笑った。巫女ってバイトなんやな、と漏らす友人に、あんまり知りたくなかったなそれ、と私も笑った。

駐車場の整理をしていた後輩も、巫女のバイトをしていた後輩も、このころにはもう、地元に残ることを決めていた。もちろん、私の同級生にも、地元に残る決断をした人は数多くいた。同じ町に住む人がごっそりと集まるその神社の中で、私はどこか、自分がお客さんになったような気分を抱いたことを覚えている。

手に入れたもの。手放したもの。

携帯が震えた。「なら三十一日の夜迎えに行くわ。他にも適当に誘っとこ」先程の友人からの返事が届いている。

りょうかい、と、メールを返す。右手で赤ペンを握る。左手に定規を握る。何百枚ものゲラ。

真白い紙を埋め尽くす文字。早く校正作業を進めなければならない。

バンッ、と大きな音がしたのはそのときだった。すぐに、ゴー、と、耳の中の骨を削られるような音に変わる。

トンネルに入り、真っ暗になった窓に、自分の横顔が映っている。

私はきっと、大切なものを大切だと気付かないうちに、手放してきた。

小説家になりたいという夢を叶えて、やりたい仕事をさせてもらって、贅沢《ぜいたく》にも会社員までやらせてもらって、働いた分のお金を手に入れて、こうして新幹線の指定席に座っている。十代のころのように、自由席の切符を購入して二時間も立ちっぱなしになることは、今はもうない。あの背の高い部活仲間がいなくたって、ひとりで地下鉄を乗り換えることができる。PASMOにチャージしたお金でどこまでも行ける。切符を買い間違えることだってない。寒い中、年越しの神社でバイトをしなくたっていい。

ゴー、と、音は鳴り続ける。トンネルは長い。

故郷に住んでいたときよりも、今のほうが、明らかに生活はしやすい。故郷で出会ったさまざまなものは、姿形を変えて、東京にも現れてくれたから。

学校のグラウンドでする鬼ごっこの代わりに、二時間二九八〇円で楽しめる飲み会。

応援団の仲間たちと目指した体育祭優勝の代わりに、仕事のやりがい。

母の手料理の代わりに、好きなときに好きなものを食べられる繁華街。

だけど、あの町にあるものすべて、その代わりになるものなど、どうしたって何一つ見つからないのだ。
私が手放したものはなんなのだろう。
私が手に入れたものはなんなのだろう。
新幹線が、トンネルを抜ける。故郷に少しずつ、近づいている。

CHECK 14

[感想戦]

手放したものはなんなのだろう

――お疲れ様でした。

お疲れ様でした。今回の案件のポイントは、読者が東海三県、というところでしょうか。他にも、「年明け早々の掲載になるため、一年の計になるような中身にもなれば」という要望があったのですが、読み返してみるとびっくりするくらい暗いですね。そして、今となってはここに書かれている「今」ももう遥か昔のことのように感じられます。このころは兼業していましたし、都内で日常的に使っている駅も路線も、年末年始の過ごし方もこの原稿の内容とは全く異なっていて、もはや何を手放したかもいちいち考えなくなっていますね……は！　また暗い！

CHECK 15

2011年5月α

資生堂

発注元

しせいどう

【お題】

「○○物語」という
タイトルの小説

CHECK
15

使用媒体

資生堂企業文化誌「花椿」

発注内容

●文字表現が中心の「よむ花椿」の特集ページへの寄稿。
●「○○物語」というタイトルならば、自由に書いてOK。
●文字数は9000〜10000文字程度。原稿用紙25枚程度。

【タイトル】

きっとあなたも騙《だま》される、告白の物語

START

◆

光が差し込むと、制服の黒が映える。こんなに静かだと、いつもの体育館じゃないみたいだ。携帯の画面を指さしてひそひそ話をする女子も、足を踏みあったりしてはしゃぐ男子もいない。こんなにきれいに、まっすぐに、みんなの背中が並ぶことなんて今まで一度もなかった。不思議だな、と思う。いつもは、一秒ごとにどうやって時間をつぶそうって思うようなシチュエーションなのに、今日はその一秒一秒がとてもいとおしい。

てのひらの形をした春の太陽が、もう小さくなってしまった私たちの制服をひとつずつゆっくりと撫《な》でていく。

今日、私たちはこの中学校を卒業する。

こんなにちゃんと制服を着たのはいつぶりだろう。今日だけは、変な反発心もなく、校則通りに制服を着ようと思えた。生活指導の先生が立っている校門を通り過ぎた瞬間、ウエストの部分を二回折るスカートも、今日はアイロンをかけたそのままの長さだ。久しぶりにスカートの布に守られた膝小僧があたたかい。

目の前には、昨日よりも少しだけ大きく見える背中が出席番号順に並んでいる。クラスごとに横向きに二列ずつ。男子が一列目、女子が二列目。私の左前はいつでもどこでもうるさいバスケ部の健一《けんいち》。相変わらずえりあしが長い。右前はバレー部の高田《たかだ》。健一より二十センチくらい背が高くて、肩幅ががっしりとしている。

黒い学生服に包まれた、もう少年や少女のものではない背中は、それぞれの人生の大地のように見える。

「なんかさ……変な気持ち」

私が小さな声でそうつぶやくと、となりでシノちゃんがふっと笑った。

「ね。あたし、校長の話ちゃんと聞いたの今日がはじめてかも」

「私も」

「いっつも暇だ暇だーって言って、結局しりとりとかしてたもんね、あたしと小林《こばやし》って」

「しりとりしたところで全然面白くないんだけどね……」

「小林、あたしに『こ』で渡そうと必死だったよね」

「だって、シノちゃんルール無視してコショウとしか言わないんだもん。それが途中からツボってきちゃって」

「マイコショウ持ち歩いてるくらいコショウ好きだからねあたし」

「ほんと真性の味覚障害だよ」クスクス笑っていると、右前の高田がちょっと後ろを振り向いた。あんた大きいんだから動いたら目立つって！　と、私たちはまた小声で笑う。

「ていうかさ、四月から高校生らしいよ、私たち」

「どうやらそうらしいね」全っっ然実感ないわ、と、シノちゃんは腰を伸ばす。

「シノちゃんは、高校、スポーツ推薦だったっけ？」

「うん。マジで超ラッキーだったよ。あたしあったま悪いからさ、推薦で落ちたらどうしようって感じだったし」

「健一のがバカだから大丈夫」左前の健一が、うるせ、と一瞬こちらを見る。お前はちっちゃいから動いても全然目立たないよ！　と言うシノちゃんを蹴ろうとしているのか、健一は足を後ろへと必死に動かしている。

「小林は東高だっけ？　あそこ、制服かわいいよね」

私は、うん、と小さく頷く。いつも高い位置でひとつにまとめている長い髪を、シノちゃんは下ろしている。高級な織物のようにひらめく髪を見ると、シノちゃんがグラウンドを走り抜けていく姿を思い出す。陸上部の部長だったシノちゃんのみずみずしい肌の上を、冬の残り香を含んだ風が駆けていった。

三月の始まりは、まだ春とは呼べない。だけど、冬が春になっていくのと同じように、私たちは大人になっていく。はっきりとした境目なんて、いつだって見えないんだ。

「やっぱ、まだちょっと寒いよね」

「うん。一週間くらい前にまた雪降ったしね」

「降ったねー、サッカー部が除雪してたよね、けっこう大変そうだよねあれ」

シノちゃんの声に、私は頷く。スカートとソックスの間、むきだしの肌の部分が、なんだか落ち着かない。最後の制服という事実に、肌が反応しているのかもしれない。

長かった校長の話が終わって、式は生徒会長による答辞に差し掛かろうとしていた。「結局ちゃんと話聞いてなかったかも」「確かに」私とシノちゃんは相変わらずクスクス笑いながら、高田の背中をつっついたりする。結局集中力はもたずに、いつもの全校集会のような雰囲気になってしまう。やっぱり、卒業式だからってかしこまった雰囲気ではいられない。かしこまった雰囲気なんて、私たちには似合わない。

「卒業生、答辞」

びしっとスーツを着た生活指導の先生が、低く太い声をマイクに乗せた。体育館に向かう渡り廊下で、今日もばっちりと服装チェックが行われた。だけど先生たちの目はいつもよりもやさしかった。目に見えてスカートが短い女子は一人もいなかったし、男子もみんな襟裏にカラーをつけてボタンも全部留めていたからだ。健一の髪の毛はいつもみたいにワックスでツンツンだし、高田の上履きはやっぱりかかとが踏まれていたけれど、先生は何も言わなかった。

生徒会長が椅子から立ち上がる。心がはちきれてしまうくらいに緊張しているのが、その背中から伝わってくる。

私は、せっかくだから聞いてみようと思った。シノちゃんと私は別々の高校へ進学するし、今日を逃したらもう聞けないかもしれない。

「ねえねえシノちゃん」

「ん？」

シノちゃんは少しだけ眉を下げて私のほうを見た。私は目線だけをシノちゃんに向けて、ある部分を指さしながら言う。

「ずっと思ってたんだけど、シノちゃんの胸ポケットに入ってるその小瓶、なんなの？」

「ああ、これ？」

シノちゃんは少し照れたように、胸ポケットに視線を落とす。生徒会長が足音もたてずに、じゅうたんの上をゆっくりと歩いているのがシノちゃんの肩越しに見える。

「小瓶、いっつもそこに入れてたよね」

「そーだね、よく気づいたね」

「いや、だって片方だけ胸が不自然にふくらんでるんだもん」

あ、小林そういうふうに見てたの？　とシノちゃんはくすくす笑う。健一が一瞬こちらに視線を向けたのが分かった。

「その小瓶の中身、何？　砂？」

シノちゃんは陸上部を引退したあたりから、いつも胸ポケットに小瓶を入れていた。休み時間、シノちゃんはひとりその小瓶を見つめていたりした。太陽の光を強く反射して、小瓶はたまに星のようにぴかりと光った。

「確かに砂だけど、ただの砂じゃないよ」

シノちゃんは夕暮れ時の影のようにすらりと伸びる長い指で、大切そうにその小瓶を取り出した。中にはやっぱり、小量の砂のようなものが入っている。

シノちゃんが小瓶を小さく揺らす。砂が波打つように動いて、透明のガラスがまた強く光った。

「これはね、思い出の砂なの」

私は、そう言うシノちゃんの横顔を見て息を呑《の》んだ。窓から差し込むオレンジの光を背負ったシノちゃんの頰は、ふっくらと焼きあがったマフィンのように見えた。おとなっぽいなあ、と、私は思った。

「……陸上部の最後の大会のね、思い出の砂なんだ」

シノちゃんはそう言うと、ステージに向かって歩き出した生徒会長の姿にちらりと視線を走らせてから、小さな声で話しだした。緊張ではりつめている体育館に、誰かのくしゃみが大きく響いた。

◆

「決めた……告白するよ」

吉岡志乃《よしおかしの》は、そう叫びながら大空を貫くようにこぶしを突き上げた。太陽が世界で一番高いところからそのこぶしをじりじりと焼きつけていた。「告白って？」

「だから告白！」

「もしかして、あの生徒会長に？」

「そう！」

雲を摑《つか》まんばかりの志乃のこぶしをあきれたように見つめながら、同じ陸上部の明日香《あすか》は遠慮がちに言った。

「……でもさー志乃、もうちょっといろいろ考えたほうがいいんじゃな」

「うるさい！　有言実行！」

志乃はそう叫ぶと、肩にかけていた黄色いタスキをさっと取り、はいっと勢いよく明日香にそれを渡した。今まで同じ駅伝のチームとして頑張ってきた分だけ、そのタスキは重くなっている。

夏の太陽は容赦がない。あの太陽がこの世界ぜんぶを照らしていることに納得がいくくらい、わんわんと燃えている。グラウンドを走るたびに全身の毛穴から汗が湧き出てきて、心臓があの太陽みたいにわんわんわん燃え出す。

「でもさあ志乃」明日香はやっぱり遠慮がちにそう言いながら、志乃の首筋に凍らせたポカリスエットを当てた。「冷たー！」

明日香はまだまだ溶けきっていないペットボトルの底をコンコンと叩《たた》く。甘くて濃い部分を飲みほして、氷の部分を食べようと必死だ。真夏の部活中は、全身が水分を欲する。「確かあの生徒会長ってさあ」「やめてやめて言わないで言わないで！」「うわさによるとさあ」「言わないで言わないで言わないで言わないで！」

「彼女がいるんじゃなかったっけ？」

「うるさい！」

志乃は明日香からペットボトルを奪う。岩のような形をしたポカリスエットの塊が、ペットボトルの中でごろりと鳴いた。

「サッカー部エースで生徒会長、そりゃかわいい彼女の一人や二人いるって」

「あの人は二股かけるような人じゃありませんー」

「別にあたしだってあんたに意地悪したくて言ってんじゃないよ？　でも、幸せな人たちにわざわざ波風立たせるようなことするのもどうかって思うわけ」

「わかってるよ！　そのうわさ私だって聞いたことあるし……別に波風立たせようっていうつもりもないし」

志乃が耳を塞ぎながらそう言うと、明日香は「それじゃあただの自己満足の告白になっちゃうじゃん」と吐き捨てて、タスキを持ったままどこかへ走っていってしまった。

志乃はごろごろと音を鳴らすペットボトルを握りしめたまま、首にかけたタオルで顔の汗を拭いた。太陽に溶かされているみたいに、とにかく汗が湧き出てくる。同じグラウンドでは野球部の男子たちが走り回っていて、体育館からはバレー部かバスケ部か、ホイッスルの音が絶え間なく聞こえてくる。

今日はサッカー部の練習はないみたいだ。

志乃は生徒会長の横顔を思い出した。二年生で同じクラスになったときから、志乃はその横顔の輪郭をずっと視線でなぞっていた。

「……だいじょうぶ、きっと」

自分に言い聞かせるようにそうつぶやくと、志乃は泥で汚れたスパイクシューズのひもを結び直した。

志乃と明日香は、陸上部のエースだ。入部当初から二人は最大のライバルだった。毎年恒例の町の正月駅伝、志乃はスタートダッシュの第一区。明日香はラストの第六区。それは部員からその実力に絶大な信頼を得ている二人の定位置だ。

中学三年生の夏。志乃は、きっといろんなことに区切りがつく夏なのだろうと感じていた。未来のことを見つめ始める夏。いつまでも片思いなんてしてはいられない夏。そして、グラウンドを去る夏。履きなれたこのスパイクシューズを脱ぐ夏。自分の中で沸騰している真っ赤な筋肉が、まだまだ走りたいと叫んでいるのに。

二人にとって最後の舞台となってしまうかもしれない大会、全国大会の北関東予選はもうすぐそこに迫ってきていた。

「っていうかさ、志乃」

ぽつ、と、水滴が二の腕に落ちてきた。顔を洗ってきたのだろう、明日香の細い首には青いスポーツタオルが巻かれている。様々な大きさのしずくが、前髪を伝って朝露のように落ちてくる。ひとつぶひとつぶが太陽のひかりに包まれているしずくは、志乃の目にはダイヤモンドのように映った。

ほんとうに、最後の夏なんだ。ふと、そんなことを思った。

「もうすぐ北関東だってのに、そんなこと気にしてるヨユーあんの？　恋なんかしてる余裕ないんじゃないですかあー？」

あたしとあんただっていちおーライバルなんだからさ、と言いながら、明日香は新しいポカリスエットを志乃に投げた。自販機で買ってきてくれたみたいだ。さんきゅ、と受け取って、志乃はキャップを回す。空から色素だけを抽出したような真っ青のラベルが、力を込めたてのひらの中でくしゅりと音を立てた。

「大丈夫、私だって恋愛してる場合じゃないってことくらいわかってるよ」

「そんな人の発言だとは思えないけど？」明日香がニヤニヤ笑う。

「そのへんはちゃあんと考えてあんのよ」

志乃は、氷だけになってしまったボトルに、いま受け取ったポカリスエットをとくとくと流し込む。そして思いっきりキャップをしめて、そのペットボトルを振った。ごとごとと音を立てて暴れる氷が小さくなっていき、注ぎ込んだポカリスエットが冷やされているのが手に取るようにわかる。

「私はね、恋と部活、どっちかを諦めるような女じゃーないの」

ごくり、と喉を波打たせながら、キンキンに冷えたポカリスエットをからだに流し込むと、志乃は大きく息を吸った。

「私、決めたの。北関東の一五〇〇で優勝したら、生徒会長に告白する」

優勝？　明日香の眉間に少し、しわが寄った。

「全国出場と、彼氏、どっちもゲットする！」

そう宣言する志乃の目は、放たれるのを待つ矢のようにまっすぐだった。

「そしたら、陸上だって頑張れるじゃん？」

「彼氏ゲットって、だから生徒会長には彼女がいるんだってば……」

「ゲットする勢いで、って意味よ！」

「え、ちょっと待って。北関東で優勝ってことは、志乃、それあたしに一五〇〇で勝つって宣言してるわけ？」

明日香はそう言って、またニヤリと笑った。明日香は駅伝でタスキを受け取るときも、こんなふうに不敵な笑みを浮かべる。

「当然でしょ！」

「ハイ無理ーあたしが優勝ー告白できず終了フラグー！」

「ちょっと、そういうこといま言うのやめてよ！」志乃はタオルで明日香の首を絞める振りをする。くるしいくるしい、と明日香は手足をバタバタさせる。

「あ、でも」志乃は何かに気付いたように、ふ、と手の力を緩めて言った。

「だからって、手加減しろとか言ってるわけじゃないからね？　私、明日香とは最後までちゃんと戦いたいんだから」

「わかってるって！　誰が手加減するっつった？　あたし絶対優勝するからね」

一番とるから、とひとさし指を突きたてる明日香の首を、志乃はもう一度タオルで絞める。ギブギブ！　と明日香が志乃の太ももを楽しそうに叩くと、コーチが集合のホイッスルを鳴らした。

「あ、志乃、手出して」

慌てて整列しようとする志乃に、明日香は何かを差し出した。

「何これ、砂？」

それは、何か砂のようなものが入った小瓶だった。

「この砂、さっきサッカー部のグラウンドから取ってきた。お守りにすれば？」

今日サッカー部練習休みだったっぽいし、忍び込むのヨユー。明日香は鼻を触りながらそっけなくそう言うと、ひゅんと音も立てずに志乃を追いぬいて先に整列してしまった。吉岡早くしろー、と、コーチが不機嫌そうに言う。

「ありがと、明日香」

志乃はコーチのもとに駆けだしながら、その小瓶を小さく振ってみた。さらさらとかすかな音が聞こえて、生徒会長の横顔を思い出した。志乃はもう一度、ありがと、と言った。志乃は知っている。鼻を触る、それは明日香が照れているときの癖だ。

北関東予選の一五〇〇。絶対優勝する。優勝して、全国大会に行く。それが決まったら、ちゃんと伝える。

志乃は小瓶をぎゅっと握りしめて、世界で一番高いところにある夏の太陽にそう誓った。

◆

シノちゃんの長い話が終わった。生徒会長の答辞はまだ終わっていない。

「この小瓶には、そんな思い出があったんだね……全然知らなかったよ」

私は、シノちゃんを見つめる。ひとさし指と親指で大切そうにつまんだ小瓶を、シノちゃんは目を細めて見つめている。

私は思い切って言った。

「ところでシノちゃん」

「ん？」

「吉岡志乃って誰？」

この世の終わりのような私の声に、シノちゃんは軽い笑い声を被《かぶ》せた。そのとき、「篠原《しのはら》明日香」と記されたシノちゃんの名札が二階の窓から差し込む春の陽射しを反射させ、私の目を雷のような光が直撃してきた。

「知らない？　三組の吉岡志乃。ほら、あの列の一番端っこの」シノちゃんはアゴを器用に動かして、三組が並んでいる列の一番右端をさした。「よしおか、だから出席番号だと最後のほうなんだよね」三組は男子より女子がひとり多いらしい。吉岡志乃だけが、列からひとりだけぽこっとはみ出ていた。

「あいつもあたしと同じ陸上部だったんだけどさ、ちょっとぶりっ子で背が低くて……ほら、夏に生徒会長に告って振られたヤツがいるってうわさになってたの、小林聞いたことない？」

当の生徒会長はまだステージで答辞を読んでいる。緊張が度を越しているようで、五秒に一度は言葉につまってしまっている。またどこかで、式の緊迫した空気のベールを突き破るような盛大なくしゃみが聞こえた。

「そういえば、そんなうわさ聞いたことあるかも」

「それ志乃、志乃。あのバカのこと」

シノちゃんはそう言ってニヤリと不敵な笑みを浮かべた。

「志乃のやつ、夏の大会前に生徒会長に告るとか無謀なこと言ってさあー……しかも優勝したらとか条件までつけて！　あたし決勝であいつの隣のレーンだったんだけど、華麗に抜き去ってやったわよ。志乃は五位ー私は優勝ー全国出場でスポーツ推薦もゲットー第一志望合格ゲットー！」

シノちゃんはテンションが上がってしまったのか、どんどん声のボリュームを上げていく。バレー部の高田が巧みに動いて、私たちを先生から見えないように隠してくれている。

「あいつ全国行けなかったくせにちゃっかり告ってしっかり振られてやんのー生徒会長には彼女いるからやめとけってこのあたしが忠告したのにさ」

シノちゃんはそう言いながら小瓶をくるくる回しだした。中で砂が行ったり来たりしている。

どこか窓が開いているのだろうか、少し強めの風が私の前髪を弄《もてあそ》んでいった。そんなことが気になってしまうくらい、私の心はカッスカスの状態になっていた。ついさきほどまで卒業式の雰囲気に呑まれていたことが少し恥ずかしいくらいだ。

「……じゃあ、シノちゃんが持ってるこの小瓶は、結局何なの？　今のって、吉岡志乃に渡した小瓶の話でしょ？」

壇上で答辞を読み続けている生徒会長をちらりと見てから、シノちゃんはあっけらかんと言った。

「いやー実はさ、その生徒会長の彼女ってのがあたしなんだよね」

私だけでなく、高田もガックシと肩を落としたのが分かった。あんたはいま大事な壁なんだからちゃんと背筋伸ばしてよ、と思ったが、このガックシ感ではしかたがない。

シノちゃんは「見て見てー」と言いながら、いつものように高い位置で髪をまとめた。露《あら》わになった耳には、サッカーボールの形をしたピアスがつけられており、それは遠慮なく揺れながらきらきらと輝いていた。健一がちらりとこちらを振り返って、小声で「こいつこわい」とつぶやいたのが聞こえた。

「この小瓶はね、最後の大会前に彼からもらったの。彼がサッカーグラウンドの砂を入れて、あたしが陸上のグラウンドの砂を入れて交換したんだよ。最後の夏のお守りにしようね、なんつって……ロマンチックでしょー？　お互い頑張ろうな、ってさー！　もう思い出しただけで照れるんですけど！」

卒業旅行いっしょに行くんだー親に内緒で泊まりで！　と言いながら、シノちゃんは鼻を触った。これはシノちゃんが照れたときの癖だ。

まだ読経のごとく答辞を読み続けている生徒会長の声を踏みつぶすかのように、また、盛大なくしゃみが聞こえた。あの生徒会長がこんな女に引っかかったと思うと、私はこの答辞さえくだらなく思えてきた。周囲からは鼻をすするような音も聞こえるので、体育館は感動に包まれているみたいだが、少なくともシノちゃんの周りにいる三人はどこか悲しい気持ちに包まれていた。

バシン、と高田の背中を叩いて背筋を伸ばさせたとき、私は、ふと、あることに気がついた。

「待ってシノちゃん、じゃあさ、じゃあさあ」

「何よ」

「吉岡志乃にあげた小瓶には何が入ってたの？　サッカー部の砂はシノちゃんが持ってるんでしょ？」

「ああ、それはね」

シノちゃんはそう言ってまたニヤリと笑った。

「コショウ」

その瞬間、高田がもう一段階肩を落としたのが分かった。私は壁の役目を果たさせるべく、また背中をバシンと叩く。

「マイコショウがあんなに役立つことは、これから一生ないだろうね」

私は、もう何も言うまい、と心に誓った。

生徒会長の答辞はまだ終わらない。いいかげんにしろよ、と思った私は、痛くなってきた腰をできるかぎり伸ばしながら、一秒でも早く卒業式が終わるように願った。よく見たら健一は高田によりかかっている。「何なんだよあいつ……」遺言のようにそうつぶやいたのが聞こえた。

そのとき、私から見て右前のほうからまた大きなくしゃみの音が聞こえた。そういえばさっきから続いているくしゃみは、あのあたりから聞こえていた気がする。

今回のくしゃみはかなり大きい。

「ん？」

私は思わず声を出してしまう。激しく上体を揺らしているのは、もしかして、三組の吉岡志乃ではないか？

「あ」

また声が漏れる。その女子生徒の胸ポケットから何かが落ちたのが見えた。一瞬、窓からの光を受けて、それは強く光った。そのまま、ころころと体育館の床を転がる。

光が転がっている。

違う、あれは小瓶だ。

もともとゆるんでいたのだろう、落下した衝撃で小瓶の蓋がかぽりと取れ、砂のようなものがサッと床に広がった。そのとき、桜の花びらでなくまさかコショウを散らすとは露ほども思っていなかっただろう春の風が、開かれていた窓から思いっきり吹き込んできた。

CHECK 15

[感想戦]

きっとあなたも騙される、告白の物語

——お疲れ様でした。

お疲れ様でした。この案件は、これまでと違ってほぼ制限がないんですよね。その結果、「きっとあなたも騙される」というように、タイトルでネタバレをするという謎めいた行動に走ってしまっています。そして思い出深いのは、この小説は大学二年生のときにゼミに入る試験のために提出した作品がベースになっているものなんです。テーマとして三つの漢字が提示されて、そのうちの一つを選んで短編小説を書く、というものでした。確か「鐘」、「砂」、「白」で、私は「砂」を選んだんですね。それにしても過去の自分、よくこのコント的な作りの小説でゼミの試験を突破しようと思ったな。しかも結構ドヤ顔で提出した記憶があります。過去の自分の所業、大体つらい。

CHECK 16

2014年4月〆

発注元

銀座百点

ぎんざひゃくてん

【お題】

銀座にまつわるエッセイ

CHECK 16

使用媒体

「銀座百点」

発注内容

●テーマは自由だが、銀座にまつわる内容を希望。
●タイトルは11文字以内。
●分量は、原稿用紙6枚半。

［タイトル］

天空の城、ギンザ

START

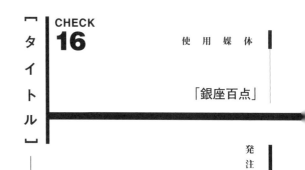

きっともう、二度とこの場所には来られない。私は、じんと苦い酒の入ったグラスを握りしめながら、本気でそう思っていた。地下にあるこの店を出たとして、自力で戻ってくることは絶対にできない。どう帰ればいいのかも、見当もつかなかった。

ここは、夜深くなったときにしかこの世に現れない街で、朝になったらきっと、あとかたもなく消えてしまうのだろう。書籍や文芸誌の中でしか見たことのない作家たちの顔を見比べながら、私はそんなふうに思っていた。

二〇〇九年の十一月、私は初めてギンザという街を訪れた。集英社が主宰する、小説すばる新人賞という賞の贈賞式に参加するためだ。その年は、ホテルで式典が行われたあと、ギンザにあるよくわからない横文字の名前を冠したバーで二次会が行われた。当時まだ二十歳の学生、慣れないスーツに身を包んでいた私は、ＧＩＮＺＡという音の響きだけでヒッと息を呑《の》むような恐怖を感じていたうえに、初めて目の前にする「本物の作家たち」にこれ以上ないくらい怯えていた。今の今まで、本当に実在するのかもよく分かっていなかった作家たちが酒を酌み交わしているこの天空の城のような空間は、きっと丸ごと実在していないのだろうと、朝が来れば消えてしまうのだろうと思っていた。

それからしばらく、私がギンザを訪れる機会はなかった。それこそ小説の新人賞をいただくようなめでたいことが起こりでもしないと、あの街は現れないのではないかと思っていた。

しかし私は、半袖短パンというあまりにカジュアルな格好で、ギンザを再訪することになるのである。

それは暑い夏の日だった。二十一歳の私は、当時所属していたダンスサークルの練習を終え、ある出版社の担当編集者と打ち合わせを兼ねた食事をしていた。体を動かしたあとということもあり、風通しのいいTシャツに黒い帽子、そして五分丈のカーゴパンツにスニーカーといういかにも学生らしいラフな格好をしていた。

仕事の話を終え、食事も終盤にさしかかったころ、その編集者が口を開いた。

「朝井さん、社会見学にいきましょうか」

お察しのとおり、この編集者は男性である。

「はぁ、社会見学……」

私はこのとき、食事をしていた場所があのギンザの近くだったことにも、更けつつある夜の中でギンザが目覚め始めていたことにも、気づいていなかった。

「ほかの作家がいたら帰りましょう。わりと、作家のたまり場になっているところなので」

私は、そう話す編集者にのこのこついていった。何度も言うが、Tシャツに短パン、帽子にスニーカーという出で立ちである。

狭いエレベーターに乗り、しばらく上昇する。やがて開いた重厚なドアの先には、着物を着たきれいな女性がでんと構えていた。

あ！　と私は思った。ここ、天空の城パート2だ！

お着物を召したボス、もといママのほかにも、肩の出るドレスを着た女性が数人いた。「どうもどうも」男性編集者は慣れた様子でソファに座る。女性たちがさっと編集者の両側に座り、お酒を用意し始める。お着物を召したママ、ドレスを着た若い女性、スーツ姿の大手出版社の編集者、銀のグラスに、お洒落なインテリア……Tシャツ短パンの私だけ、CGで合成されたような場違い具合だった。

とはいえ、すぐに店を出るわけにもいかない。私はとりあえずソファに座り、差し出されたナッツをむしゃむしゃ食べ、お酒の中の氷をくるくると回し続けた。隣に座っている女性をちらちらと見ながら、なにか会話をしなければならない、と思うものの、膝小僧丸出しの状態でどんな言葉を発してよいのかもわからなかった。

よし、と決意をした私は、なぜか突然「おいくつですか？」と言ってしまった。開口一番、女性に年齢を聞いたのである。ドレスを着た女性は、不機嫌になることもなく、にこっと笑ってこう答えた。

「二十歳です」

年下だ……！

そう思ったとたん、私は会話を続けることができなくなってしまった。夜にしか現れないように見えるこの街で年下の女の子が働いているという現実に、頭が追いつかなかったのだ。

死体のごとく時間とともに硬直していく私を見かねたのか、男性編集者は早々に席を立ってくれた。助かった、と、すぐに店から飛び出た私だったが、店を出てもなお広がる天空の城・ギンザの街並みにどうしても溶け込めず、その日は逃げるようにアパートへと帰ったことを覚えている。

そして月日は流れる。それは、社会人二年目も終わりを迎えようとしているころだった。私は年上の友人への土産にするため、おいしい漬物を買える店を探していた。調べた結果、銀座にいい店があるようだということがわかった。

一人で、昼間に行っても、あの街は存在するのだろうか。私はふと、そう思った。

「銀座」で地下鉄を降りた私は、地図を見ながら店を目指した。その道中、なんとなく覚えている文字の連なりを見た気がしたので、思わず立ち止まった。

それは、二十歳のとき初めて訪れた、地下にあるあのバーの看板だった。

こんなにも、駅に近い場所にあったのだ。私は看板に一歩近寄る。昼間の街並みの中で見るバーの看板は、天空の城らしさなんてまったくなかった。昼間でも、一人で訪れても、作家たちが集っていたこの店は普通に存在している。私は、そんな当然のことを、四年かかってやっと理解した。

私は、スマートフォンの地図アプリで、社会見学と称して連れて行ってもらったあの店の場所を調べた。明るい昼間の銀座では、徒歩五分程度の距離など、まったく迷わずに辿《たど》り着くことができた。

店が入っているビルは、かくれんぼの鬼から隠れるように、息を潜めていた。

私はしばらく、そのビルの前に立っていた。この街に一人で、おいしい漬物を探しにこられるようになった自分の影を見ながら、あの日見学した社会のことを思い出していた。

CHECK 16

［感想戦］

天空の城、ギンザ

——お疲れ様でした。

お疲れ様でした。最後に出てくる漬物店は「銀座若菜《わかな》」というお店で、手土産やプレゼントに持っていくと本当に喜ばれるんです。ちなみに、その「銀座若菜」にも『銀座百点』はちゃっかり配布されており、私は数回、「そこに置いとる冊子であんさんのこと書いたん……ワシやで！」と思いながら漬物を購入ししっかり領収書をもらったりしていました。そして社会見学と称し私を銀座のクラブに連れて行ったあの編集者は絶対に自分が行きたかっただけ。絶対そう！

CHECK 17

2016年1月〆

発注元

小学館《しょうがくかん》

【お題】

『アイアムアヒーロー』の世界の中で書くオリジナル小説

CHECK 17

使用媒体

『アイアムアヒーロー THE NOVEL』

発注内容

●花沢健吾《はなざわけんご》氏による漫画『アイアムアヒーロー』の映画化を記念して、アンソロジー小説集を刊行。その小説集に収録するオリジナル小説。
●漫画『アイアムアヒーロー』の世界観を踏襲していれば、内容は自由。
●分量は、原稿用紙数十枚程度。

【タイトル】

十七歳の繭《まゆ》

START

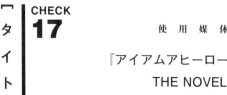

視界が真っ白になると、聴覚も泡立つように滲《にじ》む気がする。いっそ鼓膜もミルク寒天みたいに白く分厚くなって、音を正しく伝えられなくなればいいのに、と思う。

「だからぁ、ドクターペッパーって薬っぽいじゃん。わかんないって」

私は、両手で両耳を押さえる。ぎゅうと耳の奥まで黒いイヤフォンが侵入しているから、聞きたくない言葉が忍び込む隙間なんて全くないはずなのに、クラスメイトが放つ文字たちは不思議とはっきりと拾い上げることができてしまう。意味がないとわかってはいるけれど、さらに隙間を埋めるため、私は両目を閉じた。

「とりあえず家庭科準備室からにがり取ってきた」

「キャハハハハ、にがり超ウケるぅ」

「まあ、体に害ないしね。逆にお通じよくなるっしょ」

新しい学年、新しいクラスになってからすぐに行われた席替えのくじ引き。四つに折りたたまれた紙に「3」と書かれていることを確認したとき、私の鼻腔《びこう》は早くもあの独特の埃臭《ほこりくさ》さを感じ取っていた。「3」は、左の列の、前から三番目の席に割り当てられている数字だった。窓際の、ちょうどカーテンタッセルがぶら下がっているところにある席。

「あ、しまった」

「ギャハハハハ、入れすぎぃ」

私は、耳と目の機能を塞ぎながら、さらに呼吸まで浅くしていく。自分の命の影の色をどこまでも白に近づけていくのだ。学校のカーテンって、何か月に一回とか、きちんと洗濯してるのかな――こうしてカーテンの中に包《くる》まってみると、どの教室のどの場所にあるカーテンも同じくらい埃や黴《かび》を纏《まと》っていることがわかる。

だけど、本当は聞こえている会話を自分の世界に持ち込まないようにしている私には、カーテンは少し汚いくらいのほうがちょうどいいのかもしれない。あまりにきれいすぎると、その美しい白の中で、自分の狡《ずる》さが際立ってしまう。

「……うわ〜……気づかなかった」

カーテンの向こう側が、少し、静かになる。視覚や聴覚を失うと、その他の感覚が鋭くなるというのは本当みたいだ。クラスメイトたちの視線がカーテンの中にいる私に集まっていることを、目や耳ではない器官がはっきりと感じ取っている。

「もしもーし！　比呂美《ひろみ》ちゃん、音楽中ゴメンねぇ」

鍵のかけられた扉をノックするみたいに、カーテンの向こう側から、ある女子生徒が話しかけてくる。

「さっきのさぁ、聞こえてたぁ？」

ドクターペッパー、や、にがり、という単語をゴミみたいに吐き捨てていた人とはまるで別人のようだ。布一枚隔てただけで周りの会話が全く聞こえなくなるはずないとわかっているくせに、子どもに話しかけるような善人ぶったその声で、今更何をごまかせると思っているのだろう。

「うん」

「じゃあ内緒にしてねぇ」

「あ、うん……」

女子生徒が、カーテンの向こう側から遠ざかっていくのがわかる。私は、イヤフォンから流れ込んでくる音をどんどん大きくする。

そのとき、教室のドアが開く音がした。

「ちょっとぉ、みんなどこ行ってたのぉ〜」

足音とともに、新しい声が教室の中に交ざる。私は、両耳を押さえる掌《てのひら》にさらに力を込める。

「可奈子《かなこ》ぉ〜、お前の飲みたがってたドクターペッパー買ってきたぞぉ」

「え〜私あれ嫌いって言ってたじゃん」

「え？　そーだっけ……」

「んじゃあさ、ジャンケンしよ、負けたら罰ゲームで一気飲み！」

可奈子ちゃん、あなたがドクターペッパーを好きじゃないなんてこと、みんな知ってるよ。

それに、そのドクターペッパーにはにがりが入ってるよ。にがりの味がわかりにくくなるように、あそこの自動販売機の中から、ドクターペッパーが選ばれただけだよ。

耳を塞ぐ。目を閉じる。口を閉じる。体の中で生成された言葉は、出口を見つけられずに、迷路のように張り巡らされている血管をぐるぐると彷徨《さまよ》い続けている。

「最初はグー？」

可奈子ちゃん、そんな風に訊いたって、みんなそのまま最初はグーって出すわけないよ。可奈子ちゃんだけグーを出して、あとのみんなはパーを出すよ。紗衣《さえ》ちゃんがそういうふうに、全部決めたんだよ。はじめから、可奈子ちゃんが負けるように、可奈子ちゃんがにがりを飲むように仕組まれてるんだよ。

耳の手前で、音が千切れた。プレーヤーの充電が切れたらしい。

「じゃあ行くよ、最初は」

音楽を届けてくれないイヤフォンは、もうどんな音も防いでくれない。

四月なのに、新しいクラスになったのに、カーテンの匂いも、その中にいる自分も、何も変わらない。でも多分、ほんとうは、カーテンの外の世界だって何にも変わってない。

午後三時四十五分。あと、十五分。

席替えのときに、たくさんの運を使ってしまったのかもしれない。新しいクラスでの委員会の担当を決めるくじでは、大変だとうわさされている年間行事実行委員を引き当ててしまった。空き教室には、各クラスから運悪く実行委員になってしまった二人、計十六人が集められている。私のクラスの実行委員は、私と可奈子ちゃんだ。

今、私の左の席に座っている可奈子ちゃんは、ずっと、携帯をいじっている。「放課後つぶれるなんてショックぅ～」ついさっき、紗衣ちゃんたちにそうおどけていた姿と、小さな機械を凝視する今の姿は、どうしても重ならない。

黒板、机、椅子、窓、カーテン。空間自体はいつも過ごしている教室と同じ形をしているはずなのに、そこに集まっている人たちの関係性が希薄だと、まるで違う空気になる。

「先生は？」

何組の人なのかはわからないけれど、発言権を持っていそうな髪型をしている女子生徒が言った。皆、この委員会に対して特にやる気など抱いていないのだから、先生が仕切ってくれないと何も始まらない。

私はもう一度、壁に掛けられている真四角の時計を見る。午後三時四十八分。

今日は、委員会メンバーの顔合わせも兼ねて、五月のゴールデンウィークに行われる林間学校の係の分担を話し合うことになっている。本当は欠席を申し出たかったけれど、紗衣ちゃんがいない場所での可奈子ちゃんは私に対してとても強気で、委員会を休みたいなんてとても言い出せなかった。

開いていた窓から吹き込む風に、白いカーテンが膨らむ。四時までには、ここを出ないと――。

「この委員会の担当って誰？」

私の右隣に座っている男子生徒が、はーい、と手を挙げた。男子にしては長い髪の毛は、まるで一本ずつ別の意志を持っているかのように器用に波打っている。そのシルエットや制服の着こなし方を見れば、こういう場で自由に発言することができる生徒だということは誰だってわかるような人だ。

小栗真司《おぐりしんじ》。特に私のクラスでは、彼の名前と顔が一致する人は多い。

「とりあえず担当のセンセイ呼んでくればいいんじゃね？」

「あいつっしょ、学年主任の中村《なかむら》」小栗くんに、さっき「先生は？」と呟《つぶや》いていた女子が応じる。

「マジかあいつか～」

「お前いっつも髪切れ髪切れ言われてるよな」

茶々を入れてきた別の男子に、小栗くんが「るせ」とツッコミを入れる。私には、彼から発射された糸のようなものが、周囲の人をくるくると搦《から》めとっていく様子が見えた気がした。こういう場面でスムーズに会話を進めていく人たちは、言葉を発するたびに、彼ら彼女ら特有の糸のようなものを吐き出す。その糸は、限られた話者の口から口へと飛び移り続け、やがて、話者とそれ以外の人たちとを分断する壁を編み上げる。

「ジャンケンで負けたやつが呼んでこよーぜ」

小栗くんがそう言ったとき、左側に座っている可奈子ちゃんが一瞬、携帯を操る手を止めた。

あの日、ジャンケンに負けた可奈子ちゃんは大量のにがりが入ったドクターペッパーを飲み干した。そして、トイレから出られなくなり、次の授業を欠席した。

「え、全員でジャンケン？」

「いやもうこのへんだけでやっちゃえばいいっしょ」

私は、止まってしまった可奈子ちゃんの指を見つめる。去年までは、オレンジ色のネイルが施された形のきれいな爪たちが、高級なチョコレートのように整列していた。手先が器用な可奈子ちゃんに、ネイルを頼むクラスメイトもいた。

クラスが替わり、紗衣ちゃんが「オレンジって、私とちょっとかぶってない？」と指摘してから、可奈子ちゃんは爪に何かを塗ったり載っけたりすることをやめた。

「はいはい、ジャンケンするよジャンケン」

「めんどくせ。このままなくなればいいのに、委員会」

「はいはい、いくよー」

教室の中にいるほとんどの人が、自分は盛り上がっている一角の外側にいるということを認識しつつも、この空間の主導権を握っている彼らのジャンケンの行方に耳を欹《そばだ》てているのがわかる。私も、肉の色を透かせた可奈子ちゃんの爪を見ながら、意識の一部が彼らのジャンケンに引っ張られているのを感じる。

最初はグー。それは、紗衣ちゃんがよく使う魔法の言葉だ。口裏を合わせた手下たちと連帯して、そのときその場面でのターゲットを炙《あぶ》り出す、彼女だけが使える呪文。

「最初は」

声が重なる。私は、三人の拳が集まる場所を、目線だけで確認する。

「……は？　ウケんだけど」

女子生徒の声が落っこちていった空間に現れたのは、拳が二つと、ピースサインが一つだった。

「真司、何でお前チョキ出してんだよ」

「ハイ真司負け～バカ～」

「ハイ職員室行って中村呼んでこい～」

一人だけチョキを出した小栗くんは、面倒くさそうに「やっちまった〜」と立ち上がる。左隣の可奈子ちゃんは、何事もなかったように、携帯を操作し続けている。

「じゃあちょっと行ってきまーす」

仲間内だけでなく、教室全体に見えるように、小栗くんが右手をぷらぷらと振る。何人かが、よろしくお願いします、という気持ちを込めて、小さく頭を下げている。

例に漏れず、私もその動きに倣った。すると小栗くんは、私からは目を逸《そ》らさず、言った。

「早狩《はやかり》さん、早退するっしょ？」

「え？」

声を漏らしたのは、私ではなく、可奈子ちゃんだった。

「ほら、もう四時。出なくてぃーの？」

私の名前を知っていることとか、私が早退したがっていることがどうしてわかったのかとか、訊きたいことはたくさんあった。だけど、それよりも、教室中の注目を一身に浴びているこの状況から逃げ出したかったし、このタイミングで帰れることが本当にありがたかった。

「ごめん、私、用事あるから、帰るね」

可奈子ちゃんにそう告げたとき、彼女が忙しくタップしていた携帯の画面が見えた。

15：32【委員会終わったら駅前のカラオケ集合、２０６号室】

ずいぶん前に届いていたらしい紗衣ちゃんからのメッセージに、可奈子ちゃんは返事をしていなかった。

「ありがとう、さっき」

斜め前を歩く小栗くんには見えないだろうけれど、私は改めて頭を下げる。

「ぜんぜーん」

私は、周りの人たちから見て、小栗くんと一緒に歩いていると思われないように気を付ける。特に同じクラスの子には。

「でも、なんで私が早退したいって」

「いや、めっちゃ時計チラチラ見てたし――」

そこまで言うと、小栗くんは一瞬、言葉と足の動きを止めた。

「何？」

私は、横に並んでしまわないよう、その場に立ち止まる。

「あー、いや、なんでもない、ごめん」こっちの話、と、彼はまた先ほどと同じくらいの速度で歩き始めた。「これまでも早退してるとこ結構見てたし。この曜日、わりと帰ってること多くね？」

彼の言う通りだった。週によっては、最後まで授業を受けずに帰ることもある。

「……そうなの。ありがとう、助かりました」

「たいしたことないって」

階段を下りながら、小栗くんが答える。職員室も、昇降口も、私たちが目指すものはどちらも一階にある。

「紗衣もよく早退するからさ、バイバイ言いに行くと、けっこう見るんだわ、早狩さん帰るとこ」

紗衣。

私は、斜め前を歩く小栗くんの背中を見つめる。

この人と紗衣ちゃんが並ぶと、そこが学校のどこであっても、水飲み場でも階段の踊り場でも掃除道具入れの横でも、二人の舞台みたいになる。二人が付き合っているという事実は、紗衣ちゃんが操ることができる魔法の種類を、間違いなく増やしている。

「って、俺のことわかる？」

前を歩いていた小栗くんが、くるりと私を振り返った。髪が長いので、髪の毛が動く幅が他の男子よりも大きい。その範囲の違いは、その人から発される生命力の差を表しているようにも見えた。

「小栗くん。小栗真司くん」

私が答えると、小栗くんは、「ん、合ってる」と、また前を向いた。「俺だけ早狩さんとか呼んでてキモかったかなって思って」ずんずん前へ進んでいく小栗くんとは、そろそろ、進路が分かれる。

ここをまっすぐ進むと職員室、左に曲がると昇降口。

「……さっき」

私は、曲がってしまう前に、言った。

「ジャンケン、わざと負けてた、よね」

もう一度こちらを向くと、小栗くんは、「……ね……」と呟いたのち、あっ、と少しだけ目を見開いた。

「眠くてさ、なんか体動かしたかったから、ちょうどよかっただけ」

最初はグー、の掛け声で、口裏を合わせた仲間たちとパーを出す、紗衣ちゃん。

「じゃ、お疲れ〜」

最初はグー、の掛け声で、自分だけチョキを出して負ける、小栗くん。

私は、スクールバッグをリュックのように背負うと、午後四時を二分だけ過ぎた昇降口を裂くように駆け抜けた。


【ちっさいことでもいちいち集まるのめんどいので実行委員のグループ作りましたー】

【わざわざ話し合い必要ない系のことはココで】

【とりま前の委員会で決まったこと共有しときまーす】

林間、とシンプルに名付けられたグループのタイムラインに、ぽん、と画像が流れ込んでくる。タップしてみると、黒板の写真が拡大表示された。委員会で決まった、林間学校における係の分担についての表だ。私と可奈子ちゃんは、美化係を担当することになったらしい。どうせ使用する施設のゴミ拾いとかをするだけだろう。私はその係を引き当ててくれた可奈子ちゃんに心の中でお礼を言う。

委員会を途中で抜けた日の夜、可奈子ちゃんから連絡が来て、委員会のグループに招待された。【入っといて】可奈子ちゃんからのメッセージはそれだけで、私は【前は可奈子ちゃんだけ委員会に残しちゃってごめんね、ありがとう】と返した。可奈子ちゃんからの返信はなかった。私以外の実行委員のメンバーは、あの委員会の日にその場で連絡先を教え合ったらしい。

黒板の写真の端のほうには、小栗くんが写っていた。遠近法を使って、黒板に書いてある文字を食べているように見せたかったらしいが、なんだかよくわからないことになってしまっている。委員会のタイムラインは、その写真に対していた。【真司、スベってんなー】とか、そういうツッコミを入れられるようなほんの数人で成立していた。だけど、会話に入れなくたって、小栗くんのアカウント名が「スモールマロン」で、アイコンの写真が食べかけのモンブランということを知ることができただけで、私はラッキーだと思った。

だから、油断していた。

【美化係よろしく】

小栗くんが、グループのタイムラインではなく、私個人にメッセージを送ってくるなんて、全く考えていなかった。

黒板の写メをよく見ると、美化係の担当になったのは、私のクラスと小栗くんのクラスの委員計四名だった。どうしてその四人のグループを作るわけでもなく私宛なんだろう、と思いつつも、【よろしくお願いします】と返すと、【すげー俺サボり癖あるけどごめんね】と返事が来た。【私もだから大丈夫】と返すと、【ぶひぶひ】という返事とともに、ブタがＯＫマークを作っているスタンプが届いた。こんなふうに、キャッチボールが成立しているのかどうかよくわからないやりとりが展開されると、ぷつんとどこかで会話が切れてしまうこともなかった。

【早狩さんって紗衣と同じクラスだよね】

【うん。そうだよ】

【よっしゃ、ぶっちゃけ、あいつってクラスではどんな感じなの？】

【どんな感じって言われても……私、そんなに話さないから】

【らめぇ〜、そんなこと言わないで教えてぇ〜】

【でも、ほんとにそうだから。可奈子ちゃんのほうがよく知ってると思う、紗衣ちゃんのこと】

【とりあえず、あいつ、なんかちょっと女王っぽすぎね？】

【私はあんまりわかんないかも……人によってはそう見えるかもしれないけど】

【どっひゃあ〜】

やりとりするうちに、小栗くんは、クラスでの紗衣ちゃんのことをよく聞いてくるようになった。それは決して、好きでたまらない彼女のことをもっと深く知りたい、という文脈ではないような気がした。

美人だし、大人っぽいし、友達がすごく多くて、クラスのリーダーみたいな存在だよ——そう答えてあげるのは簡単だった。右手のいくつかの指を数センチずつ動かせばその文章を生み出すことができるし、事実、紗衣ちゃんは美人だし大人っぽいし友達がすごく多くてクラスのリーダーみたいな存在だ。だけど私はそうしなかった。だからといって、むきだしの真実を事細かに教えることもしなかった。

私は、嘘《うそ》もつかなければ、本当のことも言わなかった。そうしていればこのまま、小栗くんと、たまにちぐはぐにも感じられるメッセージのやりとりを続けられるような気がしていた。

そんな私の狡さを洗い出すように、久しぶりに雨が降った日のことだ。

下駄箱に仕舞っていたはずの私の上履きが、なくなっていた。

私は、大きな大きな掌で、心臓を真上から潰されたような気がした。誰にも言わないで、職員室でスリッパを借りた。四時間目の体育が始まる直前、体育館まで続く渡り廊下の屋根の上に上履きが投げ上げられているのを見つけるまで、私はスリッパのまま過ごしていた。

――可奈子ちゃんかな。

私は、屋根の上にある上履きのかかとを見上げながら、遠い天の上からまっすぐにそこを目がけて落ちてくる雨粒を受け止めながら、とても自然にそう思った。なんとなくそんな気がしたし、それで間違いないような気もした。白い絵の具に黒を混ぜたらグレーになる、とか、炒めた豚肉にキムチを混ぜたら豚キムチになる、みたいに、当たり前のことに当たり前のことが重なって起きた現象のような気がした。そして、今日がちょうどあの委員会から一週間、つまり自分が早退する曜日だということに感謝した。

教室の中の可奈子ちゃんは、いつもと変わらず、大きな声で笑っていた。それが本当に面白いことなのかはわからなかったけど、誰かの言うことに対して大袈裟《おおげさ》に手を叩いて笑っていた。

「じゃあ、早退します」

五時間目が終わったところで私がそう告げると、先生は「お母さんによろしくねー」と手を振った。結局その日、可奈子ちゃんは最後まで、私の足元を見なかった。

ビニール傘を差して、両耳にイヤフォンを装着して、通い慣れた道を聴き慣れた音楽で彩る。雨の音も聞こえなければ、冷たさも感じない。だけどビニール越しに弾《はじ》ける雨粒の全てが見えてしまうから、一歩踏み出すごとにどうしても、屋根の上で雨ざらしになっていた自分の上履きのことを思い出してしまう。

「バカ……」

可奈子ちゃんに向かってなのか、自分に向かってなのか、とりあえず呟いてみた言葉は、雨と雨の間に落ちてすぐに潰れた。

「ドジ、マヌケ……」

可奈子ちゃんとは去年、同じクラスで班も一緒だった。トイレに一緒に行くってほどではないけれど、それなりに仲の良い友達だった。学年が上がってクラスが替わると、少し見た目が派手で、少し声も大きめだった可奈子ちゃんは、紗衣ちゃんたちのグループに目を付けられた。

紗衣ちゃんのグループと可奈子ちゃんは、十メートルくらい離れて見ると、とても仲が良さそうに見えた。だけど、十メートルより近くで見ると、つまり同じ教室の中にいると、会話の中身が聞こえてしまうし、紗衣ちゃんたちが可奈子ちゃんにどんなことをしているのかもわかってしまう。

私はいつしか、可奈子ちゃんと距離を置くようになっていた。

可奈子ちゃんは、「校内でも目立つ存在である紗衣ちゃんのそばにいる」という事実だけを、私に見せつけようと必死だった。何をされても笑っていたし、何を言われても「やめてよー！」という受け答えでそのやりとりを冗談の範疇《はんちゅう》に引きずり込もうとしていた。新しいクラスで気が合う人を見つけられなかった私は、両耳をイヤフォンで塞ぎ、視界を白いカーテンで覆った。

「死ね、オタンコナス……」

誰に向けるでもない苛立《いらだ》ちは、ビニール傘を突き破ってどこかへ飛んで行ってくれるほどの力もない。

可奈子ちゃんは、私を許していないのかもしれない。もともとそれくらい離れていたかのような場所で身を潜めている私のことを、カーテンの中ですべてを聞き取り、感じ取りながら何もしてこなかった私のことを。それどころか、紗衣ちゃんの彼氏と言葉を交わして浮足立っている私に、紗衣ちゃんたちが持っている何か尖ったものの行く先を定めさせようとしているのかもしれない。

紗衣ちゃんの彼氏とのやりとりを、暗記してしまうほど何度も何度も読み返している私に。

そこまで考えたとき、左側から、何かが傘にぶつかった。

「ゴメッ……あ」

振りむくとそこには、美人で、大人っぽくて、友達がすごく多くて、その友達にいろんなことをさせている女の子が立っていた。

【美化係よろしく】

紗衣ちゃんだ――そう思った瞬間、私の頭の中に蘇《よみがえ》ったのはなぜか、小栗くんから私だけに届いたメッセージだった。

「…………」

シャッフル設定にしているプレーヤーが、最近特にお気に入りのバンドの曲を流し始める。

「…………」

紗衣ちゃんは、私の左側からなかなかいなくならない。

「…………」

ローファーの中の爪先が、どんどん湿っていく。

これまでの私だったら、きっと、紗衣ちゃんが自分を追い抜くのを待つか、自分からさりげなくスピードを緩めて紗衣ちゃんの視界から消えるか、不自然なほど早歩きをして距離を置くか、とにかくなるべく紗衣ちゃんに関わらない行動を選んでいたと思う。

だけど、今日の私は、今までの私とは少し違う。

【よっしゃ、ぶっちゃけ、あいつってクラスではどんな感じなの？】

「……え？」

紗衣ちゃんの口が、少し動いた。

「ごめんっ、今、聞いてなかった、ごめん何？」

私は慌てて、片側のイヤフォンを外す。紗衣ちゃんの視線は、私というよりも、私の着けているイヤフォンに注がれている。

「あ、今聴いてる曲？　あ、RADWIMPS……です」

「ふーん」

紗衣ちゃんは進路を見つめたまま、「他には？」と続ける。横から見ると、まつ毛が長いことと、肌がきれいなことがよくわかった。

私は、話しかけてきたわりに愛想がないな、と思ったけれど、あ、と何度か言ってしまったこととか、最後に、です、を付け加えてしまったこととか、そういうちょっと情けない自分の残響がすごく恥ずかしかった。いざ紗衣ちゃんを前にすると、いつも通りのリズムで話すことができないほど焦っている自分がいる。

「最近聴くのは相対性理論とか9㎜とか……」

「へー。他には？」

歩くたび、紗衣ちゃんのスクールバッグに付いている猫のぬいぐるみが揺れる。これは多分、紗衣ちゃん以外の女の子が付けても、きっとここまでかわいく見えない。

「あ、うん、andymori、かまってちゃん、アジカンとか……古いのも聴くよ、はっぴいえんどとか来生《きすぎ》たかおとか」

「……だいたい好きかも」

好き。

春色の唇から零れ出たその言葉を、私の耳はうまくキャッチしてくれなかった。それはまるで、ラムネの入った瓶の中にあるビー玉みたいだった。絶対に触れられないと思っていたから、ころんと手元に転がってきたとしても、どう扱っていいのかわからない。

「くるりは？」

「あ、もちろん大好き。へー紗衣さんそういう音楽聴くんだ？　知らなかったぁ」

いつもはそうならないのに語尾がだらんと伸びてしまうし、どうしても、あ、という無駄な声を発してしまう。頭の中で普段そうしているように、紗衣ちゃん、とは呼べないことも、恥ずかしいし悔しい。

可奈子ちゃん、小栗くん、紗衣ちゃんの仲間たち。いろんな人の顔が、ビニール傘の内側に張り付くようにして蘇る。きっと、皆、教室で一番きらきら輝いている紗衣ちゃんのことがすごく好きで、同じだけ嫌いなんだ。

「クラスじゃあんま、音楽の話できる人いないから」

そっか、と相槌《あいづち》を打ちながら、私は、脇の下を少し開けた。外気に触れた汗が、体の温度を下げる。

紗衣ちゃんは、中心だ。紗衣ちゃんがいると、それがどこであっても、彼女の足の裏がくっついている場所が世界の中心にならざるを得ない。周りが、紗衣ちゃんを中心に秩序が整った世界に合わせるしかなくなる。彼女がしていることが間違っていたり、言っていることがおかしかったりしても、そんなことは関係ない。誰がどう見ても一番輝いているのは紗衣ちゃんなのだから、仕方がない。

そういう人は、いる。きっとどの学校にもいる。私のクラスの「そういう人」が、紗衣ちゃんだったただけのことだ。

「……あ、くるりといえば」また、あ、と言ってしまった。「インディーズ時代の『もしもし』の音源持ってるよ」

「えっうそ何で？　限定千枚でしょ？　聴きたい聴きたい！」

紗衣ちゃんは、教室で聞くよりも少し子どもっぽい声で、体を少しだけのけぞらせた。私は左耳に、紗衣ちゃんは右耳に、イヤフォンを一つずつ着ける。

コードが短いから、私と紗衣ちゃんの肩が少しだけくっつく。日常的に可奈子をいじめている女子グループのリーダーと、今こうして肩をくっつけ合っている音楽好きの女の子が同一人物だなんて、私は全然思えなかった。

いつもは、白くて大きなカーテンの中、ひとりで聴いていた音楽が、ちょうど半分ずつ、黒くて細いコードの中を分かれて進んでいく。

「いいね」

紗衣ちゃんが笑ったので、私も笑った。それは朝だから太陽が昇るといったような、自然の摂理に則《のっと》った連動のような気がした。

きっと、紗衣ちゃんの近くにいる人たちもそうなんだ。私は、くるりの奏でるゆったりとしたリズムに酔いながら思う。彼女が最初はグーでグーを出さないから、同じようにグーを出さないだけだ。善悪の判断を麻痺《まひ》させる輝きに、歯が立たないだけだ。

もしかしたら、紗衣ちゃん自身もそうなのかもしれない。誰よりも目立つ容姿に恵まれてしまったから、普通にしているだけで女子のヒエラルキーのトップに立ってしまうから、そんな自分に応えるために可奈子ちゃんや周りの女子たちを――

「……そーいえば、毎週早退してるじゃん」

紗衣ちゃんのきれいな声は、私の思考の電源を抜く。

「何で？」

「あ、うん、今、お母さんが入院してて、着替えとか持っていくんで」

気を付けていてもやっぱり、あ、と言ってしまう。「ふーん」引き潮のように、紗衣ちゃんの表情から私への興味が薄れていくのがわかる。

「……あの」

続く言葉は何でもよかった。どうして早退してるの、でも、他にどんな音楽が好きなの、でも。ただ、まるで友達みたいに名前を呼べるチャンスなんて、今しかないような気がした。

「紗衣さ……ちゃん」

「あれ」

決して私の呼びかけを拒否したわけではなく、自分の感覚のつぼみが開いたことに抗《あらが》えない様子で、紗衣ちゃんが空を見上げた。

「やんでる」

紗衣ちゃんの傘が、左に倒れる。

「あ……」

私も、傘を、右に倒す。

「虹だ」

重なった二人の声が、ビニールに遮られることなく、空に架かる橋へと昇っていく。


【今日、紗衣ちゃんも早退してたよ。帰りに会った】

病院に着くと同時に、私は小栗くんにメッセージを送った。もしかしたら二人で早退してデートしてるのかも、とも思ったけれど、紗衣ちゃんと会話をした、しかも音楽の趣味が合ったことによる高揚を一人では抑えきれなかった。

「お母さん、着替え」

下着、着替え、枕の高さを調節するためのタオル。私が差し出すものを、お母さんはいつも通り「ありがとう、助かるわー」と受け取る。置き時計の電池、爪切り、耳かき、手鏡。次に来るときに持ってくるようにお願いされていたものを、はい、はい、と一つずつ見せては棚の中に片付けていく。お母さんからは「循環器系が悪くなっちゃったみたいよ」と入院の理由を説明されたけれど、退院の時期を含めて、何だか情報があまり明確じゃない。

「ごめんね、迷惑かけて」

お母さんの両目に映る私は、鏡に映る私よりもずっと幼い。私は思わず、隣のベッドに視線を逸らした。今日はお見舞いに、小学生の孫が来ているみたいだ。隣のベッドには、八十を越えているだろうか、白髪がきれいなおばあさんが臥《ふ》している。長く入院している間に、認知症を発症してしまったらしい。

「次おばあちゃんだよ、たんすの、す」

「す、す……すいか」

「からす、はい、また、すー」

「しりとりって、ボケ防止にいいんだって。お孫さんが来たときはいつもああしてる」

私の視線の先を追っていたお母さんが、小声で教えてくれる。

「持って帰るものある？」

そう尋ねると、「このへんお願いしようかな」と、お母さんがビニール袋を差し出してくる。中には、さっき渡した分と同じくらいの、下着、着替え、タオルが詰め込まれている。今日は、帰ったらまず洗濯をしたほうがいいだろう。

「比呂美は大丈夫？　ご飯ちゃんと食べてる？」

うん、と頷くだけで私が何も言わないので、お母さんも、「そう」と頷くしかない。

今まで、父親がいないということを寂しく感じたことはなかった。授業参観も、運動会のプログラムにあった父兄参加型の競技も、お父さんの仕事を調べるという宿題を出されたときも、一度だけグッと息を止めるように心を握りしめれば、それで大丈夫だった。だけどお母さんが家にいない今は、一人でお風呂の掃除をしているとき、掃除機のプラグの差込口を替えるとき、炊飯器の中に微妙な量のご飯が残ってしまったとき、そんななんてことない小さな瞬間ごとに、お父さんがいたら、もう一人家族がいたら、と考えてしまう。

す、す……スズメ。眼鏡《めがね》。猫。コアラ。らっこ。

聞こえてくるしりとりをBGMに、私は携帯を手に取る。お母さんのお見舞いに来ても、口を開けけば寂しいとか一人で食べるご飯はおいしくないとかそういうことを言ってしまいそうになるから、結局、あまり会話ができない。

【たまげた、今日一緒に帰るつもりだったのに。何も知らねえや俺】

「たまげた？」

小栗くんから届いていた返事を、思わず小さな声で読み上げてしまう。小栗くんはやっぱり、言葉の使い方が独特だ。

「たまげた？　何が？」

お母さんがクスクス笑っているけれど、私は「友達から変なメール来て」とごまかす。男の子の話は、まだ、お母さんときちんとしたことがない。

なすび。ビー玉。マンモス。すみれ。レンズ。背後で交わされているしりとりのペースに後押しされるように、私は返事を送る。

【紗衣ちゃんから何も聞いてないの？　けんかでもしてるの？】

すぐに、返事が来る。

【ノーノーノー。向こうが勝手に機嫌悪くなるっていういつものパターン。原因謎】

【女の子だから、わけもなくイライラしてるときもあると思う。許してあげて】

【てってれ〜！】

また、変な言葉が届いた。自分の頬《ほお》が緩むのがわかる。らくだ。ダンス。すもう。梅干し。鹿。てってれ〜って、一体何なんだろう。

【何それ（笑）てってれ〜？】

【レレレのレ〜。俺と紗衣、お別れの危機なのれす〜】

今度はレレレのレ〜だ。髪の毛。毛糸。友達。ちくわ。ワニ。それくらいは私も知っているけれど、何でここでバカボンなんだろう。

ニンジン……ジュース。あ、おばあちゃんずる〜い。すもも。もぐら。ラッパ。

「あ」

私は、一人きりの夜じゅう何度も何度も読み返した、小栗くんとのこれまでのやりとりをもう一度辿《たど》る。

【うん。そうだよ】

【よっしゃ、ぶっちゃけ、あいつってクラスではどんな感じなの？】

【どんな感じって言われても……私、そんなに話さないから】

【らめぇ～、そんなこと言わないで教えてぇ～】

誰もいない家の中で小栗くんとのやりとりを読み返していると、まるで、小栗くんが耳元で私に話しかけてくれているみたいだった。


【でも、ほんとにそうだから。可奈子ちゃんのほうがよく知ってると思う、紗衣ちゃんのこと】

【とりあえず、あいつ、なんかちょっと女王っぽすぎね？】

【私はあんまりわかんないかも……人によってはそう見えるかもしれないけど】

【どっひゃあ～】

こたつ。机。絵の具。グミ。みかん。あー、おばあちゃん、ん、付いた、ダメなんだよお、今日はおばあちゃんの負けだ～。

「どうしたの、比呂美」

携帯を握りしめたまま動かなくなった私に、お母さんが声をかけてくれる。おばあちゃん、またすぐ来るからね。そう言う女の子のかわいい声が、私の耳のすぐそばを通り過ぎていった。

その日の夜、私は、頭までかぶった布団の中、両手で携帯を抱えていた。

0：52【小栗くん、起きてる？】

0:52【るんるんテンション高く起きております】
0:52【る、はやっぱり難しいよね。そう思って、わざと「起きてる?」って送った】
0:53【は?! え!? もしかして気づいてた!?】
0:53【あ、しりとりじゃなくなった(笑)】
0:53【なんだよ~気づいてたなら言えよ~】
0:53【(笑) 気づいてたっていうか、今日気づいた。レレレのレ~のとこで】
0:54【マジか。やっぱアレ無理あったか。つーか気づかれたの初めて、すっげ】
0:54【てってれ~とかも相当無理あったよ。ていうか、何でこんなことしてるの?】
0:54【なんか最近観たゾンビ映画であったんだよ、しりとり】
0:54【ちょっとよくわかんないです】
0:54【人間かゾンビかどうか確かめるためにしりとりすんの。ちゃんとできたら人間、できなかったらゾンビ、みたいな】
0:54【ふうん】
0:55【あ、全然興味ねえな】
0:55【そんなことないよ】
0:55【なんかおもしれーなーってなって、一人でこっそりやってたんだよねー。自分だけ映画の世界に紛れ込んだ感じして、けっこうわくわくすんだぜー】
0:55【小栗くんってゾンビ映画とか観るんだね。なんか意外】

0：55【今度おれんちで一緒に観よっか（はぁと）】
0：57【（笑）】
0：57【（笑）でごまかすなよー】
0：57【あんなにかわいい彼女がいるのに罰が当たるよ（はぁと）】
0：57【なんか最近機嫌わりーしあいつのことはもうよくわかりません（はぁと）マジでそろそろダメかも。女王すぎて疲れてきちった】
0：58【けんか続いてるんだね】
0：58【まー、いつものことだけど】
0：58【そっか】
0：59【つーか、紗衣は気づかなかったな、一回も】
0：59【何？】
0：59【俺がしりとりしてるってこと】
0：59【紗衣ちゃんにもしてたんだ】
0：59【してた。けっこうずっと。早狩さんなんてすぐ気づいたのに】
1：00【普通気づかないよ（笑）】
1：00【でも早狩さん気づいたじゃん】
1：00【うん、まあ】
1：01【何で気づいたの】

1：01【もう一時だね】
1：02【何で気づいたの】
1：02【そろそろ寝なきゃ】
1：02【何で気づいたの】
1：13【毎日、何回も読み返してるから】
真夜中。たった一人、自分しかいない家。頭までかぶった布団の中、小栗くんから届くメッセージを表示してくれる携帯の画面は、私を照らしてくれる唯一の光だった。

体育のバレーボールで、サーブを二回ミスしたから――これだけの理由で、可奈子ちゃんがグループ全員分の数学の宿題を押し付けられているとき、そのメッセージは届いた。

【紗衣と別れた】

「え～あたし数学苦手なんだけど～！」

音楽、イヤフォン、カーテン、あらゆるもので五感の壁を作ってみても体内に侵入してくる可奈子ちゃんの明るい声。それをどうにか拒絶したくて、教室のカーテンの中でプレーヤーの音量を上げていた私は、携帯の画面に表示された小さな文字列の意味をすぐに理解することができなかった。

そして、どう返事をすればいいのか考えあぐねていると、すぐに次のメッセージが届いた。

【一人で読んだら怖い系のメール来たから一緒に背負って。ハイ】

そのメッセージには、写真がいくつか添付されていた。私はひとさし指の腹でそっと、その画像を拡大する。

——別れるなんてひどい。そんなこと言われるなんて思ってなかった。最近はちょっと生理が重くて機嫌が悪かっただけ。あたしは別れたくない、っていうか絶対別れない。あたしは真司がいないとダメなの。本当はわかってるくせに。

「可奈子、数学得意って言ってたじゃん。ほんと助かる、いつか恩返しさせてね」

——真司からもらった猫のぬいぐるみ、今でも大切にかばんにつけてるよ。今日も真司だと思って行ってきますのチューした。ゲーセンであれ取ってくれたとき、かわいい紗衣にはかわいいぬいぐるみが似合うって言ってくれたじゃん。ＵＦＯキャッチャー、二回目で取れたのかっこよかったよ。あたしそういうの全部覚えてるよ。学校でもどこでもいいから真司に会いたい。あたし真司がいないと生きていけない。

「ね、紗衣の言うとおり。うちら可奈子が友達でほんとよかったぁ」

カーテンが風に揺れる。私は、両耳からイヤフォンを外す。

耳から注ぎ込まれる世界と、目から入り込んでくる世界が、どうしても一致しない。私は、中身がまるで違う二つの地球儀が、この小さな校舎の中でくるくる回っているような感覚を抱いた。

紗衣ちゃんと、小栗くんが、別れた。

「じゃあ、けってーい。可奈子、提出忘れたらマジ承知しないからね～」

紗衣ちゃんの仲間の声が聞こえる。小さな校舎の中にある小さな教室の中の女王様は、その教室の隅のカーテンの中にある小さな携帯の画面の中で、大きな絶望に打ちひしがれている。

紗衣ちゃんと、小栗くんが、別れた。

私は、その事実により自分の心がどう形を変えるのか、まだわからなかった。いや、まだわからない、というふりを自分に対してすら創り上げていて、本当はずっとずっと前からわかっていた。

紗衣ちゃんと、私の好きな人が、別れた。

「早狩さん」

とん、と、カーテンの一部分だけが凹《へこ》んだ。

「入っていい？」

雨の中で、一音もこぼさないようにと必死に聞き取った、美しい声。

紗衣ちゃんが、指の腹でとん、とん、とカーテンを突いている。私は、ついさっき画像を拡大したときの自分と同じ動作だ、とぼんやり思った。

「今日は何聴いてるの」

私が返事をする前に、紗衣ちゃんがカーテンを開く。白い布が太陽の光を反射して、紗衣ちゃんの整った顔を明るく照らした。

きれいだなあ。私は、満開の花を見たときのように思う。

紗衣ちゃんの背後に広がる教室の風景は、小栗くんから届いたメッセージを読む前と、特に何も変わっていない。それは当たり前なのに、すべてが様変わりしているべきだとも思った。

「何聴いてるの？」

「……あ、ネットで落とした映画のサントラ」

可奈子ちゃんをいびることに飽きたらしい女子たちは、手鏡を片手に前髪を直したりと忙しそうだ。教室に、可奈子ちゃんの姿はない。一人でトイレにでも行ったのかもしれない。

「サントラ？　そういうのも聴くんだね」

外していたイヤフォンの片方に、紗衣ちゃんの手が迫る。細くて長い指が、きれいに塗られたオレンジ色のネイルが、ゲームセンターにあるＵＦＯキャッチャーのアームのように、私のイヤフォンを捕獲する。

「紗衣ちゃん、あの」

私は、プレーヤーの一時停止ボタンを押した。イヤフォンから漏れ聞こえていた音楽——小栗くんが好きなゾンビ映画のサウンドトラックのメロディが、途切れる。

「何？」

このイヤフォンは、コードが短い。

「ねえ、早狩さん」

だから、紗衣ちゃんと私の距離は、とても近くなる。

「可奈子から聞いたよ」

ただの冷たい無機物になったイヤフォンを机に落とすと、紗衣ちゃんは言った。

「委員会、真司と二人で抜け出したんだってね」

この教室の女王様としての誇りを詰め込んだ宝玉みたいな声は、私の耳の管を簡単に通過し、心臓の真ん中まであっという間に転がり抜けた。

ふう、ふう、と、スプーンで掬《すく》った一口分のおかゆを冷ます。背後から、「味濃いめがいーなー」小栗くんの子どもみたいな声が飛んでくる。はーいー、とお母さんみたいな返事をしながら、私はスプーンを口に含む。熱い。熱すぎてよくわからなかったけれど、ちょっと味付けが薄いかもしれない。私は薄口しょうゆと鰹節《かつおぶし》を少しずつ、鍋に追加していく。

明日から林間学校だっていうのに、小栗くんは風邪を引いたらしい。【死ぬー】【助けてー】【親どっちも仕事でいねえー】【看病してー】【おかゆつくってー】朝起きたら五通もメッセージが届いていて、私は思わず笑ってしまった。林間学校が始まる明日は憲法記念日なので、その前日の今日は振替休日になっている。先生も生徒も、今日中に林間学校の準備をするのだ。

9：21【おうち行っていいの？】
9：22【来てくんないと死ぬー】
9：22【わかった、住所とか最寄り駅とか教えて。お昼ご飯作りに行く】

小栗くんの家は、うちから電車とバスを使って三十分くらいだった。そこまで遠くはない。台所にあるものを勝手に使っていいかわからなかったので一応スーパーに寄ったけれど、お米、塩、卵、しょうゆ、鰹節、人の家に行くのにどれも改めて買うこともないようなものばかりだったので、結局ポカリスエットだけ買った。

レジでおつりをもらい、スーパーを出る。たくさんの商品や人から解き放たれて、一人になる。

そこでやっと、心臓の鼓動が自分の行動に追いついた。

私は今から、小栗くんの家に行く。休みの日に、一人で。いよいよあとは家に行くだけ、という段階になると、直視しないようにしていた事実だけが、私の前にどんと立ちはだかった。私は、あっという間に全身を呑《の》み込もうとする緊張感に負けないよう、知らない街並みをいつもより大股で突っ切っていった。

「おーマジで来てくれたー！」

パジャマ姿の小栗くんは、髪の毛が寝ぐせでわしゃわしゃしていることもあって、中学生くらいに見えた。ドアの前で立ち尽くしている私に対して「ありがたやありがたや」とまるで仏像を拝むみたいに手を合わせると、そのまま散歩から帰ってきた室内犬を迎え入れるように簡単に私を家にあげた。「朝測ったら三十七度台だったんだけどさー親すぐ仕事行っちゃうしさー」額に冷えピタを貼り、わかりやすく病人らしいその格好が、小栗くんを精神的に病人らしくしているようにも見えた。

「はい、どーぞ」

両手がお盆でふさがっているので、私は足で小栗くんの部屋のドアを開ける。本当は窓を開けて籠った空気を入れ換えてしまいたいけれど、小栗くんっぽい匂いをもう少し嗅《か》いでいたい気もする。

「うおーありがとーマジで助かるっす」

小栗くんがまた、拝むポーズをする。今度は私ではなく、おかゆを拝んでいるらしい。

「ちょっと味濃すぎかも」

「うめえー！」

はふはふと忙《せわ》しなく動く口から、白い湯気が立ち上っている。「ちょうどいい！」「生き返るぜ〜」食べたり喋ったり感謝したりを繰り返す小栗くんに、私はポカリスエットを差し出す。二リットルのペットボトルはとにかく持ち運ぶには重くて、ずっと柔らかいままだった私の決心は何度もぺしゃんこに潰されかけた。

「どうするの、美化係。小栗くん、リーダーじゃん」

最後の一粒を掬ったスプーンを舐めると、小栗くんは「どうすっかなあ」とげっぷをした。

「治れば行くけど、治んなかったら……早狩さんリーダーよろしく」

「もー、ほんとにいやなんですけど」

お願いお願い、と、小栗くんがすり寄ってくる。その体はとっても熱くて、とても三十七度台とは思えない。

ベッド、テレビ、プレステ、本棚、勉強机、かばん立て。小栗くんの部屋は、思っていたよりもシンプルだった。男の子の部屋ってもっと、漫画やアニメに出てくるみたいにいろんなものがあちこちに散らばっているのかと思っていたけれど、これならお母さんが入院したばかりのころのうちのほうが汚かったかもしれない。

おかゆを食べ終えた小栗くんは、すぐにベッドに寝転んだ。私はどこにいていいのかわからず、とりあえず小栗くんが寝ているベッドを背もたれにして、床に直接腰を下ろす。

私の頭のすぐ後ろに、寝転んでいる小栗くんの顔がある。

「紗衣ちゃん」

目が合わない今なら、言える気がした。

「に、看病してもらえばいいのに」

「だーかーら、別れたんだって」

間髪容れずに、小栗くんが言葉を繋いだ。だから私も、迷いが生じる前に訊いた。

「何で別れちゃったの？」

ベッドに寝転んでいる小栗くんと、ベッドにもたれて座っている私。二人の声は別の方向に放たれているのに、不思議と、結局同じ場所に落下している気がした。

「なんか、いじめたりしてるっしょ？　同じクラスの人とか」

ゴホ、と、小栗くんが咳《せき》をする。

「告られたから付き合っちゃったけど、そういうやつって知らなくて俺。見た目に騙《だま》されたっつーか」

ずるずる、と、小栗くんが洟《はな》を啜《すす》る。

「確かに高校なんて毎日つまんねえけどさ、そういうごまかし方ってなんかかっこわりいじゃん」

「そっか」

二人きりだから、どちらかが話さないと、音が消える。ゴホゴホ、とか、ずるずる、だけでは、私の心臓の音はごまかしきれない。

「ねえ」

何か音を出さなければ——私は、目についたものを指した。

「あれって、前言ってたやつ？」

しりとりの、と続けると、「そうそう」小栗くんが背後でごそごそと動いたのがわかった。ベッドの上で、上半身を少し起こしたみたいだ。私が指す壁には、私の知らない映画のポスターが貼られている。ゾンビ化したたくさんの人たちが両手を広げてこちらに向かってくる構図の、おどろおどろしい雰囲気のポスター。

「おもしれーんだぜ、あれ。超パニックで超刺激的」

観たことある？　と訊かれたので、ない、と答える。今度一緒に観よ、と言われたので、うん、と答えた。

うん、と、あっさり答えてしまった。

「しりとり、何で真似しようって思ったの？」

床に投げ出しているふくらはぎが、フローリングの板に触れて少し冷たい。「え〜？　う〜ん」と唸ったあと、小栗くんは自分自身に確かめるように言った。

「なんか、願掛けみたいな感じ？」

ゴホゴホ、と、小栗くんが放つ咳が私の首の裏あたりに降りかかる。唾が飛んだ気がしたけれど、不思議と、全然嫌じゃなかった。

「願掛け？」

「そー。なんか、あの真似してれば、俺のつまんねー毎日もあの映画みたいに刺激的になるかもーって」

バカみたいだけど、と、小栗くんが付け足す。そして、ぐっぐっ、と喉で音を鳴らしながら、何粒かの錠剤をポカリスエットで飲み下した。ふう、と息を漏らしたということは、またベッドに寝転んだのかもしれない。

私は、小栗くんの動きを背中で感じながら、小さな声で言った。

「全然バカみたいじゃないよ」

教室の中の女王様も、その周りで最初にパーを出すしかないあの子たちも、各クラスから集められた委員会をすぐに仕切ることができる人たちも、皆、本当はどこかが少しずつ満たされていない。だけど、欠けている場所が全員違うから、どうしたって、パズルのピースは上手に組み合わさらない。その中でどうにかして生き延びるために手を伸ばしたものが、教室内にいる自由にいたぶることができる格下の存在ではなくて、映画の中で繰り広げられていたしりとりだったあなたのことを、私はバカだなんて思わない。

それどころか、私は、そんなあなたのことが、こんなにも好きだ。

「ねえ」

ベッドの上から、小栗くんの声が降ってくる。

「ねえねえ」

「何」

「チューしよ」

「風邪うつるからダメ」

私は振り返らずに答える。

「それに、一緒に林間学校休んだら、紗衣ちゃんになんて言われるかわかんないもん」

連休に入る直前、くじ引きで、林間学校の班が決まった。きっと、紗衣ちゃんは何か細工をしていたに違いない。紗衣ちゃんの班のメンバーは、いつもの手下が数人と、私だった。

比呂美ちゃん、よろしくね――紗衣ちゃんはそう言って、私に握手を求めてきた。私はこのとき、ターゲットが、可奈子ちゃんから私に移ったことを悟った。

「ちぇ～」

きびしーなぁとかなんとかぼやくと、小栗くんはスプリングを軋ませながらまたごそごそと動いた。誰のせいでこんな面倒なことに、くらいのことは言ってやろうとベッドのほうを向くと、

「隣おいで」

ベッドの奥のほうに寄った小栗くんが、布団をぱっと開けて私のことを待っていた。

「…………」

「なんもしないって。チューもしない」

「……ほんと？」

「ほんとほんと。風邪うつしちゃ悪いし」

おかゆまで作ってもらったのに、と、小栗くんが笑う。

小栗くんが笑うと、私は、その輝きにずっと、照らされていたくなる。これは、自然の摂理とかではなくて、この星で私だけに搭載されている特別プログラムのような気がした。

「私、毛濃いよ」

私は、顔だけじゃなくて、体もベッドのほうに向けた。

「たまに、フケとか、出るよ」

「別にいいよ、そんなの」

小栗くんが、私の腕を握る。

「そんなの、別にどうでもいい」

小栗くんのベッドに手を突く。スプリングが思ったよりも柔らかくて、ぎしぎしと音が鳴る。

「おいで」

小栗くんの家に来てから、どこにいても何だか落ち着かなかった。使い勝手のわからないキッチン、どこに座っていればいいのかわからない部屋。だけど、このベッドだけは、ただ寝転ぶだけで全身の神経が電源を切ってしまったみたいに落ち着いた。

小栗くんが、私の体に布団をかけてくれる。

「……あったかい」

「な」

イヤフォンなんかなくったって、こんなにも傍《そば》に近寄ってくれる人がいる。自分の小さな体が、小栗くんの体温にあっという間に溶かされてしまいそうだ。

「狭いね」

「ああ」

「でも、サイズぴったり」

「だな」

「小栗くん、私ね」

二人並んで、天井を見上げている。

今、私はきっと、見上げた天井の向こう側にある空、さらにその向こうにある宇宙や別の星まで、ぜんぶぜんぶ見えている。

「今、人生で一番楽しいかも……」

真上に放ったはずの声が、真っ先に、自分の耳の中に染み込んできた。

「世界が、このままでもいいかもって」

「それはダメ」

小栗くんが、布団を頭の上までがばっと引き上げる。

「きゃあっ」

「比呂美が林間学校から帰ってきて、俺が風邪治って、チューしなきゃだから。このままはダメ」

わかった、わかったって、と私が布団を下げようとしても、男の人の力にはかなわない。静電気でぼさぼさになった髪の毛が、乾燥気味の肌に張り付く。

私は、布団の中で目を開けた。何も見えないけれど、迷うことなく小栗くんと手を繋ぐことができた。

「ねえ」

「何」

「教室のカーテンって、臭いの知ってた？」

「はあ？」

「臭いの。埃と黴で。あれ全然洗ってない、多分」

なんだそれ、と、暗闇の中で小栗くんが笑う。

「私、よく、カーテンの中にいるんだ」

自分の息が、すぐに水蒸気になって、布団に染みていく。

「何で？」

「見たくないものとか、聞きたくない声とか、教室にいっぱいあるから」

最初は、パー。可奈子ちゃんの爪の色。

「だけど、この中にいると、見たいものしか見えないし、聞きたい音しか聞こえない」

私と小栗くんだけを包み込んでいる空間。二人の心臓の音。

「白い布の中にいるのはおんなじなのに、全然違う」

自分は今、五感をぜんぶ、このたったひとつの繭の中に預けることができている。

こんな場所があるならば、私はきっと大丈夫だ。

「私、がんばる、明日から」

「ん？」

小栗くんが、布団の中で私のほうを向いたのがわかる。

「林間学校、紗衣ちゃんと同じ班なの」

「うっげえ、マジかよ」

「でも、大丈夫」

私は、繋いだ手に力を込める。このまま、真っ暗な中で輪郭が溶け合って一つの掌になってしまえばいい。

「帰ってきたら、またここに来るね」

明日から、林間学校だ。

CHECK 17

［感想戦］

十七歳の繭

――お疲れ様でした。

お疲れ様でした。私、この小説、もっと褒められたいんですよ。というのも、勝手に、いただいたルールをもっとガチガチに厳しいものに脳内変換していたんですね。世界観を踏襲、という言葉を見たとき、私は「漫画の中に出てくるシーンやセリフをたくさん使ったほうがいいよね！」「漫画の中の情報と絶対に矛盾してはならぬ！」とひとりでフンフン鼻息をふかしまくってしまい、その結果、そこまで費やさなくてもよかったっぽいパワーをかなり費やした記憶があります。

解説する場がどこにもなかったので、褒められたいがために今になって自分で説明します。内容は、漫画でも映画でも重要なキャラクターである女子高生・比呂美の前日譚《たん》です。主に3巻の32話〜33話、4巻の37話、13巻の153話、16巻の183話、このあたりのエピソードを参考にしながら、比呂美とその恋人である小栗真司の話を組み立てていきました。同じ学校に通う彼氏との日々を、『アイアムアヒーロー』の世界が始まってしまう前日まで、という寸止め感で書いているわけです。『アイアムアヒーロー』を未読の方のために言うと、比呂美は林間学校の地でゾンビに襲われます。小栗くんとはもう会えません。

3巻、4巻、13巻の該当箇所では、漫画の中のセリフやシーンの流れを小説の中に組み込めるように尽力しています。ほら！　もう尽力したとか自分で言い出しちゃったよ！　誰かお願い！　該当箇所と小説を読み比べてみて！　そして「漫画の中のセリフやシーンを小説の中に組み込めるように尽力してるな〜！」って褒めて‼

漫画の中では彼氏の呼び方が「小栗くん」「真司くん」と揺れているのを小説の中で勝手に統一していいものか悩んだり、比呂美の一人称も「わたし」「あたし」の二種類があったのでそれも同じように悩んだり……とにかく漫画の世界観をいかに踏襲できるのか、細かな点に配慮しながらこの小説を書き終えた日、私はあることに気づきました。

——比呂美の学校、もしかして女子校では？

その瞬間、私は「この小説は、パラレルワールドでの出来事ということで」と、担当編集者へメールを打っていました。

CHECK 18

2015年3月α

発注元

朝日新聞

あさひしんぶん

【お題】

食にまつわる書き下ろしコラム
全五編

CHECK
18

使用媒体

朝日新聞別刷り「be」

発注内容

●「食べ物」や「食べること」にまつわる思い出や考えを記したコラム。
●「食」を通じて作者の人柄や日々の暮らしをうかがい知ることができる文章を希望。
●一回分の分量は「15字×69行」。基本的には各回読み切りで、全五回。

［タイトル］

作家の口福

START

たこ焼きスナイパーの夕べ

二十五歳、男、ひとり暮らし。こんなプロフィールである私に『作家の口福』というグルメな香り漂う連載枠を与えてくださった朝日新聞さまの勇気にまず感謝をしたい。全くグルメではない私だが、家族と離れ東京でひとり暮らしをしているとやはり、誰かの手料理を食べたくなる。

そんなとき私は、作家仲間の柚木麻子《ゆずきあさこ》さんと共に、同じく作家仲間である窪美澄《くぼみすみ》さんの家のチャイムを鳴らす。そして、グルメなお二人が作る料理を、次の日の昼食分くらいまで頬張《ほおば》り尽くすのだ。

年齢も性別もばらばらの三人だが、ほぼ同年デビューということもあり親交が深い。ある日は、三人でおでんをつついた。ある日は、窪さんの友人である料理家の方も仲間入りし、てんこもりの揚げ物を食べた。そしてつい先日は、作家の柴崎友香《しばさきともか》さんを加えた四人でたこ焼きを量産した。タコ、明太子、チーズ、スパム、ウィンナー、キムチ、ひき肉、うずらのたまご、チョコ、あんこ……我々は凄腕《すごうで》のスナイパーのように、小麦粉の中に様々な種類の弾丸をぶち込んでいったのである。

大阪出身ということもあって、柴崎さんは飼い犬をしつけるより簡単にタコ焼き器を手懐《てなず》けていた。窪さんは様々なお酒を振る舞ってくれ、柚木さんはいつもどおり歌い踊っていた。

とても楽しい夜だった。楽しい夜だからこそ、普段から触れないようにしていた思いが、心の表面にまでぼんやりと浮かび上がってきた。

作家業とは、虚業のひとつなのかもしれない。

文章を書く仕事をしていると、そんな疑念が蔓延《まんえん》した巨大な宇宙に放り投げられたような気持ちになるときがある。何のために、誰のために書いているのか。書いて何になるのか。体が自由自在に動く今、じっとパソコンの前に座り小説を書くこと以外にすべき、もっと切実なことがあるのではないか。

そんな、空《くう》を摑《つか》むような作業を繰り返す日々の中で、嚙《か》めばその分砕かれ、飲み下せばその分満たされるという確かな運動が生まれる「食事」はきっと、知らず知らずのうちに私の心の柔らかい部分を補強してくれているのだ。

帰り際、窪さんが、余った明太子で作ったおにぎりを三つ、持たせてくれた。まるで遠足へ行く小学生のような気分になりながら、私は、こんな気持ちになれる場所が東京にもある幸福を、まだ温かいおにぎりと一緒に握りしめた。

オートミール、少年の夢と現実

オートミールってなんだろう。子供のころ、外国の絵本を読みながらそんなことを思っていた。

本の中にいる子供たちがみな、おいしそうにスプーンですくっているアレだ。こんなおしゃれな食べ物が岐阜の食卓に並ぶことなんて絶対にないだろうなぁと鼻ちょうちんをふくらませていた少年時代、私の地元と（なぜか）姉妹都市関係であったカナダのカルガリーへ行く機会があった。ホームステイ先の朝食としてオートミールが出てきたときの感動は忘れられない。

食べてみたかったやつ！　とはしゃぎつつ、私はスプーンを口に運んだ。ステイ先の家族も、彼らにとっての日常食に尋常でない様子で挑む日本人を、生ぬるい目で見守ってくれていた。

一口食べて、私は思った。まずい。

Ｏｈ～……と、大御所俳優のような反応を見せる私の皿に、「これを入れるとモアデリシャス！」だか何だか言いつつ、ステイ先の母親が牛乳をブチ込んできたことも記憶に新しい。とんでもなく口に合わなかったものに牛乳を加えられた朝井少年は、ここにきて言葉の壁を感じたのである。

このように、物語の中で描かれている食べ物に関して、やけに憧れを抱いてしまうことがよくある。

私はこれまで、「簡単かつおいしい」食べ物を作中に何度も登場させてきた。マーガリンを塗ったトーストに味付けのりをまぶす『のりトースト』や、市販のミートソースにカレーパウダーやナスを追加するだけで完成する『簡単キーマカレー』などなど。「真似して作ってみました」という内容の感想をいただいたとき自分でも驚くほど嬉《うれ》しくなるのは、カナダという異国の地でオートミールに閉口した過去があってこそかもしれない。

そんな私はつい先日、ふと思い立ち、『カフェオレボウル』を求めて街を散策した。江國香織《えくにかおり》さんの小説によく登場するアレだ。江國さんの描く、ボウルでカフェオレを飲む人のオトナ感は、そろそろ身につけておきたい。

とりあえず、ボウルで何かを飲む人がいそうだ、という理由のみで自由が丘へ向かった。案の定、ボウルで飲料を提供する店はすぐに見つかった。

私はすまし顔でホットカフェオレを頼んだ。そして、いつもこうしていますよといった感じで、運ばれてきた白いボウルをそっと両掌《りょうてのひら》で持ち上げた。

あっつううう!!!

表情を変えず、だが光速で、ボウルをテーブルに戻すという偉業を私は達成した。熱い。両方の掌がまんべんなく熱い。思いもよらぬ形で、カップの取っ手の大切さに気づかされた体験であった。オトナはまだまだ遠い……。

週末の朝、魅惑の楽園へGO!

ファミリーレストランのモーニングメニューが、好きだ。週末に早起きをし、モーニングにありつくことを心の支えにしているため、金曜または土曜の夜というベストタイミングでの会合を断る日々である。さらに、モーニングをよりおいしくいただくため、夕飯を控え、飢えを捏造《ねつぞう》する日もある。腹が減り過ぎてなかなか眠れず、結果寝過ごし、モーニングメニュー提供時間内に店に辿《たど》り着けないこともしばしばだ。今回はそんな私がよく利用する店と、その魅力を紹介したい。

まずは、何といってもロイヤルホスト（以下、ロイホ）だろう。ロイホの場合、モーニングと書いてビュッフェと読み、ビュッフェと書いて楽園と読む。二重のルビが必要だ。

確かに、少々値は張る。だが、朝からビュッフェともなると、あれ？　今旅行中だっけ？　なんて気分に浸れる。私の愛用する店舗では、パンケーキを焼いてくれるサービスや、自由に使えるオーブンもある（クロワッサンを一分半チンするのが最高！）。また、ビュッフェということで、美味しいと評判のロイホ特製カレーを思う存分楽しめるのも嬉しい。ルーのみをよそい、スクランブルエッグやウィンナーを浸して食べるカレーフォンデュ……多幸感！　裏おすすめとしては、モーニングにしか姿を見せない「焼きそば」を推したい。高級志向のロイホ様が焼きそば？　と顰《ひそ》めた眉を元に戻してほしい。ロイホというワンランク上の空間に浮かび上がるハッキリとしたソース味は、いっそ尊さを纏《まと》うのである。

続いて、私の盟友・ジョナサンの登場だ。かつて『情熱大陸』に上陸した私は、その中でジョナサン大陸にも立ち寄っているし、ＮＨＫの『ＳＷＩＴＣＨ』という番組で俳優の東出《ひがしで》昌大《まさひろ》さんと対談をした場所もジョナサンだ。収録後、店員さんが「今後もご利用ください」と渡してくださったクーポン券入りの封筒をその場で即開封し、「今開けるなよ！」と東出さんに普通に叱られたことも良い思い出である。

ジョナサンでのおすすめは、スクランブルエッグモーニング＋厚焼きトーストのコンボだ。焼きたてのトーストに塗ったバターがとろりと溶け始めたころ、その上にふわふわの卵をこんもりと盛るのである。卵の甘味、バターの塩気、焼きたてトーストのさくさくの食感……おいしさの三点倒立やあ！　ドリンクバーに野菜ジュースが入っている点も、グッジョブだ。

土曜の朝にこれを読んでいる皆さん、大抵、午前十時半まではどのファミレスもモーニングメニューを提供しています。今から家を出る準備をすれば、間に合うのではないですか!?

閉店後の定食屋で男三人は……

余った白飯を、ラップに包んで冷凍する。そんなありふれた作業をするたび、私はいまだに、人生で初めてのアルバイトのことを思い出す。

上京して初めてしたアルバイトは、定食屋のホール業務だった。からあげ単品とからあげ定食を精算し間違える。季節ごとに変わる特別メニューが覚えられない――アルバイトで使う脳の回路は勉学で使うそれとは全く違い、なんとなく勉強ができたというだけで挫折も知らずのこのこ生きてきた田舎者は大層焦った。それでも、ベテランバイトであるTさん、がっしりとした体つきの元ラガーマンの店長（共に男性）に助けられながら、私はなんとか業務をこなしていた。

ラストオーダーの時間が遅かったこともあり、電車を使わずに家へ帰ることができる人――店長、Tさん、私で締め作業をすることが多かった。そして当時の私は、締め作業後に始まる恒例行事が、実は少し、嫌だった。

白飯、味噌汁、肉系・魚系のおかず。次の日に持ち越すことのできない残り物を、皆で食べまくる――これが締め作業後の恒例行事だった。捨てるのはもったいないし、若いバイトたちは喜ぶだろうという店長の考えはもっともだが、お腹が弱いという習性を持ち合わせている私にとって、深夜一時の暴飲暴食は避けたいイベントだった。

それでも残った白飯だけは、ラップに包んで持ち帰ることが許された。ご飯一杯分にしては明らかに大きな塊を次々に渡してくる店長の笑顔は眩しかったが、私のアパートの冷凍庫はあっという間に白飯で埋もれたのだった。

店長は良い人だった。きっと本人がそうだったのだろう、学生はいつでも腹を空《す》かせていると信じて疑わなかったし、私もどこかで、学生としてその期待に応えなければと思っていた。

ある日、Tさんと帰り道を歩きながら、私はぽつりと言った。

「締めの後のアレ。ちょっときついですよね。結局帰れるの三時とかになりますし、夜中に腹パンパンですし」

ぼやく私に、Tさんは呟いた。

「俺この店けっこう長いんだけど、店長、全然違う店舗から飛ばされてきたみたいで、初めは大変そうだったんだよ」

Tさんは煙草を吸っていた。私のリュックは、まだ温かい幾つもの白飯の塊で、ずんと重かった。

「あの人、三十半ばでまだ独身だしさ。店長もさみしいんだよ」

私は今、当時のTさんと同じくらいの年齢だ。今なら、毎日わいわいうるさい若いバイトに囲まれていた店長のさみしさと、店長のさみしさを想像してみたいTさんの気持ちが、ほんの少しだけ、分かるような気がする。

震える紐《ひも》、目を瞑り引き続けた

大学四年生の夏、対馬《つしま》にいった。当時お世話になっていた大学教授が研究のために何日か滞在するというので、友人数名とついていったのだ。

宿泊所となる廃幼稚園の掃除から始まった旅は、想像を絶するものだった。掃除を終えると私は、教授の運転するトラックの荷台に乗り、人数分の布団を借りるため島中を回ったのだ。あの夏、私は、人は意外と布団を貸してくれるということを知った。

さらに想像を絶したのは、食事だ。昼間のうちに夕飯の準備をしておこうと学生を集めた教授が、開口一番こう言い放ったのである。

「ハイ、じゃあ皆、血まみれになってもいい服装に着替えてきて」

そんなものありません。

全員の心の声が一致した瞬間だった。旅行をするにあたり、一体誰が「血まみれになってもいい服装」をパッキングするのだろうか。

戸惑う私たちをよそに、教授は、大きな袋の中から生きているトリを取り出した。そして、暴れるトリの首に細い紐を巻き、その紐の先端をそれぞれ学生陣に向けて差し出したのである。

「はい、逆方向に思いっきり引っ張って、トリ殺して」

殺して――こんな頼まれごと、人生で初めてだった。だが、この教授が冗談なんて言わない人だとは皆、知っている。私は覚悟を決め、紐を手に取る。もう片方の紐を、友人が取った。せーの、の掛け声で、私と友人は、摑《つか》んだ紐を逆方向に引っ張った。紐から、トリが暴れている様子が伝わる。命が絞られていることを示す振動。私は目を瞑り、腕に力を込め続けた。

絶命したトリを目の前にして、私たちは黙った。教授は「ＯＫ、じゃあ羽根全部抜いて。熱湯かけたら毛穴開くから」と、さくさく次の指示を出した。

確かに、熱湯のおかげか羽根は簡単に引っこ抜くことができた。私たちは無言で、トリを丸裸にした。肌が剝《む》き出しになった途端、トリは、動物ではなく、食料にしか見えなくなった。

「夜、これを、食べるんだよね」

友人の一人が、そう呟いた。

「食べてきたんだよ、今までも」

教授はそう言って、羽根のなくなったトリの腹をナイフで割いた。そして、胃の中にあったものを、ゴム手袋をつけた手で、掻《か》き出《だ》していった。

夜、大きな鍋には鶏肉のスープが煮えていた。味は格別で、集まってきた島の人たちもとてもおいしそうに食べていた。昼間、あれだけ神妙な面持ちをしていた私たちは、お腹がいっぱいになると、スープを残した。
今でもたまに、あの紐の震えを思い出す。思い出して、忘れるのだ。

CHECK 18

[感想戦]

作家の口福

――お疲れ様でした。

お疲れ様でした。こんなにテンションの一貫性がない全五回、いい加減にしなさいという感じですね。ファミレスのモーニングに関する原稿を書いた後、担当者から「ロイヤルホストのビュッフェは都内でも数店舗しか実施していないようですがＯＫですか」と問い合わせがあり、えぇいやってやれと強行突破したことを今でもよく覚えています。もう引越したので言ってしまうと、私が通っていたのは東新宿駅前店で、めちゃめちゃ店員に把握されていた自信があります。ちなみに、最後の回で挙げた対馬の旅のことは、今でも鮮明に覚えています。トラックの荷台に乗った状態で田舎道を進んでいく、なんて経験をしたのは後にも先にもこのときだけでした。分量的に書けなかったエピソードも多く、ほかにも様々なことが発生した旅だったので、いつかしっかり文章に起こしたいところです。

CHECK 19

2016年11月〆

発注元

JA共済

じぇいえーきょうさい

【お題】

介護の日、年金の日にまつわるエッセイ

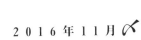

CHECK
19

使用媒体

新聞各紙広告

発注内容

●介護、年金を取り巻く現状について考える一助となるエッセイ。
●介護、年金というテーマはあるが、多くの人に自分の将来について考えるきっかけづくりをしていきたい。
●文章の中に「ＪＡ共済」や「保障の必要性」といった広告色のあるフレーズは必要ない。
●文字数はそれぞれ１３００文字、計２６００文字程度。

【タイトル】

介護の日　年金の日

START

「おばあちゃんち」で叶う夢

お小遣いがほしい、おやつを食べたい、久しぶりに集まったイトコたちと二階にある埃《ほこり》っぽい部屋で遊びたい――私にとって「おばあちゃんち」は、そんないくつかの夢をいっぺんに叶えてくれる場所だった。

ある日、実家から歩いて十分ほどの場所にある一軒家で暮らしていた祖母が、うちに移り住むことが決まった。私が小学生のころだった。

荷物が片付けられ、真新しいベッドが置かれ……当時の私は、実家の客間が「おばあちゃんち」に生まれ変わっていく様子をわくわくしながら見ていた。あの、いろんな夢を叶えてくれる場所が家の中にできるなんて、と、胸を高鳴らせていた。

だが、移り住んできた祖母は、ほとんどベッドの上にいた。祖母の体調が芳しくないということは当時の私もなんとなく聞かされていたけれど、そのことと祖母がうちに住むことが、頭の中で上手に繋がっていなかったのだ。

おばあちゃんを呼んできて。ある日の夕飯前、母が私にそう頼んだ。これまでそんなふうに頼まれたことがなかったので、少し不思議に思った。

ごはんできたよ。私がそう言いに行くと、ベッドの上の祖母は小さく頷《うなず》きながら、いつものようにゆっくりと起き上がる――と思っていた。

祖母は何も言わずに私の手を握りしめた。

お腹がすいていた私は、おかずが冷めてしまうことが嫌で、握られている手を早く離してほしかった。たぶん、表情にも出ていたと思う。だけど、祖母はしばらく私の手を握り続けた。

ぎゅっと。だけど、弱弱しく。

どうしたの、と尋ねても、祖母は何も言わなかった。私も、なんとなく、それ以上何も訊かなかった。

手を握られながら、私は、家の中にできた「おばあちゃんち」と記憶の中にある「おばあちゃんち」は別物なんだということを、やっと理解していった。目の前にいるこの人にお小遣いをねだったり、おやつを作ってもらったり、イトコたちと私の遊び相手になってもらったり、そういう時間はもう終わったのだと、小さな夢が叶い続ける魔法はもう解けたのだと、乾いたスポンジに水が染みていくように思った。

そんな日々の中、よく覚えていることがある。

小学生のころから小説を書くのが好きだった私は、プリントアウトした作品を、家のいたるところに置きっぱなしにしていた。誰かに読んでもらいたくて、クラスの新聞に小説を載せていたりしていたけれど、あまり反応がなくて寂しくしていたころだった。

学校から帰ると、どこかに置き忘れられているものを見つけたのだろう、祖母が一枚ずつ、私の書いた小説をベッドの上で読んでいた。

そんな祖母の姿を見つけた私は、恥ずかしかったり照れくさかったりで、まともに感想を聞かなかった。だけどそれは、自分が書いたものを誰かに読んでもらいたいという、いまだに抱き続けている夢が、「おばあちゃんち」によって叶えられた瞬間でもあった。

歩いて十分の一軒家、実家の客間、車でないと行けない施設。おばあちゃんの体調が悪くなるたび、「おばあちゃんち」は、どんどん場所を変えていった。だけど、だからこそ叶えられた夢もあったような気がする。

いつか私も、家の中なのか外なのかはわからないにしても、父や母の暮らす空間を形を変えて設ける日が来るだろう。それを素敵な場所にするために今から何ができるのか、考えていきたい。

今の自由、を差し出す先に

お腹が空《す》いたとき、私はたまに、こう思う。

食べたいものがわからない。

この状態に陥ったときの困惑は、かなり大きい。動き回って、疲れて、空腹であることは明白なのに、自分が何を食べたいのか見当がつかないのだ。試しに、ラーメン屋、カレー屋、とんかつ屋、様々な店の前をうろついてみたりもする。ガラスケースに並んでいるハリボテの定食たちを眺めてみたり、スーパーに入り、三百六十度、いろんな食材に囲まれてみたりもする。それでも、自分が何を食べたいのか全くわからないときがある。

ただ、いつもこんな状態に陥るわけではない。たとえばゆっくり食事をする間もないくらい仕事が詰まっているときには目についた店でさっさと済ませてしまうし、誰かと約束があれば場所や相手の好みに合わせる。明日は朝から一日中ハードに動かなければならないなら、夜は軽めにして翌朝たくさん食べられるようにしておく。仕事があるから、約束があるから、明日があるから。そのような、未来の自分に対する制限があると、無限の選択肢が自《おの》ずと幾つかに絞られる。

つまり、自分が食べたいものがわからないときは、私が、現在の私のためだけに生きているとき、ということになる。

私は今、結婚もしていなければもちろん子供もいない、そして自営業だ。家庭や会社など、私の行動を制限するものがない。つまり、現在の自分のためだけに生きることが可能な状態にある。その状態は、時に、自由という言葉に言い換えられる。夏休みの小学生のような、何にも制限されない自由。

それは甘美に響く言葉だが、生きていくこととはきっと、両てのひらに溢《あふ》れていた自由を一つずつ、自分以外の誰かや何かに差し出し、無限にある選択肢を一つずつ減らしていくことなのだと思う。

結婚資金を貯めるためにパソコンを買い替えるのを我慢しよう、生まれたばかりの子供のために同僚と飲むのをやめて早く帰ろう、家を購入するために外食をやめて貯金をしよう——自由を一つ差し出すたび、人はその空いたてのひらを守るべき誰か、大切にしたい何かへ差し伸べている。自由や選択肢が目減りすることは、その言葉の持つイメージほど、きっと悪いことではないはずだ。現に、ジェンガのパーツを一本ずつ抜いていくように自分の人生の形を少しずつ明らかにしていく同世代の友人の姿が、私にとってはとても眩《まぶ》しく、そして幸せそうに見える。制限が多くて困る、と嘆いている友人ほど、今の自分よりも大切にしたい守るべきものを多く抱えているように見えるのだ。

自分が、現在の自分を差し置いてまで大切にしたいことはなんだろう。いつか出会っていてほしい人生のパートナーだろうか、趣味のバレーボールをずっと続けられるような丈夫な体だろうか。どちらにしろ、大好きな小説をずっと書き続けるということに耐えうる心身は、欠かせない。

現在の自分を愛することはもちろん大切だ。だけど、現在の自分よりももっと愛することができる人やものに出会い、それらにいま手にしている自由や選択肢を差し出すその瞬間が、私はとても楽しみだ。

さあ、こんなふうに文章を書いていたらお腹が空いてきた。食後にこの原稿を見直すために、今日の昼食は腹八分目にしておこう。

CHECK 19

［感想戦］

介護の日　年金の日

——お疲れ様でした。

お疲れ様でした。久しぶりに読み返してみたら腹が立つくらい〝広告感〟を意識している文章で、舌打ちしたくなりましたね。ていうかしました。ところで、私は二〇一九年の十月に『どうしても生きてる』という本を上梓したのですが、その中の「健やかな論理」という作品に、お腹が空いているのに食べたいものがわからない人物が出てきます。ここになんとなくの原型があったのだなと感慨深い思いです。同じネタ使い回してんじゃねえ！　というリアクションだけはお控えください。何も言い返せないので。

CHECK 20

2019年10月〆

発注元

集英社《しゅうえいしゃ》

【お題】

十周年記念本を成立させるための〝受賞〟をテーマにした新作

CHECK 20

使用媒体

「小説すばる」

発注内容

●デビュー十周年記念本『発注いただきました！』がただの寄せ集め本と成り果てる未来を回避するための新作短編。

●小説すばる新人賞がデビューのきっかけだったことを鑑みて、テーマは「受賞」。

●分量は原稿用紙100枚以内。

【タイトル】

贋《がん》作《さく》

START

1

「発注いただきました！」

祥久《よしひさ》が、余った端材《はざい》の入った袋を一旦、玄関脇に下ろしたときだった。大口を開けたままの姿で、右手に紙を握り締めた有史《ありふみ》が工房に飛び込んできた。

「声がでかい。それ、蹴んなよ」

「祥久さん、はっちゅ、発注が」

「何だ、落ち着け」

祥久が指す袋に目もくれず、あと数秒で発動する爆弾を慌てて我が身から遠ざけるように、有史は勢いよくスリッパを脱ぎ散らかす。事務所と工房を繋《つな》ぐ敷石はスリッパで歩いていいことになっているが、玄関を散らかしていいと言った覚えはない。

「ちょっと、伊佐江《いさえ》さん、伊佐江さーん！」

「おい有史」

誰からの発注だ、一体どうしたんだと繰り返し尋ねる祥久を無視し、有史は立たせた短髪を翼のようにして工房の奥へと飛んでいく。奥の作業場では、祥久の妻である伊佐江が硯《すずり》の修理の作業をしているはずだ。

工房唯一の弟子として、有史には製作助手以外にも様々な業務を担当してもらっている。だから、電話で発注を受けるなんて日常茶飯事のはずなのに——祥久は背負っていたリュックを置き、上がり框《がまち》に腰を下ろした。硯文化の普及のために地元の小学校を訪問するようになってもうしばらく経《た》つが、小さな体をめいっぱい使って生きているような子どもたちと触れ合うと、どうしたってエネルギーが吸い取られる。馴染《なじ》みある空間に体を落ち着かせると、気を張っていた一つ一つの細胞がたっぷり茹《ゆ》でたスイートコーンみたいにぽろぽろと零《こぼ》れ落ちていくような感覚に襲われた。

「伊佐江さん、聞いてください！」

作業場のほうから聞こえてくる有史の声に耳をすませながら、祥久は靴の踵《かかと》にひとさし指を差し込んだ。梅雨入りしたということもあり、石の採掘に出向くと山は大抵濡《ぬ》れている。この場所で靴を脱ごうとするたび、次の休みには新しいやつを買いに行かなければと思うのに、どうしても忘れてしまう。五十代に入ってから三年ほどが経過し、いよいよ物忘れが激しさを増してきた自覚がある。さっきまで触れ合っていた小学生たちの青竹のような若さを思い出していると、

「えー！」今度は伊佐江の絶叫が飛んできた。

「ちょっと有史くん、それ本当!?　聞き間違いとかじゃなくて!?」

「ほんとなんですって！　マジで！　さっき電話来て、ＦＡＸもちゃんと届いたんですって！ほら！」

何だ何だ。祥久は慌てて靴を脱ぐと、下ろしたリュックをそのままに作業場へと向かった。彫

り、磨き、研ぎ、硯を生み出すために必要な工程を施すための道具が好き勝手に散らばっている作業場に、大声は似つかわしくない。

「何なんだよさっきから騒がしい」

のそりと現れた祥久のほうを、有史がもったいぶった素振りで振り返る。有史は、「祥久さん」と呟《つぶや》きながら、今にも「勝訴！」とでも喚《わめ》き出しそうな角度で、その手に握るＦＡＸ用紙を突き出してきた。

「国民栄誉賞の記念品の発注、いただきました！」

祥久が何か言う前に、伊佐江がもう一度「本当なの!?」と叫ぶ。「本当ですって！　これ見てくださいって！　藤瀬《ふじせ》工房の黄泉《よみ》硯に発注をお願いしたく、って、ほら、書いてある！」見慣れた妻と若い弟子が全く見慣れない様子で騒いでいる姿を眺めながら、祥久は、湧き上がる歓《よろこ》びの底に、なかなか流れてくれない泥のようなものが沈殿していることに気が付いていた。

2

書道界の〝天女様〟に国民栄誉賞――そんなニュースが食卓の話題に上ったのは、一週間ほど前のことだった。有史が食事当番の日だったため、案の定おかずの味付けが濃く、祥久は白飯を食べ過ぎてしまわないよう一口ずつ自制しなければならなかった。何度言っても直らないなと顔をしかめかけるが、自分も二十代のときはとにかくはっきりとした味付けの主菜で白飯を大量にかき込むことが快感だったなと思う。

「そういえば」

自分の分のおかわりを茶碗によそいながら、有史が口を開く。

「修理の件なんですけど、できれば納期を金曜にしてもらいたいって先方から連絡がきてました。確認して折り返しますって伝えてあるんですけど、どうですか？」

「それは、中国からの依頼？　書道教室のほう？」

伊佐江が一口、味噌汁を啜《すす》る。

「あ、すみません、書道教室のほうです。土日に体験教室を開くことになったとかで、そこでぜひ黄泉硯を使って墨を磨《す》る体験を子どもたちにさせたいからって」

有史はいつも言葉が少し足りないので、先ほどの伊佐江のようにこちらが一度訊き返さねばならなくなることが多い。ただ、出会ったときのことを考えれば別人かと思うほど様変わりしているため、強く注意しようという気持ちがなかなか芽生えない。

「早めに進めてるから大丈夫だとは思うけど……一応うちから確認の電話入れとこか。担当者の名前わかる？」

「メモしてあるはずなんで、取ってきますね」

有史が歩くと、母屋の床はきしきしと音を鳴らす。デスクのある事務所や、台所にダイニング、祥久や伊佐江の生活拠点となる空間は母屋に集約されている。そこから敷石で繋がっている工房は、祥久の祖父が建てたものだ。

三十歳のときに父からこの工房を受け継ぎ、もう四半世紀になろうとしている。あと六、七年で、自分が当時の父親の年齢を追い越さんとしていることが信じられない。

「大丈夫か？　無理してないか？」

少しやつれたように見える伊佐江の顔を覗《のぞ》き込みながら、祥久は尋ねる。昨年から、いよいよ硯の製作と販売だけでは経営が立ち行かなくなり、収入確保のために硯の修理の依頼も受けるようになった。三人で回している工房なので、業務を増やすことは避けたかったが、やむを得ない決断だった。その結果、伊佐江にはかなり無理をしてもらっている。

「大丈夫。修理してまで黄泉硯を使いたいと思ってる人がこんなにもいるって思えて、幸せな作業だよ」

「そうか」

一つ年下の伊佐江には、これまでもずっと無理をさせてきた。だからこそ、本当につらいときにはそう伝えてほしい。もう若いころのように酷使するわけにはいかない身体に、二人して食料を詰め込んでいく。

祥久が代表を務める藤瀬工房は、長野県N郡にある。この地域を縦断する山脈から採掘される黄泉岩という原石が、粒子の細かさ、全体の硬度、長く色褪《いろあ》せない光沢、水分を吸収しすぎない水持ちの良さ……どれをとっても硯に適しているのだ。そんな黄泉岩から作られている黄泉硯の歴史は、口伝《くでん》にはなるが約六百年前にまで遡《さかのぼ》る。徳川幕府による山入りと原石切り出しの禁止期間をも乗り越え、黄泉硯は書を嗜《たしな》む多くの人々に、その品質の高さにより長く、太く愛され続けている。

「メモ、ありました！　高見《たかみ》さんって人でした」

慌ただしく駆け込んでくる有史の台詞に、電話してきたのは、という言葉を脳内で補いつつ、祥久はお茶を啜る。

硯の修理作業を請け負うようになって、工房を閉めなければならないような事態はひとまず避けられたが、書道大国である中国からの依頼が多いのは想定外だった。慣れない手続きも多いけれど、そこは有史に頑張ってもらっている。といっても有史が中国語を読み書きできるわけではないので、祥久が決めた予算内で中国語関連の業務を外注させているのだが、そのあたりのやりくりに有史は長《た》けていた。下手《したて》に出るわけではないのに人の懐に入るのがうまい性格は、もしかしたら、一人で黙々と作業をすることの多い製作の仕事よりも渉外に向いていたのかもしれない。

修理の作業を請け負うという決断をするまで、伊佐江とは何度も話し合った。藤瀬工房はこれまで、黄泉硯の製作以外の業務を行ってこなかった。その代わり、製作物のクオリティを必ず高め続けるという理念が唯一にして最大の価値になっており、その愚直ともいえる姿勢もあって多くの人たちに愛されてきたという実感があった。それは、三年前、齢《よわい》八十で他界した父、そしてその先代の時代から変わらない。

ただ、「荷物が重くなるから」「使い方を間違えたら危ないから」等の理由で小学校の書道の授業でプラスチックの硯を使うところも出てきた今の時代、ストイックに製作だけを続けて工房を黒字化させることは至難の業だった。黄泉硯は長野県の指定伝統的工芸品に選ばれているとはいえ、祥久も伊佐江も表に出て営業活動をするタイプではなく、顧客を拡大していくことの難しさを年々痛感していた。

「ごちそうさま」

もともと少なめによそっているな、と感じた白飯すら、伊佐江は少し残している。口元をティッシュで拭う姿を見つめながら、祥久は、少し前に取り替えたばかりの電球が強く光りすぎているからだ、と、自分に言い聞かせた。

そういうふうに考えないと、伊佐江の顔の陰影の深さと、真正面から向き合えそうになかった。伊佐江が急に老け込んだと感じるのは、念願の第一子を流産したとき以来のことだ。

今から約十年前、祥久は四十二歳、伊佐江は四十一歳だった。途中で性別が男だと分かったとき、祥久は、無事に後継ぎができた、と心底安心した。伊佐江も、誰にも言えないプレッシャーの中を長い間彷徨《さまよ》っていたのだろう、まだ膨らんでいない腹を撫《な》でながら、オーブンの中で手作りのパンが焼けていく様子を何度も覗いてしまうように、頻繁にまだ見ぬ息子に話しかけていた。途絶えるかと思っていた工房の歴史がこの先も有り続ける可能性に希望を見出した二人は、これから生まれてくる子どもに〝有史《ゆうし》〟と名付けた。二人して、かなり早い段階から、ゆうし、ゆうちゃん、と声を掛け続けた。自分が六十五まで働けば有史は二十三、少し早いが若いころから修業を積ませればそのころには工房を継がせることができるだろう——そんな風に考えていた数か月後、伊佐江は緊急入院し、流産した。

当時の記憶には斑《むら》がある。はっきり残っている部分と、曖昧にしか覚えていない部分が混在している。きっと、いくつかの記憶を捨てないと、脳と肉体が手を繋いで前へ進むことができなかったのだろう。

そのとき以来だ。伊佐江がこんなにも小さく萎《しぼ》んで見えるのは。

業務の内容を拡《ひろ》げ、かろうじて工房を潰さないでいられるものの、こちらの身体はどんどん使い古されていく。伊佐江に修理の作業を担当してもらうことになったのも、想像以上に力仕事である彫りの作業を、伊佐江が思う通りに遂行することが難しくなっているからだ。黄泉岩の硬度は、そこらのノミで簡単に彫れるというものではない。長く伸びるノミの柄の先端を肩に預けた状態で、利き手を刃の付け根に添え、全体重をかけるようにして彫らなければならない。長く続けていると、柄の先端が当たっている場所にはタコができる。唯一この工房で肩が平野だった有史も、最近よく肩のある一点を指で擦《さす》るような仕草を見せるようになった。

「そういえば、祥久さん」

食事も終盤だというのに食べるペースが全く落ちていない有史が、濃い味付けの生姜焼きを嚙《か》み千切る。

「次の学校訪問、ほんとに俺ついていかんと大丈夫ですか？　端材とかひとりで運ぶの大変ですよね？　車出しますけど」

「大丈夫だ」

でも、と食い下がる有史を、祥久は目で制止する。確かに、車から降りたあとの移動は手伝いがいたほうが楽だが、明日訪問する予定の小学校はそのあたりも手伝ってくれるので大丈夫だろう。それよりも、肉体的疲労が溜まり続けているだろう伊佐江を、ひとりで工房に残しておくほうが不安だ。

祥久は、月に数度、硯職人として地元の小学校を訪問している。教科名など詳しいことはよく分からないが、ふるさとの伝統工芸品を学ぼうという授業だったり、実際に工芸品を作る体験をしてみようという授業だったり、この辺りの小学校のカリキュラムにはそういう時間が設けられているらしい。

この訪問活動は、プラスチックの硯に溜めた墨汁にべっちゃりと筆を浸したことしかないような現代の子どもたちにも硯の存在を身近に感じてもらおうと、父の助言により始まったものだ。

六十五歳になり、工房に立つのはもうその年で最後にしようと決めていた父が、近くの小学校で校長を務める男性と同級生だということで橋を架けてくれたのだ。当時は、この試みが十五年以上続くものになるとも、父と元同級生から始まったネットワークが県内の小学校全体へと広がるようになるとも、全く想像していなかった。そして、小学校を回ってみるのはどうかという案を持ちかけてきたときの父の一言が、まさか現実のものになるなんて、もっと想像していなかった。

――もしかしたら、そこで出会った小学生の中から、将来の硯職人が生まれるかもしれん。

「ひとりで大量の小学生相手にするの大変やないですか？　俺、やんちゃなガキ叱るくらいのことならできますけど」

「あら」

伊佐江が口元を緩ませる。

「あんたよりやんちゃな子なんてそうそういないよ、ねえ」

からかうような伊佐江の口ぶりに、「え？　あ、まあ、今こんなにちゃんとしてるし、結果オーライやないっすかあ」と有史が調子よく笑う。祥久は、自分の肉体とは反比例するように、日に日に逞《たくま》しく張っていくような有史の姿を心から羨《うらや》ましく思う。

祥久が有史と初めて出会ったのは、今から十四年ほど前、有史が小学三年生のときだった。今ならば、祥久自身、小学校を訪問する際、もっと小学生が興味を持てる内容にしようと心がけられる。実際に今は、特に高学年のクラスでなければ、硯の製作過程で生まれる端材や硯に適さない石を用いて工作をするという内容の授業をしている。いきなり硯そのものに興味を持ってもらおうというよりは、結果的に硯文化に親しみを持ってもらうよう、努めている。

だが、十三年前の祥久はただでさえ頑固な性格がさらに凝り固まっており、小学生相手とはいえ硯で墨を磨るということの本質を伝えたいと息巻いていた。静かな心で墨を磨るという瞑想にも似た時間を通し、自己と向き合う大切さを説くことで、そのような効果を提供してくれる書の世界の奥深さに気づいてもらいたいと思っていた。さらに、黄泉岩という優れた資源に恵まれた土地に暮らしている幸運を自覚すれば、郷土やそこに伝わる伝統文化への愛情も深まるのではと考えていた。

だが、当たり前だが、小学生にそんなものは伝わらない。それを祥久に痛感させたのが、当時九歳の有史だった。

教壇に立った瞬間から、嫌な予感はしていた。当時の有史の落ち着きのなさからは、その小さな体では扱いきれぬパワーに有史自身が戸惑っているような印象を受けた。有史の授業態度には担任の女性教師もほとほと呆《あき》れているようで、有史がどれだけ大声を出しても暴れても、形式的な注意しか与えなかった。祥久による黄泉岩についての講義と墨を磨る作業に飽きた有史は、最終的に、手にした硯を同級生に向かって投げつけた。祥久は一瞬、女性教師の表情を見て、すぐには適切な処置を取れないくらいに動揺していることを確認すると、有史の頭を殴った。

泣きわめくだろうと思っていた有史は、泣かなかった。痛みに涙を滲《にじ》ませた目で、じっと、祥久の顔を見ていた。

今の時代ならば問題になっていただろうが、その日、祥久が有史に手を上げたことは誰にも咎《とが》められなかった。その反応からは、あの教室の中にいる誰もが、誰かに有史を力ずくでも落ち着かせてほしいと思っていただろう長い時間の存在が窺《うかが》えた。

幸いにも大事には至らなかったものの硯をぶつけられて怪我をした同級生、その親、有り余るパワーに司《つかさど》られ続けている有史、勤め先の総菜屋を抜け出してきたという有史の母親——授業で使った道具を車に積んでいるとき、職員玄関から出てくる四人の姿を見つけた。まず祥久に気づいたのは、怪我をした生徒の親だった。それからぱらぱらと全員が祥久のほうを見ては、どこか気まずそうな仕草で頭を下げたりした。

その中で、有史だけがこちらに手を振ってきた。笑顔だった。そのとき祥久は、有史にはきっと父親がいないのだろうと思った。

それから八年ほどの歳月が過ぎたころ、硯職人として弟子入りしたいと突然工房に現れた有史の姿を見たときは、かなり戸惑った。伊佐江の流産を経てからは、自分たちの子どもを後継者にしようという考えが二人の間からなくなっていたため、いつか黄泉硯の伝統の継承とこの工房の未来を託す人材を探し出さなければならないと思い続けていたものの、まさかこんな形で候補者のほうから名乗り出てくるとは全く想像していなかったのだ。

あのときの生徒だと頭を下げられたところで、祥久はその名前を覚えていなかった。「名前は」と尋ねると、有史は祥久と伊佐江のことをまっすぐ見て、言った。

「園田《そのだ》ありふみ、といいます」

ありふみ。

「歴史が有る、と書いて、ありふみです」

ゆうし。有史。ありふみ。

伊佐江が有史に見えないように、そっと、祥久の作業着の裾を握り締めた。

伊佐江と話し合い、まずは一か月、寝食付の代わりに無給で手伝いをしてもらうことになった。祥久は正直、その一か月のうちにこの若者は逃げ出すだろうと思っていた。硯製作は、原石の採掘から始まり、石の選定、割りの作業、形を整える荒彫り、磨き、仕上げ、その全てが途方もなく地道な手作業だ。あれから長い月日が経過しているとはいえ、たった一時間の授業にも耐えられず硯を投げつけていた少年に、務まるわけがない。

その予想が裏切られ続けて、六年が過ぎた。

二十三歳になった有史は今、町の端にある実家から毎朝車で通ってくれている。自宅では、体調を崩しがちな母の面倒を見ているようだ。祥久に殴られてから工房に姿を現すまでの時間に有史の人生に何があったのかはわからない。また、祥久と伊佐江の間にどんな時間が流れていたのかも、有史には話していない。お互いに、お互いの過去については尋ねない。その代わり、いま目の前にある石について、そしてこの工房、硯文化の未来のことについては、言葉の選択肢が足りなくなる程に、話す。

今となっては、有史が来てくれて本当によかったと思う。息子のように思う、なんて簡単なことではなく、ただそこに若い命があるというだけで、この空間がこの先も存在し続けてくれるのではないかという祈りにも似た希望を、無意識のうちに全身の細胞が嗅ぎ取っている感覚がある。あとは衰えゆく肉体と閉じていく家系図を静かに片付けていくことになるだろう自分にとって、その希望こそが、命の灯を燃やし続けることをふっと諦めようとする瞬間から、自分を救ってくれている。

「あっ」

食卓の真ん中に、明るい声が飛んでくる。

「林田《はやしだ》凜太朗《りんたろう》、決まった、国民栄誉賞！」

声の主である有史が、「やっぱオリンピック三連覇は最強っすよねえ～」とニヤニヤしながら携帯の画面を操っている。いつの間にか、全員分の食器を片付けてお茶を淹《い》れてくれていたらしい。祥久の手元にある湯飲みから、あたたかい香ばしさが漂ってくる。

輝かしい功績を残した両氏に国民栄誉賞の授与を検討——少し前から、そんなニュースが目に触れるようになっていた。有史は、今回授与が検討されているうちの一人である柔道選手のファンらしく、報道を初めて知ったときから「二連覇した時点で何で国民栄誉賞じゃないんだって思ってたんですよ！　俺は！　一回金メダルとっただけでもらってる人とかいるのに！」と一人で憤慨していた。昨年行われた東京オリンピックで念願の三連覇を達成した林田は、それを最後に現役引退を表明し、今は主に指導者として活動を続けている。表舞台からは身を引いたものの、さっぱりとした短髪と太い眉がよく似合う男らしいルックス、竹を割ったような性格からくる気持ちの良い振る舞い、インタビューの受け答えなどから垣間見える聡明さから、男女ともに根強い人気があり、いつしか〝令和の侍〟というインパクトのある異名が定着したほどだ。いつだって何のごまかしもない様子の林田には祥久も好感を抱いており、今どき三十代そこそこでこの風格を持つ若者は他にいない、と感じている。オリンピックを三連覇するような人物なので、そんなことは当然なのかもしれないが。

しかし、国民栄誉賞の授与を検討という段階では、どのニュースも、もうひとりの候補者の名前をより大きく取り扱っていた。

「ねえねえ」

いつもより少し、声のトーンが高い。伊佐江は有史の携帯の画面を覗き込むと、

「憂衣《うい》様は？」

と尋ねた。その語尾は、スキップするように跳ねている。

「同時受賞ですって、林田選手と」

「わあ！　テレビでやっとるかなあ」

伊佐江が椅子から立ち上がり、リモコンを手にする。その動きが、作業場の椅子から立ち上がるときと比べて随分と俊敏だったことが、祥久には引っかかる。

「ちょっと前から検討検討って言ってたけど、そんなこと言うなら早くあげてって思ってたわあ。すごいなあ、国民栄誉賞かあ」

伊佐江がザッピングするテレビ画面の中に、真っ白い衣装を身に纏《まと》った青年が現れる。時永《ときなが》憂衣、国民栄誉賞受賞に「私なんかが」――そんなテロップが、きらきら輝くように加工されている。

「憂衣様、素敵」

そう呟く妻の横顔が、まるで見知らぬ他人のそれのように感じられる。長年連れ添い、様々なことを共に乗り越えてきたまさにその人であるはずなのに、時永憂衣のことを話しているときだけ、まるで摑《つか》み損ねた鰻《うなぎ》のように、伊佐江と過ごした時間が二人のあいだからぬるりとどこかへ逃げ出していく気がする。

書道家、時永憂衣。年齢は明かしていないが、林田凜太朗よりも若いはずだ。白い肌に覆われた細い体軀《たいく》はその名前が醸し出す雰囲気に違《たが》わず、まるで女性のようなシルエットをしている。書に臨むときは常に真っ白い衣装を身にまとっていること、筆と共に長い黒髪が美しく舞っているように見えること、それこそ筆を走らせたような切れ長の一重瞼がクールな印象を与えていることから、ファンからは〝書道界の天女様〟と呼ばれているようだ。

伊佐江が時永憂衣に夢中になっていることに、祥久はつい最近まで全く気付いていなかった。一か月ほど前、テレビで彼の姿を見たとき、「男なのに天女って」と鼻で笑った祥久を、伊佐江は怒った。「今はそんな時代じゃない、この人には男とか女とか関係ない美しさがあるんだから」そう熱弁する伊佐江の様子を不思議に思い、何かのタイミングで有史に尋ねてみたところ、実は前から有史に頼んで時永憂衣の情報やグッズを集めていたことがわかった。妻のそんな一面を、祥久は全く知らなかった。

『憂衣様は本当に最高です！　国民栄誉賞、私たちも嬉しいです！』
『憂衣様に一生ついていきます！』

テレビの画面には、時永のファンを名乗る人たちのインタビューが流れている。髪型や服装を見るに、書に臨む際の時永の格好を真似しているのだろう。似合っている者はひとりもいない。

「俺は林田の試合の映像とかを観たいんすけどねえ」

有史がそうぼやいた瞬間、伊佐江はテーブルの上に置いていたリモコンを自分のほうに引き寄せた。この一か月の間に、自分が時永憂衣のファンであるということが祥久にバレたことを察知したのか、最近ではもうその想いを全く隠さなくなっている。

どの番組もきっと、同じようなものだろう。祥久はどこかつまらなさを感じながら、有史の淹れてくれた茶を啜る。どうせ、メインで扱われているのはいつだって時永のほうなのだ。林田は静止画で、時永は動画。しかも、時永のほうだけ、ファンのインタビューまである。有史と同じく林田に好感を抱いている身としては、複雑な感情が去来する。

いや。

祥久は、腹に落ちていく茶の温かさが、ごつごつとした岩のように強張《こわば》ったものに変貌していく気がした。林田のほうに好感、ではなく、自分は、時永のほうに明確な嫌悪感を抱いている。

【いただいた賞の名前に恥じぬよう、これからも精進していきます】

男性のアナウンサーにより林田のコメントが読み上げられ、その文言が画面に表示される。

「柔道の世界をますます盛り上げてもらいたいですね」コメンテーターによる、あってもなくてもいいような一言がご丁寧に添えられたあと、今度は時永のコメントが女性のアナウンサーにより読み上げられる。

【こんな賞を自分がいただいてしまっていいのか、戸惑いが消えません。私なんかがいただいていいのだろうか、という思いが強いです】

「憂衣様って本当に謙虚」

誰にともなく、伊佐江がそう呟く。謙虚。もちろん、このコメントを聞いて湧き上がった印象に、そう名付けることは間違ってはいない。決して間違ってはいない。

だけど。

祥久はなんとなく、有史のほうに視線を移す。時永よりも林田の情報に触れたがっているその姿は、林田と同じく、こちらが受け取る印象が一通りとは言わなくとも少ない言葉で表せるような単純さがあり、安心する。

林田凜太朗のむき出しの精悍《せいかん》さに比べて、時永憂衣の姿は、全員が違う言葉で表現するような何かで幾重にも塗り固められているように見えるのだ。そして、そんな様子が視界に入るたび、祥久は、薫り立つ違和感を表すちょうどいい言葉を持ち合わせていない自分を認識する。

そして、そんな感覚を、これまでにもどこかで抱いたことがあるような気がするのだ。

「国民栄誉賞の記念品」

今度は、明らかに誰かに届いてほしがっているような口ぶりで、伊佐江が言った。

「うちの黄泉硯が選ばれたりしないかな」

「まさか」

思わず声に出していたが、書道家、という肩書きが目に留まる。

「ゼロってことはないですよねえ、可能性」

いつの間にか携帯を手放している有史が、にやりと笑う。

「うち、県の指定伝統的工芸品ですしね。もしそうなったら工房としては万々歳ですよね！　製作の依頼すっげえ増えるかも」

林田に会えたりするんかなあ、と、有史までもがきらきらと目を輝かせ始める。

確か、数年前、女子サッカーチームに国民栄誉賞が与えられたときは、記念品として、ある製作所の化粧筆が贈呈された。そしてそれは、その製作所がある県の指定伝統的工芸品だったと記憶している。

祥久は一瞬、想像する。女子サッカーチームには化粧筆、という発想がある人間たちが選定しているということは、書道家には硯が選ばれる可能性だってなくはない。黄泉硯は日本全国の中でも高い完成度と品質を誇る伝統工芸品だ。国民栄誉賞の記念品という冠がついたとして、長年かけて蓄積してきた自分の技術があれば、何も恥ずかしくないだろう。何より、式典は大きなニュースになるはずだ。採用されれば、しばらくは製作の依頼が多く舞い込む可能性が高い。単価を上げることができれば、修理の作業まで新たに始めなければならないほど傾いていた工房の経済状況が好転するかもしれない。そうすれば、それこそノミで削られ続けているように顔の陰影を深くしていく伊佐江に、十分休んでもらうことだってできるかもしれない――。

「ありえない」

祥久は、脳内で膨らみかけた妄想に、尖った声をぶすりと突き刺す。

「早く風呂入って寝るぞ。明日も早い」

はーい、という有史の間の抜けた返事と同時に、ニュースが切り替わった。女子高生に大人気のインフルエンサーに密着、という、自分からは遠く距離の離れた特集が始まってくれたことが、そのときの祥久には有難かった。

3

伊佐江が持ち上げた湯飲みの底に沿って、テーブルの上には水蒸気による真円が完成している。滑らかな曲線を彫り出す難しさを知っていると、一瞬、その美しさに見とれてしまう。

「改めて、内閣府の担当者と話した」

祥久に相槌《あいづち》を打つように、有史の喉仏が大きく上下する。

「正式に、黄泉硯が国民栄誉賞の記念品として、決定したそうだ」

かんかん、と、まるでゴングでも鳴り響いたかのように、伊佐江がテーブルに置いた湯飲みが小気味いい音を鳴らした。祥久が説明する間に、伊佐江はお茶を一杯分まるごと飲み干してしまっている。

「マママママママジですか!?」

壊れたレコードのようになってしまった有史が、なぜか椅子から立ち上がる。「すごいことになった、すごいことになった」テーブルの周りをウロウロ歩き回る有史とは裏腹に、伊佐江は不気味なほど落ち着いている。

「FAXで資料を送ってもらったから、まずそれを全員で確認したい」

祥久は、内閣府から届いたFAXを人数分コピーしたものを配る。伊佐江は、右手だけを動かして、その用紙を自分が読みやすい場所に置いた。

「授与式が十二月二日で、納品希望はその前週。今日が十一月九日だから、とにかく時間がない」

祥久は、自分で口にしてみて改めて、スケジュールの厳しさに骨の髄から冷えるような感覚を抱いた。まさか、国民栄誉賞の授与が決定したという報道が出た後に記念品の発注をしているとは思っていなかった。情報漏洩を防ぐためかもしれないが、そのスケジュールを守らなければならないほうからするとたまったものではない。硯の製作は、新年の書初め等に備えてなのか、年末に発注が集中する。内閣府の人間がそのようなことを一切考えていないことは当然かもしれない、だが、決定事項として送られてくる情報のあまりの〝決定〟ぶりに、祥久は少々の苛立《いらだ》ちと巨大な戸惑いを抱いていた。

「二枚目に詳しいスケジュールが書いてある。これに間に合うよう、受賞者に合わせたオリジナルの硯を作ることになる。もう今日からデザインに入ったほうがいいかもしれない。先週採掘した中にいい石があったから、それを使って作ることになると」

「マジでうちなんですね、うわ、全然飲み込めん。あ、林田には別のもんなんだ、うわ、でも、でもすっげ」

いい加減落ち着いたと思っていたが、そうでもなかったみたいだ。有史は、スケジュールを把握するよりも、配られた資料に書かれた情報を咀嚼《そしやく》することに夢中なようで、立派な眉の下にある二つの黒目を左右に忙《せわ》しく動かしている。内閣府から届いた資料には、記念品製作のスケジュールの他、受賞者の詳細な経歴や受賞理由、記念品の選定理由等も細々と書かれており、祥久はむしろそのあたりに全く目を通していなかったことに気づいた。林田と時永、それぞれに贈呈される記念品の記述があり、林田には全く別のものが贈られるようだ。情報漏洩を防ぐためなのか、その詳細は伏せられている。

今、日本のどこかにいる職人が、自分たちと同じようにこの資料を囲んでいるのだと思うと、祥久はその見えない誰かと抱き合いたい気持ちになる。そして、そんなことを思いながらも、自分の中に、時永に贈呈する記念品のほうが世間からの注目度は高いだろう、なんて考える心があることを認識する。平熱に戻っていく頭の中、興奮の波が引いたあとに残るのは算盤《そろばん》の珠《たま》が弾《はじ》ける音だ。

「まあ、国民栄誉賞って実際、政府の人気取りのためって一面もあるからな。そんなに浮かれることじゃないかもしれない」

誰にも何も訊かれていないのに、祥久は話し出す。自分以外の場所にある醜い事柄について言及しないと、頭の中の算盤の音に良心が負けてしまいそうだった。

実際、受賞者決定の報道が出たあと、祥久はひとり、国民栄誉賞の選定基準について調べていた。オリンピック三連覇という偉業を成し遂げた林田凜太朗は説明不要の相応《ふさわ》しさだと感じたが、時永憂衣が選ばれた理由がよくわからなかったからだ。

「これまでも、何故《なぜ》この人には受賞させないであの人に、ってことが多かったらしいし、今回も東京五輪のあとに景気が下向きになったからって無理やり」

「夢みたい」

最後の鑢《やすり》をかけ終えるときのように、伊佐江の声が丁寧にテーブルに着地した。

「憂衣様の国民栄誉賞に関われるなんて、ほんと、夢みたい」

そう呟く伊佐江が白い資料の上に作る影に、ぽつり、ぽつりと、局所的に濃い部分が現れる。

泣いているのだ。

「ねえ、あなた」

結婚指輪の光る左手で涙を拭うと、伊佐江が顔を上げた。

「私が担当してもいいかな、デザイン」

祥久は思わず、息を呑む。久しぶりにこちらに向けられた伊佐江の表情は、真冬の明け方、朝露を滑らせたあとの花びらのように美しかった。

「でも、修理の作業もかなり溜まってるだろう。製作に当てられる日数、結構厳しいぞ」

それ以上無理したら、という祥久の言葉を、「大丈夫」と伊佐江が遮る。

「絶対に間に合わせる。彫りの作業も、確かに力が足りなくなってきてるけど、私、どうしてもやりたい。私に担当させてください」

そう言うと伊佐江は、テーブルに手をついて頭を下げた。二人の人間の関係性が、突然、夫婦ではなく硯職人同士のそれとなる。色も量も薄くなった伊佐江の髪の毛を見ながら、祥久は、今はどんなことを言ったとしてもその小さなつむじに言葉すべてを吸い込まれてしまうような気がした。

「わかった」

祥久が口を開くと、伊佐江がまた、顔を上げた。

「ただ、普段以上に細かく確認させてもらう。今回の発注は、この工房の未来を占うものでもあるからな、間違いなく」

「ありがとうございます。よろしくお願いします」

硯職人としての佇《たたず》まいでそう言うと、伊佐江は「ちょっと、これはいてもたってもいられんわ」と、急に家族の雰囲気を取り戻した。

「ちょっと工房でイメージ作ってくる。石触ってないと落ち着かないかも」

今度は少女のような雰囲気を纏い、伊佐江はまるでスキップでもするような軽快さで工房へと消えていった。「すごいっすねえ、ファンの熱ってのは」そう言う有史も、資料でぱたぱたと顔を扇《あお》いでいる。

「あの男の何がそんなにいいんだか」

祥久はそう呟くと、資料の中にあるプロフィールを確認する。林田のほうは見慣れた単語が多かったが、時永のほうは、何度目を通してもどの業績がどれくらい凄いのか、はっきりと理解することができない。

○時永憂衣

書道家。本名、年齢非公開。

日本の伝統的な〝書〟の世界観を多角的に表現するライブ書道パフォーマンスが各国から高い評価を受けている。観衆が空間全体から書のコンセプトや意味を会得できるよう舞踊や音楽とコラボレーションした『生きる筆』が、二〇一六年にロサンゼルスで開催されたコンテンポラリー・アートフェア ArtPadSF にてグランプリを受賞。

その後、東京オリンピック開会式でのパフォーマンスが評判を呼び、ヨーロッパ美術協会からアジア最優秀アーティストに選出。二〇二一年、ルーブル Carrousel du Louvre à Paris での展示作品でグランプリを受賞。同年、世界の美術館や博物館の審査員による最高賞「審査員賞金賞」を同作で受賞。日本文化である書が世界藝術と肩を並べる存在であることを証明した。

現在は、各国の日本国総領事館や日本国大使館主催により、ワークショップ指導なども多数実施。美しき日本国の伝統芸術を次世代に継承するべく、そして〝書〟の持つ新たな可能性を拡げるべく挑戦を続けている。

このたび、日本文化を世界に広め、国境を超えて深い感動と希望を与え続けている功績から、国民栄誉賞の授与が決定した。


「日本文化を世界に広め、国境を超えて深い感動と希望を与え続けている功績から、国民栄誉賞の授与が決定した」

有史が読み上げる箇所が、祥久が黙読していた箇所にぴったりと重なる。

「そう言われればそうですけど、林田みたいに三回連続世界一！　とか言われたほうが、まあスッキリしますよね。ていうか、時永憂衣って本名じゃないんだ」

あくまで林田派である有史の発言に「そうだな」と頷《うなず》きながら、祥久は先ほどの伊佐江の表情を思い出す。

ここ数か月、過労によりやつれていく妻のことが心配だった。そして、そのようになるまで働かせているのは自分だという不甲斐なさが降り積もっていた。それがどうだろう。これから仕事量は間違いなく増えるというのに、伊佐江の肉体は一気に何十年分も若返ったように見えた。その肌の内側に、豊かな泉のようなものが湧いている様子が見て取れるようだった。

【こんな賞を自分がいただいてしまっていいのか、戸惑いが消えません。私なんかがいただいて

いいのだろうか、という思いが強いです】

ニュースで紹介されていた時永のコメントが、資料にも印字されている。祥久の頭の中では、時永の、常に控え目で消え入りそうな声で再生される。

時永憂衣の人気に火がついたのは、まさに林田が三連覇を成し遂げた東京オリンピックの開会式がきっかけだった。

オリンピックの開会式といえば、日本のエンターテインメント界にそれをやり遂げるだけのポテンシャルがあるのかとひたすらに不安視されていた印象だが、演出の焦点を静と動でいう〝静〟のほうに当てたこと、会場全てを巻き込む派手さよりも、会場の集中力を一点に束ねるような繊細さを構成の中心に据えたことから、終わってみれば「歓声を上げるのではなく息を止めてしまうようなパフォーマンスの数々」「これぞ世界が見たかったニッポン」と、国内外から想定外ともいえるほどの高評価を得た。

時永は、開会式および閉会式の基本プランを作成する「四式典総合プランニングチーム」のメンバーである映画監督からのご指名だったらしい。それまでも書道家として活動はしていたようで、有名な映画のロゴ等を多く担当していたというが、一般的にはそこまで知られた存在ではなかった。人気が爆発したのは、開会式で披露した、音楽や舞踊とコラボレーションした書道のパフォーマンスが素晴らしかったから——とは、祥久は受け取っていない。

その儚《はかな》げな風貌をはじめとする所作の一つ一つが、主に、女性のファンを大量に生んだのだ。まず、開会式に出演するパフォーマーとして時永の名前が報道されたとき、過去のパフォーマンス中に撮られた写真がどれも〝現代に舞い降りた天女様すぎる〟ということで一気に拡散された。書に臨むときは常に裸足かつ白装束であること、パフォーマンスの前にルーティンとして祈りの時間が設けられていること、そして長い前髪の隙間から覗くぎらりと光る瞳など、ファンたちの妄想を掻《か》き立てる要素がその写真の中に悉《ことごと》く詰め込まれていた。そこにトドメを刺したのが、四式典でパフォーマンスをするメンバーが集められた記者会見だった。

ファンの間で膨らみに膨らんでいたミステリアスでクールな、〝天女様〟の印象が、会見中の言動によっていい意味で裏切られ、一気に神格化されたのだ。会見中、メンバーが揃《そろ》って礼をする場面が何度かあったが、時永が頭を下げている時間が飛びぬけて長かったこと。隣の人が話しているとき、自分の息の音さえマイクに入れてはならぬと思ったのか、時永がずっと息を止めているように見えたこと。感極まって涙を流してしまった女性の華道家に即座に差し出したハンカチに、自分の名前が書かれていたこと。それらの決定的瞬間は、逐一静止画像として保存され、時永について言葉を尽くしたくてたまらないファンたちの手によってまずは仲間内で共有されたあと、すぐ世間へ拡散された。その他にも、常に感謝の気持ちを口にしていたこと、集合写真でもどこか申し訳なさそうに一歩後ろに下がっていたこと、会見場をあとにするときも最後にひとりだけ記者の人たちに向かって頭を下げていたこと――そのような瞬間を時永は続々と供給し、そのたびにファンは「かわいすぎてしんどい」「は？　無理尊い」と、撒《ま》かれた餌に飛びつく犬のように全身を震わせて喜んだ。

伊佐江は、時永の振る舞いの数々に、謙虚だ素晴らしいと感激している。控え目で、奥ゆかしくて、なんてきれいな心の持ち主なのだろうと称《たた》える。ただ、祥久は、伊佐江の使う言葉とは別の表現のほうがしっくりくる感覚がある。もどかしいのは、その〝別の表現〟というものが、すっと出てこないことだ。

さらにもどかしいのは、このもどかしさに、心当たりがあることだ。過去、自分はどこかで、これと同じような感覚を抱いたことがある、きっと。

「やっと、落ち着いてきました」

声がしたほうを見ると、有史が祥久の分のお茶をも飲み干していた。そして、改めて資料に目を通しながら、「てかマジで時間ないですよね?」とまた慌て始める。

「いやーでも、ほんとすごいすね。こんなこと起きるんすね。おめでとうございます」

有史にそう言われ、祥久は初めて、これは人からおめでとうございますという言葉を掛けられるような事態なのだと認識する。製作に取り掛かる前に、親父の墓参りをしたほうがいいかもしれない。

「俺も何でもしますから、本当に何でも言ってくださいね」有史が、空いた三つの湯飲みを台所へと運ぶ。「もともと入れてたスケジュールとか、多分、断らなきゃいけないですよね? そういう雑用とかでも、何でも言ってください」

有史がふうと大きく息を吐きながら、いつものように食器を洗う。いつも通りの動作をなぞることで、心身を無理やり日常に戻そうとしているのかもしれない。でも、「テレビとか出ちゃうんですかね、祥久さん」等と言いながらひとりで笑っているところから見ても、未《いま》だ平静には程遠いようだ。

祥久は、手元に視線を落とす。自分の指が震えていることに気が付く。

これから一体どのようなことが起こり得るのか、見当もつかない。工房の歴史は長いが、こんなことは初めてなのだ。これからは、有史の言う通り、ずいぶん前から断るようになったメディアの取材なども引き受けざるを得ないのだろうか。予想もしていなかった大きな渦の真ん中に放り込まれた戸惑いと、それにより発生するだろう恩恵への期待が、丁度よく天秤のバランスを取っている。いや、色々考えるよりまずは、国民栄誉賞という名に恥じない記念品を作り上げることが最優先だ――ひとまずそう結論づけたとき、祥久ははたと体の動きを止めた。

ずいぶん前から断るようになったメディアの取材。

その原因となる記憶が、かすかな音を立てて、脳の底で発酵し始める。

「あーあ、せっかくなら林田の記念品がよかったっすねえ俺は。でも、時永のほうが注目度は高いかあ」

食器を洗い終えた有史が、隣町の鉄工所の社名が印字されたタオルで手を拭いている。このあとこの男が帰ってしまい、時永に心酔している伊佐江と二人きりになると思うと、祥久は得も言われぬ心細さに襲われた。

「あれですよね、まずは」

そんな祥久の思いもつゆ知らず、有史がこちらを振り返る。

「いくつか決まってる小学校訪問、キャンセルしたほうがいいですよね？」

小学校訪問。

その言葉が、祥久の記憶の底にそっと手を差し込んだ。

4

七年ほど前、工房の経営は今よりもさらに危うかった。

四十代も後半を迎え、硯を製作するうえで最も大切な道具である肉体が、日に日に無理が利かなくなっていることを自覚し始めたころだった。当時の祥久と伊佐江は、その一年後に職人を志した有史が突如工房に現れることなど毛頭予想しておらず、衰えゆく自己と迫りくる未来の間で板挟み状態になっていた。父は病床に臥《ふ》しており、相談相手もいない。その結果、当時の祥久は、自分の抱える不安に言葉を当てはめる機会に恵まれず、それゆえに、一つ一つを言語化し整理すればもしかしたらそれだけで落ち着けるような状態だったにもかかわらず、巨大な不安に苛《さいな》まれていった。

そんなときだった。地元の放送局から、祥久に取材の依頼が来た。

地元に伝わる技術を引き継ぐ職人が、その技術を通して次世代へ日本文化を継承していく様子を映像に収めたい――簡単にいえばこのような内容の依頼だった。土曜日の夕方に三十分間、県内限定の放送。内容的にはつまり、祥久が常日頃行っている小学校訪問に密着させてほしいということだったのだが、何でも、その放送局の役員が、地域の小学校訪問のバックアップをしてくれている、父の同級生の校長と知り合いだという。小さな町では、人の繋がりを鉛筆でなぞれば、その土地の地図が完成する。

祥久は基本的に、自分がメディアに出演することを固辞していた。そういうことには性格上向いていないと思っていたし、これまで何度か、父が取材を受けたメディアに対して怒っている様子を目にしてきたからだ。だが、自身の老化と工房の未来への不安が最大限にまで膨張していたこともあり、世話になっている校長の顔に泥を塗るわけにはいかないからと自分に言い聞かせ、祥久はその依頼を引き受けた。

だが、実際の制作は別の若いディレクターが担当するということで、祥久に依頼をしてきた役員とは事前の打ち合わせで一度顔を合わせたきりだった。若いディレクターの提案で、祥久の他にもうひとり、小学校を訪問する職人が加わることになった。地元で長い歴史を持つ黄泉硯の職人と、地元に新たなムーブメントを起こそうと奮闘する若い職人、その化学反応が見たいということだった。

その若い職人の名前は何といっただろうか。忘れてしまったが、時永憂衣のように、本名ではなかったことを覚えている。アーティスト名、という表記の下にあったのは、漢字一文字ずつから〝こう見られたい〟という叫びが伝わってくるような名前だった。本名を尋ねたが、「非公開なんです」と返された。

その男は、筆の職人だと名乗った。若いディレクターは、ＳＮＳでその筆職人を見つけたという。

もともとは豊橋にある製作所で修業をしていたが、昨年、故郷ならではの素材を使って筆を製作することで、故郷に恩返しをしたいと考えるようになった――その男は、淀みない口調でそう話した。何だか、論理として大切なところが抜け落ちているような気がして、祥久はその話がわかるようでよくわからなかった。本名とあわせて年齢も非公開だったが、学生に毛の生えた程度の年齢だということはその風貌からも明らかだった。年齢が無理ならと製作歴を尋ねてみたところ、それも答えてもらえなかった。ただ、小学生に何かしらの特別授業をするとして、硯職人と筆職人という組み合わせ自体は自然なものだと感じた。

若いディレクターは若いディレクターで、上司から命じられた通りに番組を作ることに反発心があるようだった。せっかく自分が関わるのだから、若い世代の新しい風を企画の中に送り込みたい――そんな思いが、この地域で活動する数少ない〝若い職人〟をどうにか発掘させたということは容易に想像がついた。

ディレクターとの打ち合わせの際、祥久は様々な提案をした。普段の小学校訪問で行っているように、硯製作のときに生じる端材を用いて図画工作をするというのが子どもにとっても最も興味を持ちやすいだろうが、せっかくなら地元が誇る黄泉岩という素晴らしい素材について知ってもらいたい気持ちがある。いっそ、みんなで黄泉岩の採掘を体験するのはどうか――そんな風に、特別授業の内容について知恵を絞る祥久の隣で、筆職人は全体のうちどれくらいの時間を筆について割いてくれるのかということと、その内訳がどうなっているのかを気にしていた。

筆を作るところの取材はマストでお願いしたい。そしてそのときは、毎朝のルーティンとして行っている、筆の神様に対して祈りを捧げながら書をしたためるシーンも撮影してほしい。製作に関しては、逆毛とり、すれ毛とりの工程が最も〝職人らしい技術を見せられる〟ため、指先の感触を働かせながら毛を選別する作業を撮影してほしい――。

「なるほど、そういう作業があるんですね」

ディレクターはそう言うと、祥久のほうを見た。

「藤瀬さんも、そういうご希望はありますか？　たとえば、硯職人ならではの身体的な特徴みたいなのって、あったりしますか？」

二十年以上、ノミの柄がぶつかり続けて出来た肩のタコに少し触れると、祥久は言った。

「あったとして、それは別にわざわざ人に見せるようなものではない」

祥久はそう言うと、これまでもなかなか目を合わせてくれなかった筆職人の顔をまじまじと見つめた。

「作品を見てもらえば、おのずと技術はわかってもらえるはずだ」

贋作ほど豪華な額縁に飾られるように、技術や実績を持ち合わせていない人間ほど、言動や立ち振る舞いに気を遣うようになる。その後の打ち合わせでも、筆職人が祥久と目を合わせることは一度もなかった。

帰宅後、祥久は、整理整頓をずっとサボっていた名刺ホルダーを開いた。長年この業界にいると、様々な分野の職人と顔見知りになる。あの筆職人はあらゆる情報を非公開としていたが、豊橋の製作所にいた、ということは会話の中で明かしていた。

祥久には、心当たりがあった。

その製作所の代表と話すのはとても久しぶりのことだった。筆も硯も、後継者も需要も不足し続けている分野だ。そこで長く経営と製作に徹している者同士、積もる話が沢山あった。そのうち電話口から、職人になることを志望してきたものの、一連の作業を教えた途端地元の長野に戻った男がいるという話が零れ出てきた。

5

「祥久さん」

食卓に残された夕食にラップをかけると、有史が顔を上げた。

「伊佐江さん、そろそろ本当にちゃんと休んだほうがいいんじゃないでしょうか。もう何日も寝てないみたいですし」

そう言われるだろうなと予想していたことをそのまま言われ、祥久は少し苛立ってしまう。ただ、ここでその苛立ちを露《あら》わにして良いことなんて何一つない。祥久は「そうだな」と相槌を打つ程度で、自分の中の遣《や》る瀬無さをやり過ごす。

伊佐江にはもう散々、睡眠と食事はしっかりとってくれと忠告している。それでも、国民栄誉賞の記念品の発注があった日以来、何かに取り憑《つ》かれたように工房から出てこなくなってしまったのだ。話を聞く耳を持ってくれない。

「このままだと間に合う間に合わないの前に、伊佐江さん倒れちゃいますよ」

そんなことも、改めて指摘されるまでもなくわかっていることだ。祥久は表情や声色に苛立ちを滲ませないようにしながら、「ああ」と頷く。ただ、有史のもどかしさも、わかる。既に請け負っていた修理の作業は祥久が引き継ぎ、取り急ぎ新規の製作依頼は止めているが、これまでは三人で回してきた食事当番を今では有史が一手に引き受けていたりと、なんだかんだで有史のもとに様々な業務のしわ寄せが及んでいる。そんなふうに誰もが余裕をなくしているとき、現場の空気が良くないというのは勘弁してもらいたいところだろう。

「今日とか、味付けうまくいったと思うんだけどなぁ」

ラップの下にあるブリの照り焼きが、湖面に張った氷のようにぴかりと光る。ここ最近は、三人で食卓を囲んでいない。伊佐江は、食事を摂《と》ることよりも集中力が途切れることを恐れているようだった。有史がラップをかけておいてくれた食事が手つかずのまま冷蔵庫の中から発掘されたことも、一度や二度ではない。

「俺今日はもう帰りますけど、伊佐江さんに、今日のブリ照りは食わんと損ですよって伝えといてください」

有史を見送り、祥久は一度、洗面所で顔を洗った。鏡に映る自分の顔が想像以上にやつれていることに気が付き、この何倍も無理をしているだろう妻の状態を想像すると、足が勝手に工房へと動いていた。

ひんやりとした空気に、秋の終わりを感じ取る。工房の窓から見える入道雲のような山々が、対観光客用の顔を片付けていっている。

「伊佐江」

工房の薄暗さに紛れてしまいそうなその輪郭を見つめていると、祥久は、また、記憶の底に誰かの手のひらがそっと差し込まれるような感覚に襲われた。

工房の奥にある作業場、クッションを敷いた椅子に腰を下ろし、背中を丸めて石を彫る伊佐江の姿。

グラウンドの奥にある水飲み場、少し濡れた縁石に腰を下ろし、背中を丸めている少年の姿。

二つのシルエットが、記憶の中で重なる。

「伊佐江」

二度名前を呼んでやっと、その背中からふうと空気が抜けた。そうすると、記憶の中のシルエットはどこかへ消え、たったいま呼びかけた人そのものの姿が舞い戻ってきた。

「私も、わからないの」

祥久が何かを尋ねる前に、伊佐江は口を開いた。

「これまでずっと、アイドルにハマる同級生とか、韓流にハマる人たちとか、心の中でバカにしてた。何がいいのかわからん、目の前にいない人の何をそんなに好きになれるんだろうって」

もういくつ試作を繰り返しているのだろう。伊佐江の足元、そして工房の廃材置き場に転がっている石を見て、祥久は途方もない気持ちになる。

「だから、厄介なの」

伊佐江が、ノミから手を離す。柄が、肩の、タコができているだろう部分に、当たり前のように寄り掛かる。

「憂衣様を素敵だなあって思う気持ちは、これまでの人生が通用しないから、私自身、どう扱えばいいのかがわからないの。あなたが気味悪がってるのもわかる。私だってこんな自分、気味悪い。だけど、初めて、追っかけっていうの？　実際はしないけど、してみたいなって気持ちになるくらい、素敵だなあって思ってしまってるの」

祥久から、伊佐江の表情は見えない。だけど、声の震え、漏れる息、そのような様々なものが、目で捉える以上に伊佐江の表情を物語ってくれているような気がした。

「憂衣様、いつでも誰よりも長く頭下げるでしょ？　そういう姿見るたび、大丈夫だよって言ってあげたくなる。会見とかで、隣の人が話してるとき息止めたりとか、今回の国民栄誉賞のコメントでもこんな自分が申し訳ないって何度も何度も言ってたり、そういう姿見てると、なんか、何がこの人からそんなにも自信を奪っていったんだろうとか考えてしまうのよね。インタビューでもそういうこと言ってた、子どものころから書道以外得意なことがなくて、それがコンプレックスでって……でも、だからずっと謙虚なままでいるんだろうなあとも思うんだけど」

伊佐江の口調が、少しずつ早口になっていく。だけど本人はきっと、そのことには気づいていない。

「ここにこんなにもあなたを応援してる人がいるよって、この硯で伝えたいの。これまでつらいこといっぱいあっただろうけど、本当は人前に出るのとかもしんどいかもしれんけど、これまで生きてくれてありがとう、あなたを応援してる人はたくさんいるから、だから顔を上げて、もっと自信持ってって」

「伊佐江」

勝手に開いた口を、

「多分、その硯」

祥久は慌てて閉じた。

その続きの言葉が何なのか、祥久は知っていた。

いま目の前に存在する伊佐江のシルエットと同じ形の誰かが、耳元でずっと、その言葉の続きを囁《ささや》いてくれている。

6

テレビ番組のスタッフたちとの待ち合わせ場所に、筆職人は和服で現れた。カメラに向かって「筆に関わるときは、この格好をしていないと身が引き締まらないんです。なんだか、筆の神様に申し訳ないような気がして」と言っていたが、祥久はその隣で、事前打ち合わせにはポロシャツにジーパンで参加していたなと思った。蟬《せみ》の合唱が鳴り響くような季節に、和服はとても暑そうだった。

まずは、全員で職員室を訪ね、関わってくれる先生も含めて打ち合わせという名の最終確認をした。さすがに黄泉岩の採掘をみんなで行うことは難しかったが、図工室を開放してもらえたことで、子どもたちが彫りの作業を体験できることになった。その後、実際に墨を磨る作業、筆職人による筆づくり体験を経て、最終的には自分で生み出した墨と筆で好きな言葉を書く、という流れになる。午後の時間割をたっぷり使っての特別授業ということで、皆、気合いが入っていた。

その後、今回の企画に賛同してくれた校長と職人二人が対話するシーンを撮りたいということで、校長室に向かった。

そこで、カメラが回った。

「今日はお暑い中わざわざありがとうございます」

校長室の窓から見える景色が、アスファルトから立ち上る熱で揺れている。季節は七月、夏休みに入る直前だった。

今回の特別授業を受ける学校として立候補をした理由、故郷に根付く伝統や文化がいかに素晴らしいか、そして今の子どもたちに伝えたいこと——校長の話への相槌が、筆職人はとても大きかった。祥久は、笑顔のまま頷き続ける筆職人の前髪の動きに何度か気を取られ、肝心な話をいくつか聞き逃したような気がした。

「そうだ」話が終わりかけたとき、校長は突然手を叩《たた》くと、声のトーンを一つ上げた。「今日はぜひ、特別授業が終わった後、御礼《おれい》をさせていただきたいんです」

「御礼、ですか？」

筆職人が訊き返す。

「はい。この地域には、山の神を称える踊りが伝わっています。毎年、地域の文化保存委員会の人たちが子どもたちにその踊りを教えてくれるんですが、今日はせっかくなので、伝統文化を教えてもらったお返しに披露させてください」

段取りに含まれていなかった申し出に、ディレクターの表情が少し強張るのが見て取れた。スタッフや機材を借りられる時間に限度があるのかもしれない。ただ、その踊りに興味が湧いた祥久は、撮影とは関係なしに見てみたいと思った。「ぜひ」という気持ちを伝えるべく口を開こうとしたそのとき、

「そんな、今日はこれからもっと気温が上がるといいますし、子どもたちが熱中症になる可能性だってありますし、申し訳ないです」

筆職人がほんの一瞬、カメラのほうを見たあと、そう言った。

「まず、私たちはお返しをしていただくために来ているわけではありません。次の世代を担う子どもたちに、継承すべき日本文化に触れてもらうだけで満足なんです」

筆職人はそう言うと、目を伏せて呟いた。

「何より、心苦しいんです」

心苦しい、ですか？

とは、誰も訊き返さなかった。だが筆職人は、まるでそう訊き返されたかのような間で、「私の個人的な話になってしまうのですが、少しお時間よろしいでしょうか」と、話を続けた。

「というのも、私自身、みんなで同じような動きをするということを、とてもつらく感じる子どもだったんです」

筆職人がまた、ほんの一瞬、カメラの位置を確認したような気がした。

「私がちょっと変わっていただけだと言われたらそれまでかもしれませんが、たとえば運動会の入場の練習ですとか、炎天下のグラウンドで行われる組体操の練習ですとか、卒業式の返事の練習ですとか……納得いく説明も与えられず整列を強制されているような感覚、とでもいうのでしょうか、それがすごく苦しかったんです。勉強も運動も得意ではなかった私にとって、学校とは、わけもわからず、だけど前後左右からはみ出ることをしないように気をつけながら、列の中に収まっていなければならない場所でした。制服ひとつ取ってもそうでした。もっと自分の心を解放できるものを着たいと思っていましたが、それは禁止されていました」

そこで一息つくと、筆職人は、「今ではこんな風に、着たいものを着られています」と、和服の生地を愛《いと》しそうに指で撫《な》でた。

「ずっと、心を殺しているような状態だったんです。言われた通り、みんなと同じように動くことがこんなにも苦しい、同調圧力が苦しい。そんな私を救ってくれたのが、ものを創る歓《よろこ》びでした」

祥久はちらりと壁時計を見た。授業開始の時間が迫っている。

「昔から、絵とか裁縫とか、そういう細々とした作業で自分の好きなものを創ることが好きでした。だけど、勉強でも運動でもない得意分野は、学校の中ではなかなか見つけてもらえません。それでもやめずにいたら、筆づくりというものに出会うことができたんです。自分で作った筆で自分の好きな言葉をしたためる、その歓びに魅了されました」

だから、と、筆職人が背筋を伸ばす。

「これから会う子どもたちにも、同じ振付を揃って踊ることよりも、自分だけのオリジナルを見つけ出してほしいと思っているんです。かつての私みたいに」

そこで筆職人はふっと表情を緩め、「すみません、少し重たい空気になってしまいましたね」と明るく言う。

「何より、子どもたちが楽しむ姿を見られるだけでじゅうぶんなんです。お返しをいただくために筆づくりを教えるなんて、筆の神様に怒られてしまう気がします」

筆職人が話し終えると、校長は「すごく謙虚な方なんですね、奥ゆかしいというか」と感心したように言った。オンエアでは、御礼を断るという文脈ではなく、筆職人が校長に過去の自分について語るというふうに編集されていた。

いえいえ、と、謙遜する筆職人の動作は、首を振っているというよりも、校長がくれた言葉を、かき氷にかける甘いシロップのように、顔じゅうに染み込ませているように見えた。

謙虚。奥ゆかしい。

で合っているのだろうか、先ほどの彼を表す言葉は——祥久がそんな考えを深める間もなく、話題は次へと移っていった。

特別授業自体は滞りなく進んだ。というのも、スタッフや学校関係者によるサポートはもちろんだったが、そのクラスにはわかりやすく活発な生徒が複数おり、その子たちが代表的な失敗例も成功例もすべて体現してくれたからだった。テレビカメラは、その子たちさえ追っていれば番組として必要な要素をかき集めることができるため、逆に、祥久はいつも通り、ディレクターからの指示などを受けることなく段取りを進めることができた。

休憩時間中、活発な生徒たちが口々に「さっき先生から聞いたけど、踊り、今日やらなくてよくなったの嬉しい！」「いつもやってるから、つまらんもんー」と言い出す場面があった。どうやら、特別授業が始まる前に、担任の先生から御礼の踊りがなくなったことを告げられたらしい。

「いやはや、私らより、職人さんのほうが子どもたちの気持ちをわかっとるのかもしれないですねえ」

そう言ってカメラに向かって眉を下げる校長の隣で、筆職人は満足げな表情で「いえいえ」と首を横に振っていた。

特別授業を終え、教壇の前で筆職人と並び、生徒たちに頭を下げたとき、筆職人は、祥久が頭を上げた後も、その時間の差をカメラの向こうの人間に見せつけるかのように頭を下げ続けていた。そのころには、もうあと少しでこの男と関わることもなくなるのだから、と、祥久はまともに思考しようとする回路を意識的に停止させていた。

収録に関するすべての事柄を終え、小学校から撤収する時間となった。工房から持っていきたい道具や素材もあったため、自家用車で小学校まで来ていた祥久は、昇降口で解散とさせてもらった。スタッフたちに挨拶をしたあとは、電磁波のように鳴り続ける蟬の声を浴びながら、小学校から借りた台車に一人で荷物を積んだ。

校庭を越えた先にある駐車場に向かって、汗ばむ体で台車を押していたときだった。

グラウンドの奥にある水飲み場、少し濡れた縁石に腰を下ろし、背中を丸めている少年の姿があった。

祥久は、その少年のことを覚えていた。一部の、特に活発な生徒を除いたとて全体的に明るい雰囲気のクラスの中で、まさに今のように、ずっと背中を丸めて浮かない表情をしていた生徒だった。特別授業の間、何度か声をかけたが、体調が悪いのかという質問に首を縦に振ることはなかった。

「大丈夫か」

祥久はその生徒に背後から声を掛けた。ただでさえ暑い中、知らない大人たちが沢山いる教室に長時間閉じ込められていたのだ。カメラが回っている手前、本当は気分が悪いということを言い出せないまま、体調を悪化させ続けていたのかもしれない。それにこの気温だ、場合によっては熱中症もありうる。

「体調悪いのか？　水分とって、保健室行ったほうが」

そう言う祥久のほうを振り返った生徒は、口ではなく顔を濡らしていた。

そのとき祥久は、少年はここで水を飲んでいたわけではないことを悟った。

彼はここで、顔を洗っていたのだ。

涙を隠すために。

「何で」

新たな水分が、少年の両目から零れ出る。

「何で、断った」

祥久は、はじめ、何のことを言っているのかわからなかった。

「今日のために、いっぱい、練習したのに」

濡れた瞳が、真夏の太陽よりも強く光る。

「担任の先生が、職人さんたちが、断ったから、なくなったって」

そこまで聞いて、祥久はやっと理解した。

この子は、今日のために、テレビのカメラが入る今日のために張り切って、地域に伝わるという踊りを練習してくれていたのだ。

「初めて、真ん中もらえて、練習、いっぱい、して」

涙が溢れてきたことを認識し、感情が加速したのか、その小さな体が文節ごとに大きく揺れ始める。

まるで自分が立っている場所に、太陽の熱が全て集ったようだった。祥久には、自分の影が、真っ黒い穴に見えた。

特別授業の時間しか見ていないが、彼がかなりおとなしい性格で、おそらく友達がたくさんいるタイプではないだろうことは祥久にも想像できた。最後に手作りの筆で書いた字だって、お世辞にも美しいとは言えなかった。他の男子生徒たちに比べて小柄なその体躯では、運動で活躍することも難しいかもしれない。人間関係、勉強、運動、これまでずっと、どの分野でも、彼はクラスの隅っこにいた可能性が高い。

そんな彼がようやく〝真ん中〟を任されたのが、今日披露する予定だった踊りなのだとしたら。

「ごめんな」

――子どもたちが楽しむ姿を見られるだけでじゅうぶんなんです。お返しをいただくために筆づくりを教えるなんて、筆の神様に怒られてしまう気がします。

「ごめん」

祥久は、少年の頭に手のひらを置いた。混じりけのない黒髪は熱を持っていて、とてもあたたかかった。同じ頭だけれど、〝隣の人よりも長く下げ続けることで、より感謝をしている〟ということをアピールするためだけに存在していた筆職人のそれとは、中身も機能も何もかも異なる部位のような気がした。

贋作ほど豪華な額縁に飾られるのは、仕方のないことかもしれない。程度の差はあれど、どんな人間だって膿《う》んだ部分はあり、何かでそこを隠しながら生きている。もちろん自分だってそうだ。他人や社会から気に入られるよう装飾をすること自体には、とやかく言うつもりはない。ただ、他者から何かを奪い取ってまで、自分の額縁を装飾しようとする行為ほど、浅はかなことはない。

蟬の鳴き声に、少年の泣き声が隠れていく。

踊ってもらえばよかったのだ。御礼の気持ちと差し出されたものは受け取り、ありがとうございますと言えばいいだけのことだったのだ。少年が差し出してくれていた小さな手のひらは、誰の目にも映らない過酷な道程を経ていたのだ。それさえもブチリと千切り取り、自分を囲う額縁に飾ろうとすることは、絶対に、謙虚や奥ゆかしいという言葉が当てはまるような行為ではない。

「本当に、悪かった」

肩を震わせる少年の肩越しに、筆職人を乗せたテレビ局の車が、陽炎《かげろう》の中で小さくなっていくのが見えた。祥久はこの日以来、メディアの取材を受けていない。

7

「これで見えますか？」

ベッドに横たわる伊佐江に向かって、有史が椅子の位置を整えながら話しかけている。ベッド脇に置かれた椅子の座面には、携帯電話が横向きに置かれている。

「ごめん、もうちょっとだけ右側にしてもらえる？　あ、こっちから見て右側、ありがとう」

伊佐江の細かな指示によって、ベッドに横になったまま携帯の画面を見るときのベストポジションが決定したようだ。伊佐江は老眼鏡を掛け直し、「ありがとう、これでばっちり」と微笑む。

記念品は、内閣府から指定されていた納期の前日に完成した。伊佐江は、試作に試作を重ねた末、時永憂衣がいつも身に着けている白装束の刺繍を、硯全体に彫り巡らせた。時永が使用している筆の銘柄を調べ、墨を磨る海の大きさや深さを最も適したサイズに整えたため、見た目はかなりダイナミックだが、その全体を繊細で確かな彫りの技術が包み込んでいる。どれだけの労力と手間を掛けたのか、想像するだけで祥久は眩暈《めまい》がするようだった。

「硯って、修理を繰り返しながら丁寧に使えば、一生ものになるでしょ。この硯が百年残れば、たとえ憂衣様にどんなことがあっても、憂衣様の魂は書の世界にずっと残り続けるんじゃないかなって……憂衣様はいつも自分に自信がないから、憂衣様を強く支えられるようなものを作りたかったの」

伊佐江が丹念に、丁寧に研いだ表面は鋒鋩《ほうぼう》がきっちりと立っており、硯の本分である墨を磨る作業においても申し分ない出来だ。期日ぎりぎりの完成、そして割れ物ということもあり、担当者が工房までピックアップしに来てくれたのだが、その仕上がりの完成度に、担当者は「まさに時永憂衣さんのために作られた硯ですね」と、しばし呆然としていた。

当の伊佐江は、記念品を完成させてすぐ、体調を崩し倒れてしまった。緊張が解けたのだろう、全身を自律させるために必要なエネルギーが遂に底を突いたというようなダウンの仕方だった。三週間の間に、五キロ以上瘦せていたらしい。

「でもよかったですよ、とりあえずご飯食べ切れるくらいには回復してきて」

有史が、鶏肉と野菜たっぷりのスープが入っていた器を、盆の上に移動させる。栄養のあるものを摂取し、たっぷり睡眠をとったことで、まるでビニールプールに空気が入れられていくみたいに、伊佐江の身体に少しずつ張りが戻ってきた。業務を止めるわけにはいかない祥久の隣で、有史は本当によくやってくれた。

「憂衣様のあの硯を受け取る瞬間が見られるなんて、ほんとに嬉しい。今の時代はすごいなあ」

ベッドに横たわったままの伊佐江が、顔を前に出すようにして少しでも携帯の画面に近づこうとする。その画面の右端には、生中継、という文字がある。

まさか、国民栄誉賞の授与式が生中継されるなんて、祥久も想定外のことだった。ただもちろん地上波放送ではなく、有史が言うに「ApemaTVってインターネットテレビで観れるんですけど、これマジですごくて、地上波であんまりやってくれない記者会見とか全部生放送してくれるんですよ。昔のアニメとかも見放題だし、結構攻めた番組も多いし」ということらしかった。言葉の意味のほとんどはわからなかったが、とにかく、この町でもリアルタイムで授与式の様子を見られるということだ。

「あなた、そこから見える？　こっち来る？」

伊佐江が、ベッドの隣をぽんぽんと叩く。「え、ちょっとお」有史が変な照れ方をしたので、祥久は逆に冷静になる。

「ここでいい」

「そう？　観なくていいんだ？」と微笑む伊佐江の表情が、かっこつけちゃって、と言っている。

「そうですよ祥久さん、藤瀬工房初の快挙なんだから！　間違いなく発注殺到しますよこのあと！　あ、林田もう出てきてるじゃないですか、あーやっぱかっこいいわ」

オリンピック三連覇の偉業を達成した男の隣で、昨日まで相次ぐ疑惑や不祥事に関して曖昧な答弁を繰り返してきた首相がにこにこ笑っている。鮮やかな光を浴びているその姿に気味悪さを感じながらも、祥久は、いま自分の胸の底で汚泥の如く湧き上がりつつある悪寒は、為政者御用《ごよう》達《たし》の都合の良さを見せつけられたことが原因ではないことに気づいていた。

「はあ、なんか落ち着かない」

伊佐江はそう言うと、ベッドから上半身を起こした。

「え、起きて観ます？　いけますか？」

先ほどの椅子の位置の微調整は何だったのかという表情を見せないあたり、有史は大人だ。

「もっと近くで観たくなった」

有史が、伊佐江に携帯を渡す。伊佐江は、枕を腰に当て、ベッドのヘッドボードにもたれかかった。そのまま、手元の画面に視線を落とす。

「音量、下げます？」

「大丈夫、このままで」

伊佐江は老眼鏡の向こう側の目をくりんと上目遣いにして、

「あなたも聞こえてる？」

と尋ねてくる。ああ、と、祥久は答える。

何だろう。

伊佐江の瞳が期待で満ちていくほど、黒い粉塵のようなものが風に吹かれて舞い上がる音が聞こえる。

「あ、出てきた！」

伊佐江が、ぐっと上半身を曲げる。「憂衣様」思わず漏れ出てしまったという声が、焼きたてのホットケーキに垂らすはちみつのように糸を引く。

【書道家の、時永憂衣です】

声が聞こえる。

【こんな賞を自分がいただいてしまっていいのか、相変わらず戸惑いが消えません。私なんかがいただいていいのだろうかという思いは、受賞の連絡をいただいたときから変わらず、今でも強いままです】

「いいんだよ」

伊佐江の口が、愛しそうに動く。

「あなたこそこの賞に相応しいって伝えたくて、記念品、作ったんだから」

伊佐江の声の隙間から、時永憂衣のスピーチが漏れ聞こえてくる。はっきり言葉を聞き取れなくても、祥久はその内容を知っているような気がした。

「本当、夢みたい」

伊佐江の口からは、甘い糸が伸び続けている。

「書道してる動画、何度も観ながら作ったんだよ。フランスでやったのも、ロサンゼルスでやったのも、オリンピックの開会式のやつも、何度も観ながら作ったの」

伊佐江の手元にある携帯が、とろっとろに溶けた言葉たちでべとべとに濡れてしまっているように見える。

「これからは、私の作った硯が、パフォーマンスをするあなたの隣に置かれてるのかもしれないのね。憂衣様のそばに、ずっといられるかもしれないのね。そんなの、本当、夢みたい」

伊佐江がそう呟いたところで、一瞬、沈黙が訪れた。そのあとすぐ、カメラのフラッシュがたかれる音が、万雷の拍手のように響く。

まだ続く。

まだまだ続く。

まだまだまだ、続く。

頭を下げているのだろう。下げ続けているのだろう。林田よりも歴代の受賞者よりも誰よりも、謙虚に頭を下げる自分を披露し続けているのだろう。

【それでは、記念品の授与に移ります】

「きた！　どうしよう！」

ぐっと、伊佐江の上半身がまた、携帯に向かって曲がる。「落ち着いてくださいよお」笑う有史の向こう側で、式典の司会者が、落ち着いたトーンで原稿を読み上げている。

【時永憂衣様への記念品は、長野県N郡に伝わる指定伝統的工芸品、黄泉――】

【あの】

時永の声が、司会の言葉を切った。

ベッドの上で、伊佐江の体が固まる。

【突然申し訳ございません】

そのとき、祥久は思った。

見覚えがある。

伊佐江が作り出すシルエットを、やっぱり自分は知っている。

今、携帯電話の画面に向かって、思い切り背中を丸めている姿。

工房の奥にある作業場、クッションを敷いた椅子に腰を下ろし、背中を丸めて石を彫っていた姿。

グラウンドの奥にある水飲み場、少し濡れた縁石に腰を下ろし、背中を丸めていた少年の姿。

【私の個人的な話になってしまうのですが、少しお時間よろしいでしょうか】

同じだ。

伊佐江のシルエットは、あの少年と同じだ。

時永の言葉は、校長室で筆職人が自分の話を切り出したときと、同じだ。

【先月、小さなころからずっと入退院を繰り返しているという子どもから、ファンレターが届いたんです。その子は、生まれつき体が弱くて、学校にもなかなか通えないということでした。勉強にもついていけないし、体育も見学ばかりだけど、でも、字がきれいなことだけは先生やクラスメイトに褒められたと書いてありました。このまま病院で字を練習して、いつか自分も文字で人を感動させられるようになりたい……そう書いてありました。いただいた手紙はもちろん手書きだったのですが、人柄がそのまま表れているような、本当に美しい文字でした】

額縁にされる。

祥久は、伊佐江の手元目掛けて腕を伸ばす。

伊佐江が身を粉《こ》にして、こんなふうに倒れるまで費やしたすべてが、あの男の額縁にされる。

【今も入院を続けているそうですが、この会見を観てくれると言っていました。確か、インター

ネットテレビで観られるんですよね？】

有史がブリの照り焼きを作った夜、工房にこもる伊佐江に向かって、祥久はこう言おうとしていた。

——多分、その硯。

【突然の申し出になりますが、この硯を受け取るのは、私よりもその子のほうが相応しいと感じました。なので、私がこの硯を受け取ることは辞退させていただきます。その子のもとに、責任をもって届けたいと思います】

——受け取らんよ、あいつは。

【何より、今回の賞は、応援してくださる方々、そして遡れば原始時代以前の、書の文化を作ったすべての人たちと共にいただいたものだと感じています。私の個人的な喜びにしてしまうのは、心苦しいんです】

祥久の指先に、伊佐江の手のひらが触れる。

その手のひらは、力が入っておらず、やわらかい。

「ちょっと、何してるんですか！」

背中に摑みかかってくる有史を払いのけ、祥久は伊佐江から携帯を奪い取る。そして、できるだけ遠くへと、その物体を投げつけた。

ドン、という大きな音がした。壁に激突した携帯が、床に墜落する。

祥久が肩で息をする音が、部屋の中に響いている。

【ちょっと、何してるんですか！】

先ほど聞いた有史の台詞が、今度は林田の声で聞こえてくる。

もううんざりだ。

【もううんざりだ】

祥久は、心の中で思ったことが、林田の声になって響いているのかと錯覚する。だけどそんなこと、起きるはずがない。全身が熱い。

伊佐江は、同じ姿勢のまま、空っぽの手のひらを見つめている。そのまま、口だけが、小さく動き出した。

祥久の目には、そんな、と、言ったように見えた。

もう、うんざりだ。

急に、蟬の声が両耳を塞《ふさ》ぐ。

水飲み場で、少年がずっと、泣き続けている。

明らかに着慣れていなかった、筆職人の和装。

アスファルトから立ち上る陽炎。カメラが切り取る校長室。

自分をよく見せるためには誰かを犠牲にすることも厭《いと》わない姿勢。

お前のやり方を、俺は、認めない。

【お前のやり方を、俺は、認めない】

それが自らの叫びなのか、林田の声なのか、祥久にはもうよくわからなかった。何か話し続けているふうな伊佐江から視線を逸《そ》らすと、床に突っ伏している携帯電話から漏れているかすかな光と、静かに目が合った。

CHECK 20
[感想戦]

贋作

——お疲れ様でした。

お疲れ様でした。新作短編くらい収録されてないと記念本としてダメだろ！　という集英社陣の無（有のときもあった）言の圧力により生まれた——嘘です、私が貯蔵している〝長編にも連作にもならなそうだけど書いてみたいプロット〟の中から、特に形にしてみたかったものを引っ張り出してきたことで生まれた作品です。二〇一九年の小説すばる新人賞特集特大号にも掲載していただき、とても縁起がいいですね！　受賞者の方々、本当におめでとうございます★（誰よりも長く拍手をする）

おわりに

本当にお疲れ様でした。タイアップ作品二十本ノック、いかがだったでしょうか。せっかくなので、最後にもうひとつネタばらしです。ａｉｋｏの楽曲『アスパラ』で小説を書いたという章で、登場人物の名前にａｉｋｏに関係する人々の名前をちりばめたという話をしましたが、実は、企業が関係する作品の登場人物には、その企業の会長や社長の名前を使っていることが多いです。そうです、その企業の社員ウケのみを狙いにいった、消費者のことを全く考えていない悪ふざけです。だって、こういう期間限定的な作品だと、凝った名前とか付けたところでしょうがないんですもん。ちなみに、「偶然にも弊社の会長、社長の名前と登場人物の名前が被《かぶ》っているようなので、申し訳ないのですが変更をご検討いただければ」と、「お前ふざけてんなあ？」を優しく言い換える形で修正を希望された企業さんもいらっしゃいます。さあ、どこかみんなで当てよう！

キャラメルしかりビールしかり、商品を売り出すキャンペーンの賞品として（今ダジャレだと思った人はセンスないです）〝小説〟を選ぶという心意気、改めて、すごいですよね。今や人気アニメや人気アイドルに関するグッズを賞品にすればある程度の売り上げは見込めるだろうに、そこで選ぶのが小説ですよ。すごい。企画通した人の良いところ十個言いたい。ただ、小説を賞品としたキャンペーンがそれっきりで終わっていたりすると、「ああ、私の文章ではやはり引きがなかったのか……」なんて、自分の悪いところを十個言いたくなってしまいます。心は忙しいですね。

さて、これからの十年でも一冊分になりうるくらいこのような作品たちが溜まるのでしょうか。そもそも私は今後十年間、小説家として看板を掲げ続けられるのでしょうか。謎は尽きないですが、このお祭り的な企画本に付き合ってくださった読者の皆様、そして（実は許可取り等の作業がとんでもなく大変なわりにベストセラーとなる可能性や二次利用の見込みはゼロに等しいため社内的な評価にはきっと繋がりにくいにも拘《かか》わらず）本づくりに関わってくださった方々への感謝のほうがもっと尽きません。またこのような機会があることを見越して、ストレッチに励んでおきたいと思います。

それでは、お疲れ様でした。

初出

タイムリミット……「森永ミルクキャラメル」パッケージ二〇一五年六～八月出荷分
蜜柑ひとつぶん外れて……アサヒビール「集めて当てよう！ENJOY！ブラックニッカ」特設サイト二〇一七年四～六月
あの日のダイアル……サッポロビール「エーデルピルス」ブランドブック二〇一六年四月
胸元の魔法……JT「SevenStars」会員制サイト二〇一七年七月
タイトルなし……「Oggi」二〇一七年四月号
いよはもう、28なのに……アサヒビール「SUPER DRY SUPER NOVEL」二〇一五年夏
十八歳の選択……『18きっぷ』二〇一五年十月　朝日新聞出版
清水課長の二重線……「小説TRIPPER」二〇一五年夏季号
アスパラ……「別冊カドカワ　総力特集　aiko」二〇一四年五月

その横顔……「週刊新潮」二〇一五年十一月二十六日号　「読売新聞」二〇一五年十一月二十八日

引金……「GRANTA JAPAN with 早稲田文学」第三号

C、ふと思う……「青春と読書」二〇一七年五月臨時増刊号

こちら命志院大学男子チアリーディング部……『VS.こち亀』二〇一六年九月　集英社

手放したものはなんなのだろう……「朝日新聞名古屋本社版」二〇一五年一月十一日

きっとあなたも騙される、告白の物語……「花椿」二〇一一年八月号

天空の城、ギンザ……「銀座百点」二〇一四年七月号

十七歳の繭……『アイアムアヒーロー　THE　NOVEL』二〇一六年四月　小学館

作家の口福……朝日新聞別刷り「be」二〇一五年五月二日、九日、十六日、二十三日、三十日

介護の日　年金の日……新聞各紙広告二〇一六年十一月十一日、三十日

贋作……「小説すばる」二〇一九年十二月号

朝井リョウ

[あさい・りょう]

一九八九年五月生まれ、岐阜県出身。二〇〇九年「桐島、部活やめるってよ」で第二二回小説すばる新人賞を受賞しデビュー。一二年に同作が映画化されヒット。同年『もういちど生まれる』で第一四七回直木賞候補。一三年『何者』で男性最年少として第一四八回直木賞を受賞。一四年『世界地図の下書き』で第二九回坪田譲治文学賞を受賞。他の著書に『チア男子!!』『星やどりの声』『少女は卒業しない』『スペードの3』『武道館』『世にも奇妙な君物語』『死にがいを求めて生きているの』『どうしても生きてる』など。

装画　美川べるの
装丁　アフターグロウ

発注《はっちゅう》いただきました！

二〇二〇年三月一〇日　第一刷発行
二〇二〇年四月　八　日　第二刷発行

著　者　朝井《あさい》リョウ
発行者　徳永　真
発行所　株式会社集英社
〒一〇一－八〇五〇
東京都千代田区一ツ橋二－五－一〇
電話　〇三－三二三〇－六一〇〇（編集部）
〇三－三二三〇－六〇八〇（読者係）
〇三－三二三〇－六三九三（販売部）書店専用
印刷所　大日本印刷株式会社
製本所　株式会社ブックアート

定価はカバーに表示してあります。

ISBN978-4-08-771699-3 C0093

集英社文庫　**朝井リョウの本　好評既刊**

第3回高校生が選ぶ天竜文学賞受賞作

『チア男子!!』

幼い頃から柔道を続けてきた大学1年の晴希。怪我をきっかけに柔道をやめ、親友の一馬とともに男子チアチームの結成を目指すことを決意する。しかし集まってきたのは個性的すぎるメンバーばかりで……。笑いと汗と涙の感動ストーリー。

（解説／吉田伸子）

『少女は卒業しない』

今日、わたしは「さよなら」をする。取り壊しの決まっている地方の高校、最後の卒業式の一日。少女7人が迎えるそれぞれの「別れ」を、瑞々しく繊細に描く。切なくも力強いメッセージが光る全7話。青春のすべてを詰め込んだ、珠玉の連作短編集。　　　(解説／ロバート・キャンベル)

集英社文庫　**朝井リョウの本　好評既刊**

第29回坪田譲治文学賞受賞作

『世界地図の下書き』

両親を事故で亡くし、施設で暮らす小学生の太輔。施設を卒業する高校生の佐緒里のために、仲間たちと「蛍祭り」を復活させる作戦を立てはじめ……。子供たちが立ち向かうそれぞれの現実と、その先にある一握りの希望を新たな形で描き出した渾身の長編小説。　（解説／森　詠）

朝井リョウ
朝井リョウ
デビューして10周年だってよ!
10th